PARCE QUE

LA VIE

EST AINSI

À Annette,
pour son support quotidien

Je vous remercie vivement d'avoir choisi ce livre et j'espère sincèrement que cette histoire vous plaira.

Ce serait très gentil de laisser un commentaire ou une note sur le site où vous avez acheté ce livre, afin d'inspirer les autres lecteurs.

Vous pouvez également me joindre et me suivre :

Ma page Facebook : https://www.facebook.com/soge.auteur

Via mon éditeur : publishing@duxenterprises.com

Verse-nous ton poison pour qu'il nous réconforte !
Nous voulons, tant ce feu nous brûle le cerveau,
Plonger au fond du gouffre, Enfer ou Ciel, qu'importe ?
Au fond de l'Inconnu pour trouver du nouveau !

(Charles Baudelaire, *Le Voyage*)

- 1 -

— Vous avez une capote ?

La question était simple, presque innocente, posée comme pour offrir un choix. Mais il n'y eut aucun choix possible pour Emily, ce soir-là. Elle ne saurait sans doute jamais pourquoi elle avait exprimé cette demande. Peut-être pour se donner l'illusion de reprendre contrôle ?

Elle s'était retrouvée là, allongée sur la banquette arrière d'une voiture, quelque part dans Londres. La tête coincée contre la portière et les jambes écartées autant que possible, malgré l'espace restreint. Elle ne pouvait pas espérer une grande liberté de mouvement. Ni d'autre chose, d'ailleurs.

Elle venait tout juste de se réveiller dans un taxi garé sur le trottoir. Le chauffeur était penché sur elle comme un docteur sur une patiente. Seulement, elle n'était pas malade, et il n'avait aucun soin à lui administrer.

L'homme sourit à travers des dents jaunies par des années de tabac. Il prit un peu de recul, juste assez. Il sortit un petit sachet plastique de la poche arrière de son jean et le porta à sa bouche pour le déchirer. Son geste était lent et mesuré, familier. Il avait une maîtrise totale de la situation. Il savait ce qu'il voulait. Il allait l'obtenir.

Le taxi repartit cinq minutes plus tard. Ou était-ce une heure ? Elle ne savait pas. Le temps ne comptait plus. Il continuait bien d'avancer pour les autres, mais il était mort pour elle. Et avec lui quelque chose d'autre venait de s'éteindre.

Emily se réveilla en sueur. Assise au milieu du lit, elle tremblait. Où se trouvait-elle ? Elle était semi-consciente, ses esprits encore embrumés par le rêve récent. Dehors, les oiseaux piaillaient, heureux et insouciants. Elle reconnut leur chant, il lui offrait quelque chose de familier. Un autre bruit s'y mélangea, également connu. C'était la sonnerie d'un téléphone. Le bruit cessa, rapidement remplacé par la voix étouffée d'une femme. Une conversation s'établit alors, mais elle ne put la suivre, les mots ne formant qu'une sorte de bourdonnement irrégulier. Elle n'essaya pas d'écouter et se mit plutôt à observer autour d'elle. Les yeux papillonnants, elle reconnut ses vêtements sur la chaise : une paire de jeans bleus et un pull-over rayé. Ce n'étaient pas ceux dont elle se souvenait. Où était donc passée la jupette à carreaux du rêve ?

La femme continuait de parler, et sa voix sembla de plus en plus familière. Emily s'agrippait progressivement à la conscience de ce qui l'entourait. Petit à petit, elle reconnaissait les meubles, les arbres et les bruits du jardin, les sons de la maison. Ce furent les odeurs mélangées de bacon et de toasts grillés qui finirent de la ramener à la réalité. Oui, bien sûr, elle était chez ses parents, dans leur maison du nord de Londres. C'était sa mère qui parlait au rez-de-chaussée. Elle était chez elle. Elle se souvenait, maintenant. Elle était revenue vivre là après l'incident du taxi, il y avait déjà plusieurs mois. Ou était-ce la nuit dernière ? Mais non, il y avait longtemps, beaucoup plus longtemps. Mais combien d'années exactement ?

Le souvenir du rêve, ou plutôt du cauchemar, la fit retomber contre l'oreiller. Sa tête cogna contre le mur mais elle ne ressentit pas le choc. Ses yeux étaient grands ouverts mais elle ne voyait rien. Elle se rappelait les rires, les danses, les boissons, la soirée entre copines. Tout cela paraissait si lointain. Un mal de crâne affreux la prit soudainement et apporta avec lui d'autres images, plus récentes. Les souvenirs de la veille l'envahirent. C'était vendredi soir, et elle était bien sortie avec son amie Sarah, mais il n'y avait eu aucun taxi, pas cette fois. Depuis des années déjà elle ne les utilisait plus. Elle se rappela la succession interminable de verres de vin, et put enfin entendre son estomac qui criait famine.

Elle enfila sa robe de chambre d'un geste automatique puis ouvrit la porte. Lentement, elle entama la descente du petit escalier étroit, typique des maisons anglaises.

En entrant dans la cuisine, elle vit sa mère afférée autour du four.

— Bonjour, maman.

— Bonjour, ma chérie. Oh dis donc, tu n'as pas bonne mine, ce matin, tu es rentrée tard ?

— Je ne sais pas ; je crois, oui.

— Je te prépare un complet ?

C'était l'une des joies d'Emily, le petit déjeuner traditionnel britannique du samedi matin. Des œufs, du bacon, des champignons et surtout plein de haricots sauce tomate sur du pain de mie grillé. Les matins difficiles comme aujourd'hui, sa mère savait qu'elle pouvait ajouter une saucisse et puis sans doute une deuxième portion de haricots ! Emily ne le cachait pas, ce rituel hebdomadaire était l'un de ces petits plaisirs qui rendaient la vie plus facile à traverser.

— Merci, maman, avec deux saucisses !

— Tu étais avec Sarah, hier soir ?

— Oui, elle était là.

— Ça ne m'étonne pas, elle t'a forcée à boire une fois de plus.

Le ton se voulait neutre mais ne parvenait pas à masquer complètement une éternelle rancœur.

— Maman, je suis assez grande pour me forcer à boire moi-même.

Sa mère désapprouvait son amitié avec Sarah. Depuis la nuit de l'incident, elle avait formé un jugement irrévocable. C'était bien Sarah qui avait appelé le taxi, après tout. C'était elle qui l'y avait placée avant de refermer la portière.

— Je sais, c'est ton amie. Fait attention tout de même quand tu es avec elle.

— Oui, la mère.

— Je n'aime pas que tu m'appelles comme ça, je ne gère pas un couvent, ici.

— O.K., O.K. Fais-moi donc un bon *fry-up*. On a de l'aspirine quelque part ?

— Dans le placard, là-bas.

Un geste du menton compléta à la fois la phrase et la petite conversation.

Toute deux apprécièrent ce petit instant de silence, indispensable pour maintenir le calme harmonieux de cette jolie matinée.

La jeune femme avala le comprimé avec une rasade de jus d'orange puis se rassit. Il était préférable de laisser sa mère cuisiner sans prolonger les débats. Elle aimait ses fourneaux ; sans doute sa façon à elle de contrôler son petit clan, par l'estomac. Ça traînait dans la famille depuis plusieurs générations. Le père ne s'en plaignait pas, du reste. Il se plaignait de peu de choses, à vrai dire. Il était plutôt du genre docile et entièrement soumis à la femme qu'il avait épousée voilà déjà plus de trente-cinq ans ! Il n'était pas si mal tombé ; il lui fallait une femme à poigne pour gérer sa maison, et il avait trouvé la compagne idéale. Emily pensait souvent à son père comme à un bon petit bonhomme tout gentil, mais elle ne pouvait pas imaginer qu'il ait un jour pu être un adolescent faisant la cour à son dragon de mère. Il y avait bien quelques photos d'époque, mais elles ne suffisaient pas à tout expliquer.

Le dragon interrompit ses pensées.

— Tu ne devineras jamais qui vient de téléphoner.

— Une de tes sœurs.

— Tu nous as entendues ?

— Non, mais à chaque fois que tu poses cette question, c'est parce qu'une de tes sœurs avait quelque chose de très important à te communiquer.

— Tu pourrais les appeler tantes.

— Non. Ce sont tes deux sœurs. Elles sont à peine au courant que j'existe.

Un souffle agacé fut bruyamment libéré avant l'énoncé

d'un nom.

— C'était Rose.

— Tu vois !

— Ça aurait pu être n'importe qui, à cette heure-là.

— Non, c'était soit Rose, soit Hannah.

L'agacement résonna de nouveau dans la pièce, qui sembla soudain trop petite.

— Toujours est-il que ta cousine Sophie se marie l'été prochain. Philippe lui a acheté une bague en platine incrustée de petits diamants. Il a proposé d'une façon si romantique, j'en ai pleuré. C'est beau, quand même, un couple qui s'aime comme ça…

— Tant mieux pour elle. J'imagine que si la bague avait été un anneau de plastique elle aurait dit non ?

— Qu'est-ce que tu veux dire ? On ne fait pas de bagues de fiançailles en plastique, voyons !

— Bien sûr que non. Et le sourire sur son visage devait être proportionnel à la taille du diamant. Sans doute qu'elle a, depuis, entamé une tournée officielle de la ville pour bien montrer à tout le monde qu'elle allait épouser le richard du village d'à côté.

— Ce que tu peux être cynique.

— Dis-moi que j'ai tort et que l'argent dont Philippe a hérité n'a jamais eu aucune influence sur les sentiments de Sophie.

— Ils vont se marier à Leeds, où elle a été baptisée.

— Très bien. Tu sais que, quand tu changes de sujet, tu prouves simplement que j'ai raison ?

Sa mère enchaîna sans répondre, prouvant ainsi de nouveau, et bien malgré elle, la véracité poignante de l'argument.

— On les a vus il y a trois semaines à l'anniversaire de Rose et ils avaient l'air de vraiment s'aimer.

— Oui, juste l'air.

— Tu es incorrigible.

— C'est mon charme. Mets les toasts, j'ai l'impression que les saucisses sont prêtes.

Une odeur de brûlé commençait en effet à se répandre dans la cuisine…

— Oh ! la la !

Emily sourit. Était-ce parce que rien ne paniquait sa mère autant que de laisser brûler de la nourriture ou bien parce que cette conversation insipide s'en trouvait interrompue ?

— Oh ! mon dieu, le bacon est tout brûlé, je vais t'en refaire.

— Tu sais, Dieu n'a pas grand-chose à voir avec tout ça…

Mais il n'y avait plus que le four qui comptait. Ses paroles flottèrent quelques instants et, ne trouvant pas d'oreilles pour les héberger, elles se dissipèrent dans l'oubli.

Cette discussion la rendit maussade. Elle se demanda pourquoi il était si important pour tout le monde de s'assembler ainsi et de former des paires. Peut-être était-ce un héritage du temps de Noé et de son arche ? Les humains se sentant constamment menacés par un déluge quelconque et ne voulant pas être exclus du sauvetage se mettaient continuellement en devoir de trouver l'autre morceau qui compléterait la paire et ainsi garantirait leurs chances de survie.

Mais s'il en était ainsi pour tous, pourquoi est-ce qu'elle-même ne la cherchait pas, cette fameuse âme sœur ? Pourquoi était-elle différente ? De telles pensées l'assombrirent davantage. Cette pression constante d'une société qui n'admettait pas les célibataires l'énervait invariablement. Et puis elle n'était pas la seule à réagir comme ça. Sarah non plus n'envisageait pas une seconde de se marier. Bon, c'est vrai qu'elle ne pouvait jamais rester longtemps avec un seul homme. Ses goûts et ses habitudes ne lui permettaient pas de garder quelqu'un au-delà de quelques semaines.

Pourtant il lui semblait bien qu'on ne demandait pas sans arrêt à Sarah si elle avait quelqu'un dans sa vie. Alors pourquoi est-ce qu'elle recevait toujours cette question ? D'accord, elle allait bientôt avoir 30 ans. Mais ce n'était pas une raison. Après tout, pour les catherinettes, elle avait passé l'âge depuis longtemps !

— Voilà, petit déjeuner du samedi matin.

Emily revint au présent et posa ses yeux sur l'assiette bien remplie qui se trouvait devant elle.

— Merci. Tu sais, tu n'avais pas besoin de refaire du bacon, j'aurais pu manger l'autre.

— Non, non, il était tout brûlé.

Elle entama son petit déjeuner comme elle le faisait toujours, en étalant une bonne portion de haricots rouges sur un toast avant de le mordre à pleines dents, tout en se moquant pas mal de la sauce rouge qui lui coulait sur le menton. Le petit bonheur du samedi matin et de ces gestes routiniers était précieux, comme une ancre, un symbole de stabilité et de routine qui lui permettait de savoir que la semaine de travail était finie et que la vie comportait tout de même quelques bons côtés.

— Je dois RSVP pour Sophie ; bien sûr, tu viens avec nous ?

— Hein ?

Emily se demanda un instant de quoi elle parlait. Puis ça la frappa au moment exact où sa mère ouvrit la bouche. Comme une double salve qui venait transpercer la sérénité de ce petit instant de calme.

— Pour le mariage de Sophie, je dois confirmer à Rose qu'on y va bien tous les trois.

— Je dois vraiment y aller ?

— Oui. Pas de discussion, c'est la famille.

Elle préféra ne pas insister. Sur le front familial, sa mère gagnait toutes les batailles.

— Rose s'occupe de tout organiser. Le plus tôt elle connaît le nombre d'invités, le mieux c'est. Comme ça, elle peut prévoir.

— Très bien, dit Emily qui espérait que la conversation allait s'arrêter là.

— Ça lui plaît bien, à Rose, de planifier et d'organiser. Ça l'occupe ; et puis elle est ravie de marier sa fille.

— Humm.

— C'est vrai qu'elle a presque 25 ans, Sophie, c'est le bon âge pour se marier.

— Ça dépend.

Sa mère continua de parler sans vraiment la regarder, comme perdue dans un dialogue avec elle-même. Elle s'absorba dans la vaisselle et lui tourna le dos… Mais ce dos semblait avoir bien des choses à dire.

— C'est bien comme ça, Sophie se marie à 24 ans, avant

17

d'être catherinette. Et puis sa sœur est encore jeune ; mais d'ici deux ou trois ans, elle pourra songer à la suivre dans la même voie. C'est bien pour Rose, elle a de la chance, et puis comme ça, ses deux filles seront mariées en âge, avant qu'elle ait 60 ans.

Le silence s'imposa un instant. Seul le robinet osa le percer de son plic-ploc régulier, comme un marteau piqueur enfonçant un pieu en terre, coup après coup.

Emily se sentait assommée à chaque retombée du marteau. Son appétit s'étiola rapidement. Le mauvais type de papillons venait d'envahir son ventre. Elle reposa la fourchette doucement et posa les mains à plat sur ses cuisses. Ses yeux la piquaient. Ses joues se resserrèrent, et la salive lui manqua. La tête baissée, elle tenta de ralentir sa respiration.

Les bras de la mère continuaient leur manège. Assiettes et couverts saisis par la main droite étaient plongés dans l'eau, frottés de tous les côtés, rincés sous le jet constant d'eau chaude avant d'être passés à la main gauche qui les disposait sur l'égouttoir pour sécher. Et le cycle repartait.

Le faux dialogue reprit.

— Un mariage, c'est beau, toute la famille se retrouve réunie, et ça fait des jolies photos, et puis les jeunes filles, ça leur donne aussi des idées, et alors elles pensent à être la prochaine, et puis bien sûr il y a le bouquet, et une des filles d'honneur va le gagner, et comme ça, elle saura qui sera la suivante. Tu devrais être fille d'honneur, tu sais. Ce serait bien. Oh, oui. Je vais téléphoner à Rose pour lui dire. Ça devrait être toi, la cousine, qui est la première des filles d'honneur, et puis si tu attrapes le bouquet ! Tu imagines !

L'air dans la cuisine s'était resserré. Il appuyait fortement sur les tempes d'Emily comme un étau. Ses yeux désormais clos amplifiaient la réception auditive, ajoutant aux mots qui lui parvenaient comme une violence physique. Elle se promit de laisser le couteau sur la table, de ne pas y toucher. Elle se concentrait très fort pour bloquer les sons extérieurs. Alors ce fut sa voix intérieure qui s'imposa.

— *Est-ce qu'elle va la boucler ? Pendant combien de temps encore je vais devoir me taper la même rengaine ?* Ses pensées formèrent des images qu'elle ne voulait pas voir. Mais elle ne put résister, les visions s'imposaient à elle, comme en boucle, toutes plus sombres les unes que les autres. La tension dans sa main droite la fit trembler. Elle ne s'en rendit pas compte. Un fin duvet sombre se dressa sur ses bras. Ses doigts se crispèrent. Crampes. Rictus. Mouvements avortés. Ses yeux s'ouvrirent soudain en grand, comme si, soupape improvisée, ils pouvaient laisser s'échapper quelque chose pour réduire la menace croissante. Mais la poudre était étalée, et il ne manquait plus qu'une étincelle.

— Tu ne penses pas à te marier un jour ?

— MAMAN, ARRÊTE !

Sa mère se retourna vivement, la bouche grande ouverte, comme si elle avait été surprise en flagrant délit d'une action déshonorante. Elle tenait toujours en main un plat qui désormais laissait couler l'eau savonneuse sur le sol.

— … mais, quoi ?

— TAIS TOI AVEC CETTE MERDE !

— Mais qu'est-ce que…

Les larmes envahirent sa gorge, bloquant toute parole.

— Écoute, je sais où tu vas avec ça et je ne veux pas en

parler, c'est tout.

— Je ne dis rien. Mais quoi, Sophie a tout juste 24 ans et…

— Je sais, et c'est une parfaite histoire d'amour et tout ça, et moi je suis là comme une conne, à bientôt 30 ans, et tu n'as toujours pas de petits chiards à bercer quand je vais me bourrer la tronche avec l'horrible Sarah.

— Tu n'es pas obligée de parler comme ça.

Les mots sortirent, lancinants et tremblotants, poussés par les larmes qui gonflaient son visage tout entier.

— Toi non plus.

— Ton père et moi, on s'inquiète pour toi, tu sais.

— Non, tu voudrais avoir des petits enfants à endoctriner, en faire tes petites poupées, les montrer à tes amies pour être comme elles, pour être normale.

— Tu te rends compte de ce que tu me dis ?

— Et toi ? Tu me ramènes sans arrêt la même histoire, et toutes les fois, c'est pareil, quand est-ce que je trouve un homme, et quand est-ce que je me marie, et quand est-ce que j'ai des gosses, et ce n'est pas la peine de pleurer, je connais ton cinéma. J'en ai marre, tu m'entends. MARRE !

La chaise bascula en arrière. Emily vola hors de la cuisine. La porte claqua au moment où la chaise finissait sa chute sur le sol. Puis le silence devint maître des lieux.

- 2 -

De retour dans sa chambre, Emily repoussa la porte d'un geste ferme du poignet puis, se reculant plus sous l'effet de la gravité que par sa propre volonté, elle s'y adossa. Elle resta là quelques instants, figée, et ferma les yeux.

Qu'est-ce que j'en ai marre de cette histoire de mariage. Elle ne me lâchera jamais avec ça. Pourquoi, aussi, est-ce qu'elle doit sans arrêt me comparer à ma cousine ? Ça a toujours été une enfant gâtée, le petit toutou à sa maman. Tu parles d'une belle histoire. Le pauvre mec, il ne sait pas à qui il a affaire ! Remarque, il n'est pas mal non plus, celui-là, avec ses diplômes de grandes écoles et son titre de chef de service. Si fier de lui, alors que tout lui vient de son héritage. Ah ! ils se méritent bien, tous les deux.

Ses pensées la ramenèrent lentement à la réalité. Elle fit deux pas pour aller arracher son portable du dessus de la commode. Le silence s'établit enfin dans sa tête. Elle avait besoin de parler à quelqu'un, de déverser le trop-plein de ses pensées. Déterminée, elle commença à taper sur le minuscule clavier pour démarrer un chat.

<< Sarah, tu es là ? >>

Pas de réponse.

<< Je viens de m'engueuler avec ma mère une fois de plus. >>

Le dialogue ne semblait pas vouloir s'installer, et l'écran finit par s'éteindre devant ses yeux. Pour passer le temps, elle ramassa son linge sale et en fit une boule qu'elle jeta dans le panier d'osier. Emily ne voulait plus penser à rien, elle souhaitait stopper le temps et s'isoler dans une bulle de néant. Elle entreprit de ranger sa chambre pour repousser les idées noires. Peu après, une vibration la sortit de sa torpeur. Avide de communiquer, elle lâcha la robe qu'elle était en train de placer sur un cintre pour saisir le portable et reprendre le chat.

<< Est-ce que tu vas bien ? Qu'est-ce qui s'est passé ? >>

<< Ma cousine se marie l'an prochain >>

<< La pauvre >>

<< Ma mère me reproche de pas faire pareil >>

<< Quoi, te marier ? Pourquoi tu ferais une connerie pareille ? >>

<< Elle me prend le chou avec ça >>

<< Je vois. Et puis ? >>

<< Je l'ai engueulée et elle s'est mise à chialer >>

<< Et ensuite ? >>

<< C'est tout >>

<< C'est ton monstre qui a pris le dessus ? >>

<< Et alors ? >>

<< C'est pas la première fois que ta mère veux te marier >>

<< Non. Mais je supporte plus >>

<< Alors va-t'en >>

<< ? ? ? >>

<< Il est temps que tu te reprennes en main ma belle. Trouve-toi un appart, un mec et sois heureuse. XXX >>

Emily n'avait pas anticipé cette réaction. Elle lança le

portable sur le lit et resta quelques minutes sans bouger. La colère voulait revenir, mais elle parvint à en contenir l'explosion. Le grésillement du téléphone reprit mais fut étouffé par l'épais duvet où il était retombé, et il fallut quelques secondes encore avant qu'elle ne réagisse. C'était Sarah qui l'appelait.

— Quoi, encore ?

— Tu ne répondais pas, et je me suis dit que ce serait plus simple de parler plutôt que le chat.

— Tout le monde m'emm…

— Hey !

L'interruption fut brusque, rétablissant la hiérarchie silencieuse qui existait entre les deux amies.

— Je ne suis pas ta mère, tu ne me causes pas comme ça. Et puis regarde un peu autour de toi. Peut-être qu'il est temps que tu t'éloignes de tes parents.

— …

— Tu es toujours là ?

— Ouais. Je suis là.

— Bon, arrête de te prendre pour la plus grosse victime du monde. Il y a huit ans, je dis pas, ça t'a aidé d'être récupérée par tes parents. Je comprends. Mais c'est dans le passé, tout ça ! Tu as bientôt 30 balais, et c'est quand, par exemple, la dernière fois que tu t'es envoyée en l'air ?

— Tu veux me comparer à toi ? Tu t'en envoies combien ? Plutôt deux ou trois par jour ?

— Hey, je sais vivre, moi ! Tu peux gueuler comme tu veux, mais tu sais que j'ai raison. Tu vis comme une nonne. Tu rejettes les avances de n'importe quel homme. Et tu t'engueules de plus en plus souvent avec ta mère.

Ça n'est bon ni pour toi ni pour elle. Bien sûr, tes parents t'ont aidée quand tu as eu besoin. Mais maintenant, tu te sens en prison. Alors va-t'en, reprends-toi un appart. Reprends ta vie.

Voilà déjà plusieurs mois que Sarah la poussait à déménager. Elle appelait ça « grandir » ou « retrouver son indépendance ». Emily avait jusque-là toujours réussi à éviter de telles conversations. Mais elle sentait bien monter en elle une envie de changer, et ça la troublait profondément.

Sarah reprit la parole.

— Tiens, je vais en boîte, ce soir ; viens avec moi et je te promets que tu ne finiras pas la soirée toute seule !

— Non, pas ce soir.

— Allez, bouge-toi ton gros derrière, sinon il va finir par coller à ta moquette.

Le rire attendu ne se fit pas entendre.

— Non, on se voit plus tard.

— Je vois. Bon. Mais tu n'hésite pas, surtout, si t'as besoin de parler ou quoi que ce soit, tu sais où me trouver.

— Merci. Bonne soirée !

— Je te raconterai, salut.

Le portable reprit rapidement sa place dans les replis du duvet. La dernière chose qu'Emily voulait maintenant était d'entendre les détails des soirées agitées de son amie. Trop d'idées se carambolaient dans son esprit. Elle se sentait écartelée entre toutes les attentes placées sur elle. Que devait-elle faire exactement ? Elle ne savait même plus ce qu'elle voulait.

Seule une douche bien chaude pourrait la calmer. Le

déversement continu de l'eau chaude sur son corps lui apportait toujours un grand réconfort, et en ce moment, elle en ressentait un grand besoin. Arrivée dans la cabine de douche, elle se donna toute entière à la gravité et se laissa tomber sur le carrelage froid. Recroquevillée, les bras ballants, dénuée de toute vitalité, elle laissa l'eau déferler sur son corps. De cette façon, elle se ressourçait. Elle puisait une énergie nouvelle en elle-même comme pour renaître. Le phénix se régénérait par le feu, elle par l'eau.

C'est au retour de l'incident du taxi qu'elle avait appris les bienfaits d'une douche très chaude. Ce soir-là, elle était arrivée chez elle semi-consciente et à moitié nue. Elle s'était tout d'abord effondrée sur son lit, vidée de toute énergie et incapable du moindre mouvement. Tout ce que son corps contenait de larmes s'était évacué en quelques instants, alors que des pensées de plus en plus sombres la terrassaient. Des sensations toutes plus étrangères les unes que les autres s'assemblaient en elle sans y avoir été invitées. Elle sombrait dans l'inconnu, ne reconnaissant plus ni ses émotions ni son corps.

Dans un lourd effort de survie, elle avait fini par se traîner jusqu'à la salle de bains. Elle était entrée consciente dans la baignoire et s'y était couchée comme y aurait été couché un cadavre. Allongée sur le dos, les mains croisées juste sous ses seins, elle avait essayé vainement de contrôler ses pensées. L'eau tombant en pluie l'avait fait grelotter, et elle avait fini par s'asseoir sous le jet. Elle avait augmenté le débit d'eau chaude et s'était lavée plusieurs fois, comme en autopilote, sans penser à ce qu'elle faisait. Puis elle avait serré ses cuisses très fort contre son ventre, jusqu'a pouvoir poser son menton sur ses genoux. Ses bras avaient enlacé ses jambes, et ainsi recroquevillée, elle avait laissé l'eau chaude déferler sur elle comme si chaque nouvelle goutte apportait un peu de vie à ses cellules meurtries.

Depuis ce soir-là, elle savait combien la cascade d'eau sur son corps était la meilleure défense contre son monstre intérieur ; le meilleur moyen de refaire surface, de prendre le dessus.

Se remettant debout dans la cabine de douche de ses parents, elle laissa son regard plonger dans le petit tourbillon d'eau qui s'échappait en gargouillant par le siphon. Ses pensées s'enfouirent davantage dans ses doutes ordinaires, qui avaient été exacerbés par la scène du petit déjeuner, alimentant ses tourments.

Pourquoi est-ce qu'il faut se marier ? Qu'est-ce que ça apporte à une femme de devenir la propriété d'un homme ? Si ma cousine n'a pas d'autres ambitions dans la vie que de préparer la popote de son mâle, c'est bien pour elle, tant mieux ! Mais pourquoi je devrais être pareil ? C'est leur truc, à tous, me marier dès que possible. « Emily, pourquoi t'es toujours célibataire ? Emily, pourquoi t'es seule ? » Merde ! Je suis très bien comme ça. J'ai pas besoin d'un mec pour me dire comment je dois vivre. Qu'est-ce que j'irais foutre avec un mec, de toute façon ? À quoi ça me servirait ?

Il lui était de plus en plus pénible d'être considérée comme incomplète, de devoir devenir la moitié de quelqu'un d'autre pour exister. Finalement, une petite fille naissait indépendante et le restait pour une dizaine d'années ; mais dès lors que la puberté s'emparait d'elle et en faisait une jeune femme en préparation, son existence propre cessait, et la fillette se voyait transformée en une denrée dont un homme un jour allait pouvoir disposer. Et tout cela, au beau milieu d'une société qui se voulait moderne et égalitaire. De tous temps, les éleveurs avaient placé un anneau au nez de leur bétail pour indiquer son appartenance. Plus subtile, l'homme moderne le plaçait au doigt de sa femme. Le geste changeait peut-être, mais l'intention de marquer son bien n'était-elle pas restée la même ?

Au moins, Sarah n'a pas ce problème. Elle, les mecs, elle les prend quand elle a besoin et s'en débarrasse par la suite. Et puis elle n'a pas ses parents sur le dos tout le temps.

Penser ainsi à son amie lui rappela les mots qu'elle avait utilisés : « Va-t'en ! » Elle n'avait vraiment laissé aucune ambiguïté dans son conseil.

C'est avec un sursaut d'énergie qu'Emily se décida à sortir de la douche. Vêtue tout juste d'une serviette, elle retourna vers sa chambre, un peu comme un prisonnier regagne sa cellule après la demi-heure de marche quotidienne. Elle eut un haut-le-cœur en entrant. Son regard naviuga de la commode au lit, du lit vers la fenêtre, et finit sa course sur la chaise. Là, assis sur ses pattes arrière, se tenait l'ours en peluche qui l'avait accompagnée dans tant de rêves juvéniles.

— Bientôt 30 ans et je n'habite même pas chez moi, tu parles d'une réussite, lui dit-elle.

L'ours continua de la regarder avec cette insistance des jouets anciens qui demandent ce que sont devenus ces ambitions secrètes dont ils furent jadis le fidèle gardien.

— Mon vieux Gaspard, il faudrait que je te lave. Tu es tout jauni.

Il sembla agréer. Au-delà de sa présence, la chambre qui avait vu une joyeuse fille grandir semblait bien terne aujourd'hui. Elle s'y sentait à l'étroit, oppressée. Que se passait-il, vraiment ? Était-ce là pièce qui rapetissait ou bien Emily qui grandissait ?

La mélancolie de quelques souvenirs joyeux adoucit un peu ses esprits. Elle se souvint, par exemple, de ce moment, quand après avoir déballé Gaspard, un matin de Noël, elle avait couru dans sa chambre pour le présenter à ses poupées et aux autres peluches.

D'un geste contrit, elle repoussa une petite larme et renifla. Sa mémoire venait de l'entraîner dans un monde oublié, un monde passé auquel elle avait bien conscience que l'accès lui était désormais refusé. Captive de ses propres souvenirs, elle n'entendit pas le petit coup discret frappé à la porte. La femme entra dans la chambre, doucement et sans faire de bruits. Elle tenait entre ses mains quelque chose de précieux. Après ce qui sembla être beaucoup d'efforts pour ne pas la renverser, elle la posa très délicatement sur la commode. Lorsqu'elle eut terminé cette action, elle se retourna et ses lèvres commencèrent à remuer, mais Emily n'entendit aucun son. La femme se tenait bien droite en face d'elle et se contentait maintenant de la regarder. Une minute ou une heure passa ainsi, avant qu'elle ne se décide à parler de nouveau.

— Je t'ai refait une tasse de thé, tu n'avais pas bu la première, au petit déjeuner, répéta sa mère.

— Oh oui, merci. Emily entendit ces mots comme s'ils avaient été prononcés par quelqu'un d'autre.

Il lui fallut quelques secondes supplémentaires pour tout reconnecter.

— Je ne voulais pas te blesser, tu sais, excuse-moi, lui dit sa mère tout en maintenant ses yeux sur elle.

— Non, c'est moi, j'ai mal réagi, c'est tout.

— Moi je veux juste ton bonheur, tu le sais bien.

— C'est O.K., maman, on oublie, et ça va aller. Pardonne-moi d'avoir gueulé, c'était plus fort que moi.

— Je sais. Ne t'inquiète pas. Je comprends. C'est dur, ce qui t'est arrivé, je sais que tu y repenses souvent. Moi aussi. Mais je me dis que, sans doute, un homme bon et doux, ça t'aiderait à aller mieux, à passer outre.

Une boule de salive se forma dans la bouche d'Emily. Elle la retint du mieux possible avant de se forcer à l'avaler malgré le nœud formé dans sa gorge. Ce faisant, elle se retourna et regarda le jardin par la fenêtre pour ne pas écouter la litanie.

— Je comprends pourquoi tu as un peu peur des hommes, après ce qui t'es arrivé, c'est normal, tu sais. Mais il y a aussi des hommes bien ; regarde, ton père, il est gentil avec tout le monde et il n'oserait jamais faire de mal. Il y a plein de jeunes gens comme lui, et tu pourrais en trouver un qui veuille rester avec toi.

Le cerveau d'Emily bouillonnait d'idées qu'il valait mieux garder muettes. Elle avait entendu tant de gens lui dire qu'ils la comprenaient. Mais qu'y avait-il à comprendre ? Combien d'entre eux s'étaient déjà retrouvés sur le dos, les jambes forcées, leur corps cambriolé ?

Elle se retourna vers Gaspard, comme pour lui demander de l'aide. Que répondre à cette femme qui semblait si ignorante de ses souffrances, si égoïste dans son besoin d'avoir des grands enfants ? Mais aussi cette mère qui lui avait ouvert ses bras et son cœur, au lendemain de la nuit maudite. Cette maman qui lui avait offert sa maison pendant ces huit années expiatoires.

Colère et reconnaissance se disputaient en elle, l'écartelant entre les cris et les pleurs.

— Tu sais, maman, ce n'est pas si facile de trouver l'homme idéal. Je ne sais pas si ça existe. Et puis je ne suis peut-être pas prête.

— Ma chérie, tu es prête. Tu peux trouver un homme quand tu veux si tu le cherches bien.

— Je ne sais pas si Londres est la bonne place, ils ont tous l'air fous, ici. Peut-être que si je partais vivre ailleurs…

Elle avait prononcé ces derniers mots à dessein comme pour les tester. Ce n'était pas juste pour observer la réponse maternelle à l'idée qu'elle pourrait partir, c'était aussi pour mieux saisir sa propre réaction.

— Ne dis pas de sottises, Londres est grande, et c'est parfait pour trouver quelqu'un de bien, avec tout ce choix.

— Merci pour le thé, maman, c'est vrai que je n'avais pas bu le premier, ce matin. Il faut que je me prépare pour aller en ville.

Et joignant les actes à ses paroles, elle retira la serviette qui enserrait son crâne. Une fois libérés, ses longs cheveux encore mouillés se laissèrent tomber raide et vinrent couvrir son visage.

Sa mère comprit et se mit en marche. Elle prit encore

le temps de dire qu'elle allait pouvoir refaire le lit en fin de matinée et ranger un peu.

De nouveau seule dans cette chambre exiguë, Emily se retourna face à la penderie et se regarda dans le miroir attaché à l'une des portes. Les cheveux encore ébouriffés de la douche et ne portant qu'une serviette pour tout vêtement, elle se regarda, contempla la pièce par réfection, observa les quelques meubles, et ça la frappa comme jamais jusqu'alors : elle vivait dans une chambre d'hôtel ! Cela n'était pas sa maison. Ce n'était pas chez elle.

Rien ne s'était déroulé comme prévu. Ses parents avaient réussi à ruiner ses plans d'un week-end de repos au calme. Ou plutôt, c'était sa mère qui avait de nouveau forcé sa colère. Comme à son habitude, le père n'avait su briller que par sa discrétion, ne prenant aucune part au conflit. Il était un de ces petits hommes qui regimbent à l'idée d'une confrontation et préfèrent s'en isoler. Elle lui en voulait un peu de ne pas prendre partie, mais il ne se battait pas. Jamais. Bien qu'il ait souvent de bonnes idées, il ne les forçait ni aux poings ni aux mots. Elle regrettait souvent cette velléité et cependant admirait sa capacité à opposer un optimisme constant à toute adversité.

Malheureusement, elle avait hérité du gène opposé. Bien qu'elle essayât régulièrement de maîtriser sa colère, il lui arrivait encore bien souvent de la laisser échapper. Et dans l'ensemble, de façon brutale, imprévue, imprévisible même. Cependant, si elle s'en voulait d'ainsi remettre parfois son monstre intérieur en liberté, elle en rejetait tout autant et très consciemment la responsabilité, considérant que c'était toujours l'autre personne qui l'avait provoquée. Elle n'en était pas fière mais avait appris à vivre avec les conséquences de ses explosions. D'une certaine manière, depuis huit ans, elle partageait son corps et son identité avec cette rage indélébile qui donnait des forces à son monstre. Elle ne lui avait pas demandé de la rejoindre. Et pourtant, il semblait être tout ce qu'elle méritait.

Ce lundi matin, alors que la routine du travail s'était remise en marche dès l'alarme du réveil, un sentiment profond la dominait. Marre. Oui, c'était bien ça, une grande lassitude générale. Elle en avait marre. De tout. Des engueulades avec sa mère, déjà. De toujours devoir se défendre, ensuite. Et puis de sa vie. De n'être finalement qu'une enfant, constamment considérée comme une petite fille. Elle avait besoin de grandir, de s'échapper de tout cela. Les mots de Sarah s'inscrivirent une fois de plus en mémoire : « Va-t'en. » Et si elle avait raison ? Il était peut-être temps pour elle d'agir.

Tout en traversant Londres pour rejoindre son bureau, elle se mit à réfléchir à cette idée. Elle pouvait trouver un appartement. Après tout, elle avait vécu seule pendant des années, elle pouvait bien le refaire. Qu'est-ce qui la bloquait ? Et de cette façon, elle pourrait vraiment faire ce qu'elle souhaitait le week-end. Coincée dans l'allée centrale du métro, serrée contre une demi-douzaine d'autres travailleurs en costumes et tailleurs, elle leva les yeux et vit une annonce pour une agence immobilière. *Tiens, voilà un bon signe* se dit-elle.

Arrivée à son bureau, elle s'installa rapidement, démarra son ordinateur et nota sur un Post-it le nom de l'agence. La note lui servirait d'aide-mémoire, mais surtout elle allait lui rappeler sa résolution d'agir, de faire quelque chose pour changer. Mais plus tard. D'ici là, il lui fallait tout d'abord revenir à son travail. Comme tant de Londoniens, elle avait été happée par le secteur financier, dès la fin de ses études. Elle n'était pas banquière, loin de là, mais elle devait travailler avec beaucoup d'entre eux. Ou plutôt pour eux. Le milieu était impitoyable et avait sa propre hiérarchie. Les banquiers arrivaient tout en haut de l'échelle et n'avaient pas le moindre respect pour les autres. Emily subissait de réguliers contacts avec eux et avait compris depuis longtemps qu'ils la considéraient essentiellement comme leur esclave.

À vrai dire, son travail était plutôt facile et très répétitif. Ça lui convenait parfaitement. Elle devait préparer les dossiers d'investissement pour les banquiers d'affaires. Cela consistait essentiellement à regrouper tous les documents utiles à leurs négociations et à inclure les informations principales dans une jolie présentation. Le banquier responsable envoyait une liste de ce dont il ou elle avait besoin au service spécialisé, et sa chef passait cette demande à l'un des membres de cette équipe dont Emily faisait partie. Le travail en lui-même était assez simple et offrait de nombreux temps morts.

Ce matin, entre deux dossiers plus ou moins urgents, elle prit le temps de lire plusieurs annonces d'appartements. Il y avait un choix énorme ; pas étonnant, dans une si grande ville. Elle se sentit rassurée et commença même à inscrire son numéro de téléphone sur plusieurs sites. Dix ans auparavant, c'était son père qui avait effectué cette recherche. Elle s'était alors contentée de le laisser gérer les visites, poser les questions qui font mal aux agents et éliminer les endroits impossibles ou douteux. À l'époque, l'important avait été qu'elle puisse recevoir ses amies facilement. Aujourd'hui, sa priorité était de se sentir en sécurité.

Google aidant, elle eut vite fait de compiler une liste de logements qui semblaient tout à fait décents. Elle envoya quelques annonces à l'imprimante pour mieux pouvoir les analyser. Les bureaux paysagers comme le sien offraient très peu d'intimité, et tout le monde pouvait voir sur leurs écrans ce à quoi chacun travaillait, ou pas ! Il était donc beaucoup plus discret de travailler sur papier.

Elle se rendit à l'imprimante centrale pour récupérer les quelques feuilles qui en sortaient et se rendit à la petite cuisine du personnel pour se servir une tasse de thé. C'était commun, pour elle, au milieu de la matinée, part de sa routine professionnelle. Elle s'apprêtait à verser l'eau bouillante sur le sachet, quand elle fut surprise par une voix de baryton.

— Salut, Emily, tu déménages ?

Son collègue Marc offrait cette ambiguïté amusante de pouvoir se déplacer tel un chat, sans le moindre bruit, mais d'avoir une voix tonitruante qui l'empêchait de murmurer sans être entendu, même à travers un mur.

Elle le salua et demanda comment il pouvait savoir ce qu'elle recherchait. Mais oui, bien sûr... elle se dépêcha, par réflexe, de reprendre les annonces imprimées, posées à côté du frigo. Elle ne craignait rien de Marc. Embauché tout juste une semaine après elle, il avait mené à ses côtés bien des batailles avec les banquiers. Il était digne de confiance et pouvait garder un secret, dès lors qu'il ne l'exprimait jamais, pas même en susurrant !

— C'est des annonces immobilières que t'as imprimées là, dit-il en pointant vers les papiers qu'elle tenait maintenant froissés dans sa main. Je me trompe ?

— Non, c'est bien ça.

Elle se sentait étrangement gênée.

— Alors là, bonne chance, ma belle. J'aimerais pas être à ta place !

Elle avait espéré meilleur encouragement de la part de celui qui restait pour toujours le clown du bureau, toujours joyeux et d'un éternel optimisme.

— Pourquoi tu dis ça ?

— Plutôt toi que moi ! Pour trouver un appartement à Londres, tu vas t'amuser.

— Comment ça ?

— Je vois, t'as pas déménagé depuis combien de temps, déjà ?

— Huit ans, répondit-elle automatiquement.

Il lui semblait que tout, dans sa vie, avait démarré il y avait huit ans. Comme s'il n'y avait rien eu auparavant.

— Alors c'est bien ça, t'as perdu l'habitude. Londres est saturée, c'est le problème. Il y a beaucoup plus de demandes que de places libres, alors rechercher un appartement, c'est comme aller demander au quatrième étage si quelqu'un peut t'aider sur Excel.

Elle n'eut pas besoin d'interprète. Le quatrième, c'était le royaume des banquiers d'affaires, leurs clients directs. Tous mâles à forte tendance alpha. Ils étaient les patrons, ici. Marc avait eu un jour la naïveté de demander de l'aide sur Excel à l'un d'eux. C'était peu après avoir rejoint la compagnie. Le flot d'insultes qu'il avait reçues l'avait rendu malade plusieurs jours, et il avait failli en perdre son job. Depuis, il avait compris qu'au milieu des requins la survie passait souvent par la discrétion.

— Tu m'inquiètes, là. C'est quand même pas pareil.

— Je te le dis, les agents sont des loups habillés en costumes pas chers. Toi tu es la petite biche innocente. Méfie-toi d'eux. Et il repartit vers son bureau, une tasse de thé à la main.

Emily rejoignit son siège avec la tête pleine de doutes. Marc l'avait secouée. Elle tapa son mot de passe pour ranimer l'écran, mais il afficha tout juste « Erreur de connexion ». Elle recommença, seulement le message persistait. Une sourde angoisse la saisit, et son front s'humidifia.

Qu'est-ce qu'il se passe ? Ils ont découvert que je ne travaillais pas, et mon compte est bloqué, se dit-elle.

Elle articula les lettres et chiffres qui formaient son code très doucement sur le clavier, et cette fois l'écran redevint normal.

Ouf, ça marche.

Fausse alarme. Elle allait mieux mais reprit son travail immédiatement, sans plus penser à sa quête.

Dans l'après-midi, alors qu'elle s'était finalement absorbée dans sa besogne ordinaire, son portable se mit à vibrer. Sa main s'en empara presque inconsciemment. Qui pouvait bien venir la déranger à cette heure ?

— Bonjour, Agence Red Arrow, je suis Robert… Je vous

appelle suite à votre intérêt pour l'une de nos propriétés dans le nord-est de Londres.

La voix monta, comme pour marquer une question, mais elle ne sut que répondre.

— Ah, oui, O.K.

— Malheureusement, cette propriété n'est plus disponible, mais j'en ai d'autres tout à fait similaires qui vont vous plaire. Vous cherchez uniquement au nord-est ?

Au-delà de sa surprise initiale, le débit rapide de son interlocuteur et sa façon de terminer ses phrases en questions pour mieux engager sa participation lui fit regretter d'avoir répondu.

— Oui, euh, non. Pas vraiment.

— D'accord, pas de problèmes. En étendant un peu la recherche, j'ai deux appartements superbes, ici, qui méritent vraiment d'être vus. Quand êtes-vous libre pour les visiter ?

— Euh, non, en fait, j'ai déjà trouvé.

— Vous avez trouvé un appartement ?

— Euh, oui.

— Ah. Très bien, merci.

Le silence s'installa brutalement.

— Allô, allô ?

Rien. Il avait clairement raccroché.

Quelle étrange conversation. Ces quinze secondes avaient été totalement surréelles. Emily était choquée qu'il lui ait raccroché au nez. Ce type n'avait pas dû obtenir de grandes notes en politesse. Mais ce qui l'étonna le plus fut sa propre réaction. Pourquoi lui annoncer ainsi qu'elle ne cherchait plus ? Qu'est-ce que ça voulait dire ? Elle sentait la panique revenir. Ses esprits se divisaient... Oui, d'un côté, elle voulait partir, gagner son indépendance, mais en même temps, elle était terrorisée. Le havre familial reprenait des couleurs. Finalement, ce n'était pas un si mauvais endroit.

Le téléphone était toujours dans sa main, et avant de le reposer, elle en profita pour inviter Sarah à venir discuter le soir même. Elle avait besoin de son amie pour la rassurer. Et puis elle ne se voyait pas manger en tête-à-tête avec sa mère, sans aucun doute chacune prostrée dans leur silence. Le chat fut bref, travail obligeant, mais suffisant pour organiser leurs retrouvailles le soir même. Elle quitta donc le bureau quelques heures plus tard pour se rendre directement au pub où les deux filles se voyaient très souvent.

Sarah arriva, comme toujours, en retard. Elle dénotait par sa démarche rapide, si déterminée qu'elle en devenait violente. Il était connu que les talons de ses chaussures ne survivaient que très rarement au-delà de leur première année, même pour celles qu'elle ne portait pas souvent.

Ses bras se levèrent, et elle appela Emily très fort. Passer inaperçue n'était pas vraiment une de ses priorités ! Elle était grande, blonde, svelte et possédait à peu près tous les atouts qui rendaient les femmes jalouses et les hommes chagrins. De plus, elle savait très bien en jouer. En la voyant ainsi venir à elle, vêtue de bottes aussi hautes que sa jupe était courte, Emily se demanda s'il existait une règle arithmétique cachée selon laquelle pour toute longueur de jambes masquée, une longueur équivalente de cuisses devait être découverte. Elle se sentit inadéquate avec son ensemble formé de simples jeans et d'un pull-over.

La grande et élégante jeune femme était l'opposée absolue d'Emily. Elle semblait heureuse, pleine de vie, dynamique, incroyablement sûre d'elle, toujours en action, mais aussi aguicheuse et certainement pas timide. Le jour et la nuit. Emily était réservée, tout son focus et son énergie étaient tournés à l'intérieur, vers elle-même.

— Tu n'as pas froid ? demanda-t-elle d'un ton sarcastique dans lequel se cachaient néanmoins quelques éléments d'admiration et même de jalousie.

— Bonjour également !

Après les embrassades traditionnelles, elles prirent la direction de leur pub préféré sans dire un mot de plus. La grande jeune femme marchait à larges enjambées, et Emily la suivait docilement, trottinant à ses côtés.

— Tu aimes mes nouvelles bottes ?

Emily se sentit obligée de regarder les jambes de son amie et déclara, avec une pointe de gêne :

— Très jolies.

— Pas vraiment ton style, hein ?

— Je n'arriverai jamais à marcher avec des talons aiguilles comme ça.

— Ça t'irait tellement bien, si tu voulais bien essayer.

Elle avait entendu cette rengaine trop souvent et refusait d'y donner suite. Pas besoin, Sarah s'en chargea pour elle.

— Tu es superbe. Avec juste un petit effort, tu les ferais tous craquer. Mais t'as décidé de t'habiller en grand-mère. Tu vis ta vie en martyre, c'est tout.

Elle était bien la seule personne qui pouvait lui parler ainsi. Les deux jeunes femmes se connaissaient depuis près de vingt ans. Voisines et amies d'enfance, elles avaient fréquenté les mêmes écoles et s'étaient ensuite suivies à l'université. Elles ne s'étaient jamais perdues de vue. L'incident, huit ans auparavant, avait failli les séparer définitivement ; c'était Sarah qui avait commandé le taxi, cette nuit-là, et qui y avait placé Emily. Mais sa réaction, dès qu'elle avait eu connaissance du drame, son support et le réconfort qu'elle lui avait apporté les avaient rapprochées plus que tout autre chose n'aurait pu le faire.

Emily fut soulagée de voir qu'elles arrivaient au pub. Quelques minutes de plus, et la conversation aurait dévié sur les hommes. Sujet à éviter. Elle se sentait faible, face à son amie, mais également en confiance. Cette ambiguïté avait toujours été présente. Sarah représentait ce qu'elle n'était pas et ne pouvait pas être. Mais elle lui révélait également cette force et cette résilience auxquelles elle aspirait. La vie de son amie n'avait rien d'enviable, et pourtant elle rayonnait d'une joie de vivre indestructible. C'était à son honneur et la démonstration vivante que, si l'on survit à certains drames, on peut aller de l'avant. Elle était sa grande inspiration.

De nombreuses années auparavant, au retour de vacances d'hiver, Sarah avait célébré ses 8 ans chez ses grands-parents. Ses parents lui avaient offert ce détour comme une surprise, et elle en avait été tellement ravie qu'elle avait formé le vœu de désormais fêter tous ses anniversaires de cette façon. Pendant qu'il les ramenait chez eux, son père avait essayé de lui expliquer que les vœux étaient parfois dangereux car ils venaient toujours en contrepartie de quelque chose d'autre. À cet instant, un camion avait dérapé sur du verglas. Elle avait entendu sa mère hurler et puis ce fut tout. Le choc avait rendu la petite fille inconsciente mais pas grièvement touchée. Lorsqu'un infirmier l'avait ramenée à la lumière du jour, elle avait perçu un intense brouhaha autour d'elle. Plusieurs ambulances étaient encore sur le lieu du choc, et beaucoup de gens s'affairaient autour de leur voiture, désormais ouverte comme une boîte de conserve. Les bruits, les mots, les visages ; elle avait rapidement compris qu'elle était devenue orpheline.

Elle s'était ainsi de nouveau retrouvée chez les parents de sa mère, qu'elle avait quittés moins de vingt-quatre heures auparavant, et avait vécu avec eux pendant quelque temps, réapprenant à se faire des amis à l'école. En moins de deux ans, son grand-père avait succombé à un cancer agressif. Peu après sa grand-mère avait commencé à perdre la mémoire, et le diagnostic de la maladie d'Alzheimer fut rapidement confirmé.

De nouveau déplacée, Sarah était arrivée chez ses autres grands-parents, beaucoup plus stricts, et sa vie s'était assombrie encore un peu plus. La seule clarté était venue sous la forme de sa voisine ; une petite fille de trois mois sa cadette. Fille unique également, elle avait passé sa vie entière, non seulement dans le quartier, mais dans la même maison ; elle connaissait tout des environs et avait aidé l'orpheline à se remettre sur pieds.

Très vite, Emily et Sarah s'étaient adoptées mutuellement. Amies, presque sœurs, elles avaient échangé une obligation solennelle de rester les meilleures amies pour la vie. Et cette amitié n'avait jamais cessé de se renforcer depuis.

Première à entrer dans le pub, Sarah se dirigea vers leur table habituelle et, en se retournant, intima quelques mots à Emily.

— Je prends la table, tu sais quoi faire.

Facile. Elle s'approcha du bar et commanda une bouteille de vin blanc sec avec deux verres. À peine fut-elle assise que les questions furent lancées.

— Ça s'est terminé comment, avec ta mère, samedi ?

— On s'est excusées toutes les deux, mais on n'a plus vraiment parlé de tout le week-end.

— Tu l'as vraiment engueulée ?

— Ce n'est rien, elle a l'habitude.

— Emily, regarde-moi.

Elle obéit.

— Tu dois y aller. Tu dois bouger.

— Je ne sais pas…

— Ça ne peut plus vraiment durer. Tes parents t'hébergent, et c'est vraiment sympa de leur part. Mais ils te bloquent aussi. Je le vois bien. Tu n'es pas libre et tu te laisses aller à la facilité.

— C'est juste une petite engueulade ; pas la première fois.

— Justement ! Elles sont de plus en plus fréquentes. Ça ne peut pas être confortable, ni pour toi ni pour elle. Et ton père, il en dit quoi ?

— Rien.

— T'es sûre ?

— Il ne prend pas part. Dans ces moments-là, il va se planquer dans le jardin ou au salon.

Emily finit son verre et s'en servit un deuxième avant de remplir l'autre. Sarah la laissa faire et la regarda en silence.

— À la nôtre, dit-elle en avançant son verre pour trinquer.

— C'est ça.

— Et à ton nouvel appartement.

— C'est loin d'être fait ! Et puis, ici, ça ne va vraiment pas être facile.

— T'as commencé à regarder ?

— J'ai donné mon numéro à des agences, ce matin.

— Bravo ! Tu vas voir, ça va aller vite. Tu vas en visiter dès cette semaine et tu vas pouvoir préparer tes cartons le week-end...

Emily hésita puis se décida à être franche. Après tout, elle avait voulu cette rencontre, il aurait été stupide de faire demi-tour maintenant.

— Une agence m'a appelée, tout à l'heure.

Son ton resta monotone, et ses yeux fixaient son verre.

— Tu vois ! Je te le dis, ça va se faire en quelques jours à peine.

— J'ai dit que j'avais déjà trouvé.

— Quoi, à l'agence ? Pourquoi t'as dit ça ?

— Je ne sais pas, j'ai eu peur.

Sarah attendit quelques secondes puis posa sa main sur la sienne. Sa voix s'adoucit, et elle parla plus bas, soucieuse de ne pas exacerber les inquiétudes de son amie.

— C'est normal. Ne t'en fais pas. C'est un gros

changement, et je comprends ; ça te fait peur, et c'est normal. Mais je t'assure que c'est le mieux. Pour toi et puis pour ta mère. Ça ne peut pas continuer comme ça entre vous. Je suis certaine qu'après vous allez vous rabibocher et que tout ira bien mieux entre vous.

— Elle ne me laissera jamais partir, de toute façon.

— Ne lui demande pas la permission.

Emily leva les yeux et les planta durement dans le regard de son amie. Elle communiqua ses questions par son silence. Sarah poursuivit.

— Dès que tu as trouvé et que tu as signé les papiers, tu lui annonces ton choix. Ne lui en parle pas avant, elle te découragerait. C'est dur, mais je te le répète, c'est mieux pour vous deux.

Emily décrocha son regard et murmura quelque chose.

— Je vais y penser.

— Tu fais mieux que ça et tu agis. Emily, j'ai attendu huit ans pour t'entendre parler de déménager, pour te voir reprendre le contrôle de ta propre vie. Crois-moi, c'est la meilleure chose que tu puisses faire pour toi-même. Je m'excuse si je te chahute, mais je ne veux pas que cette idée aille mourir dans la crainte d'offusquer tes parents.

Elle respira un grand coup, but une large gorgée puis continua.

— Va au bout de ton plan, trouve un appartement sympa. Bouge et recommence à vivre. Fais pas de conneries ou tu le regretteras terriblement plus tard. Il est temps que tu renaisses. Tu es super belle, tu es jeune, tu es intelligente, t'as un boulot qui paye pas si mal ; il ne te manque pas grand-chose ! Alors trouve-toi un bon chez toi douillet et puis même un amoureux, peu après. Vas-y, Lazare, lève-toi et vis !

Elle finit l'autre moitié de son verre sans prendre un souffle d'air et le remplit à nouveau. Puis elle posa à nouveau sa main sur celle d'Emily.

— Je sais que tu n'aimes pas parler de ça, mais je veux juste que tu sois heureuse. Donne-toi la chance d'être heureuse, et ce n'est pas seulement en déménageant d'une chambre à une autre, c'est en ouvrant la porte à tout ce que la vie peut t'apporter. Promets-moi de bouger et de ne pas revenir sur ta décision. D'accord ?

La fermeté et l'aspect solennel du ton firent presque pleurer Emily. Quand elle s'aperçut que les yeux de Sarah étaient eux-mêmes rougis par des larmes contenues, elle lâcha les siennes.

— Je ne sais pas si je peux. Je ne suis pas comme toi, je n'ai pas cette force, cette détermination. Tu es meilleure que moi.

— Non. Tu es la meilleure, et de loin. Écoute, je sais que ce n'est pas facile pour toi de parler de toi-même, alors je vais le faire à ta place. Ce que tu as enduré, je ne le souhaite pas à ma pire ennemie. Mais tu peux le vaincre, mieux que personne. Toi, tu prends le temps, tu réfléchis, tu te poses des tas de questions, mais quand tu as pris une décision, c'est la bonne et tu t'y tiens. Moi je suis brusque et puis, je sais, frivole aussi. Le gars du taxi ? Je l'aurais tué direct. En plein milieu. Je ne sais pas comment, mais il n'aurait jamais touché personne d'autre, ce connard. Mais ça aurait servi à rien, je serais en tôle aujourd'hui, et puis c'est tout. Moi je ne pense pas trop, je fonce et après je regrette.

— Tu n'as jamais de regrets !

— Si, ça m'est arrivé. Je te dirai peut-être un jour. Pas maintenant.

La tension émotionnelle avait atteint la cote d'alerte, et les deux femmes laissèrent leurs larmes conclure cette discussion. Emily n'osa pas poser de questions, mais elle resta troublée par cet aveu, rare de la part de son amie. L'idée que cette femme si dominante, si terriblement confiante et sûre d'elle-même puisse abriter des regrets la laissa abasourdie.

Le reste de la soirée roula sur des plaisanteries dont aucun homme ne sortit grandi et sur des anecdotes cocasses dont Sarah était l'éternelle héroïne. Emily rigola à se briser les côtes et libéra toute la tension qu'elle avait accumulée ces derniers jours. Une autre bouteille de vin remplaça le cadavre de la première, puis une autre. Lorsque le pub annonça l'heure de la clôture, il ne restait plus que deux clientes attablées.

N'ayant eu comme nourriture qu'un petit paquet de chips et un demi-tonneau de vin, Emily pensa qu'elle n'aurait aucun mal à s'endormir mais que, de l'autre côté de la nuit, le réveil serait sans doute sévère. Sans savoir comment elle avait atterri dans son lit, elle se mit à repenser à la soirée et rumina quelque temps. Les deux femmes étaient si différentes, dans tout ce qu'elles faisaient. Sarah était la maîtresse absolue de la vie de Sarah. Elle ne se laissait ni contrôler ni guider par personne. Emily, à l'inverse, se sentait si faible qu'elle était prête à suivre n'importe qui pour éviter un conflit. Finalement, sans ses accès de colère, elle était semblable à son père. Elle se rendit compte qu'elle n'avait pris aucune décision par elle-même, ce soir, et s'était une fois de plus contentée d'approuver les sommations de son amie. Cela prouvait bien que tout était bien à sa place dans le monde.

Peu après, Morphée, sans doute lassé d'attendre, passa la prendre dans ses bras. Elle s'abandonna tout entière à lui, un peu à la manière dont elle venait de confier la prochaine étape de sa vie à son amie.

- 4 -

À la suite de leur conversation au pub, Sarah s'était autoproclamée chef du projet déménagement. Emily l'avait laissé faire pour éviter d'avoir à répondre à toutes ses questions. Et puis au fond, n'était-ce pas ce qu'elle souhaitait ? Le premier appel d'une agence l'avait paniquée. Désormais, son amie allait gérer cette partie, et il lui suffisait d'en attendre le résultat. Elle se laissait guider et ne pouvait qu'y gagner. Même si, une fois de plus, elle regrettait de ne pas être en charge de ses propres choix. Saurait-elle un jour prendre sa vie en main ?

Il ne fallut pas longtemps pour qu'une première visite s'organise. Le rendez-vous fut fixé juste après le boulot, et il n'y avait pas eu de place pour la moindre négociation. L'adresse avait été envoyée par SMS, suivie tout juste d'un impératif :

<< 17:30 pas de retard >>

Le cœur serré, à la fois impatiente et terriblement nerveuse, elle retrouva son amie à l'endroit convenu. Elle était déjà là, en grande discussion avec un jeune homme qui semblait totalement incapable de contrôler son regard. Peut-être était-ce juste à cause de sa petite taille, mais il

51

avait beaucoup de mal à élever sa vue jusqu'au niveau des yeux de Sarah. Emily sentit une boule de colère se former dans son ventre ; encore un de ses hommes supérieurs qui ne savent voir en Sarah, ou en toute autre femme d'ailleurs, que l'objet de leurs désirs frustrés. De son côté, la grande jeune femme dominait l'entretien avec un véritable plaisir, sachant pertinemment le rôle qu'elle jouait dans l'imagination de son interlocuteur. C'était aussi cela qui gênait Emily, ce jeu gratuit auquel se donnait volontiers de nombreuses femmes, perpétuant ainsi les pires stéréotypes. Elle se sentait toujours mal à l'aise lorsque son amie s'y adonnait librement, et encore plus lorsque celle-ci lui reprochait de n'être bloquée que par jalousie et lui enjoignait d'en faire autant.

L'homme restait figé et ne remarqua que tardivement qu'ils avaient été rejoints. Il salua la nouvelle venue d'une poignée molle, servie par une main moite, avant de ramener son regard sur l'objet de son admiration, insouciant du dégoût inscrit sur le visage de la jeune femme qui lui fut présentée comme la future locataire. La visite qui suivit fut courte, ponctuée de questions qui firent passer le visage du petit agent immobilier du pourpre de l'émotion causée par la vue de Sarah à une pâleur graduellement accentuée par chaque mot dégradant qu'elle prononçait. Elle ne fit aucun cadeau et pointa un par un tous les défauts de l'appartement.

L'opération dura moins de vingt minutes. Sa conclusion fut brève et sans appel.

— Ce n'était pas pour toi, finit par dire Sarah lorsqu'elles furent de nouveau seules. Trop vieux, pas d'ascenseur et puis bien trop bruyant. La journée, ça va, tu es habituée au bruit, mais pense que tu vas dormir là. Le prochain est plus reculé et plus au calme, tu verras demain.

Une autre visite fut planifiée pour le lendemain, même heure. Emily accepta la sentence d'un simple hochement de tête. Elle se sentait très mal à l'aise. Les agents qui se prétendaient amis, Sarah qui jouaient les séductrices, toutes les questions auxquelles il fallait bien penser pour ne pas se faire rouler. Et puis le conflit inéluctable avec sa mère, qui n'accepterait jamais qu'elle parte. Le déménagement à organiser. Et puis quoi, ensuite ? Qu'est-ce que tout cela changerait, au fond ?

Sans trop échanger de paroles, elle quitta son amie au métro, après avoir dû promettre de la retrouver à nouveau le lendemain pour deux autres visites. Sarah gérait le projet très sérieusement. Avait-elle vraiment bien fait de la laisser prendre le contrôle ? Se retrouver seule chez elle l'attirait tout autant que ça l'effrayait. C'était un peu comme si elle vivait sur une barge dont les amarres se seraient brisées dans la nuit. Au réveil, elle ne reconnaissait plus le rivage.

Le jour suivant arriva bien vite ; nouvelle soirée, autre agent. Nouvel endroit, même heure. Certaines choses changeaient, mais le principal restait constant : Sarah s'était bien mis en tête de la faire partir de chez ses parents ; et elle ne reculerait plus. L'appartement du jour ne fut pas mieux que le précédent, et l'agent fut rapidement congédié. L'espoir chancelait. Mais pourquoi diable s'était-elle laissé embarquer dans une telle galère ? Elle s'apprêtait à repartir, quand elle fut happée par son amie.

— Tu vas où, comme ça ? On n'a pas fini.

— Il y en a encore ?

Sa voix était celle d'une enfant qui, croyant avoir fini ses corvées, s'apercevait soudain qu'elle n'en avait terminé que la moitié.

— Un autre ce soir, et j'en ai deux de plus demain. Le prochain à l'air pas mal du tout, mais demain j'en ai un superbe, avec petit balcon, gym et un jardin privatif. Je crois qu'on a vu les pires, ça va s'améliorer, maintenant.

Tout en la guidant vers le prochain site, elle s'était mise à promouvoir le résultat de ses recherches à Emily, qui de son côté n'écoutait plus qu'à moitié.

Et le manège recommença. Nouveau lieu, mêmes simagrées. Cette fois, leur guide était une grande femme brune. La ressemblance avait Sarah était frappante. Grande, belle, habillée pour séduire et de l'énergie à revendre. Emily marchait en retrait, les laissant échanger les banalités d'usage. Elle se concentra autant qu'elle put sur l'appartement. Situé au troisième et dernier étage, avec tout juste un voisin sur le palier, il semblait plutôt silencieux. Elle en fit le tour seule. Tout était meublé, prêt à l'accueillir. Elle s'assit sur le bord du lit et se regarda dans le miroir de la penderie. L'image qui lui parvenait lui inspirait juste une grande lassitude. Elle avait hâte d'en finir avec tout ça. Tout ce qu'elle avait voulu initialement, c'était se retrouver chez elle. Partir, quitter, fuir le cocon parental. Peu importait où, elle voulait juste être libre. Et seule.

Elle se rendit dans la cuisine, guidée par les deux voix aiguës qui semblaient s'être lancées dans une compétition de vitesse d'élocution. Il s'agissait plus d'un match que d'une discussion. Elle n'attendit pas d'être invitée pour rejoindre la conversation et leur annonça clairement, d'une voix plus assurée qu'elle ne l'avait anticipé :

— O.K., je le prends.

Sarah fut la première surprise.

— Quoi ? Mais on en a d'autres à voir…

Emily l'ignora complètement et fixa l'autre brunette droit dans les yeux.

— Il y d'autres personnes intéressées ?

Très habituée à de telles scènes, l'agent montra rapidement qu'elle savait nager avec les requins. Ses pupilles affichèrent presque le symbole de la monnaie, comme dans les dessins animés, et sa voix se transforma ; elle ne jouait plus, désormais elle devait gagner.

— J'ai un couple qui passe le visiter ce soir, et un homme l'a vu cet après-midi, j'attends son appel. Il y a une très forte demande pour ce genre d'appartement. Il est bien situé et puis…

— Décommandez-les. Si je paye une avance maintenant, est-ce que ça suffit ?

— Avec une semaine de loyer maintenant, je le mets en réserve pour vous ce soir. Si vous payez six semaines de loyer d'avance demain matin, je lance la procédure, et il est à vous.

— Marché conclu.

La poignée de main qui suivit confirma la transaction.

Une fois dehors, Sarah prit enfin la parole. Elle s'était tue jusque-là, sachant que, parfois, il valait mieux laisser son amie aller au bout de ce qui pouvait a priori sembler n'être qu'un caprice mais cachait bien souvent une très grande détermination.

— Tu es sûre que c'est le bon appart ?

— M'en fout.

Sarah arrêta de marcher et se planta droit devant Emily. Elle lui prit les mains dans les siennes et la transperça du regard.

— Qu'est-ce qu'il se passe ?

Emily comprit qu'elle était prête à libérer son alter ego démoniaque et fit ce qu'elle put pour le remettre dans sa boîte. Pas ce soir.

— Écoute, j'en ai marre de courir à travers la ville. Pas besoin de visiter des tas de bâtiments. Celui-là a tout ce qu'il faut.

— T'aurais pu voir les autres, quand même. Je me suis démerdée pour t'organiser des tas de visites, pour te trouver le meilleur appart possible…

— Tout le monde dit qu'il faut décider vite. Et de toute façon, tu étais plus intéressée par la jolie demoiselle que par l'appartement, j'ai pris les devants, c'est tout.

— Merci bien ! J'essayais de lui tirer les vers du nez pour découvrir s'il y avait des défauts cachés.

— J'ai besoin d'un pied-à-terre, et celui-là à l'air très bien. T'as entendu ? Il y a de la demande… Il faut faire vite, ici.

— Et s'il ne te plaît pas ? Tu me refais une crise dans un mois, et qui c'est qui va devoir courir les agences à nouveau ?

— Ça ira. Écoute, je te remercie pour tes efforts. Je suis sûre que ça va aller très bien.

— Bon. J'espère que t'as fait le bon choix.

— On verra bien. Allez, je te laisse, il faut que je rentre.

Une fois seule, Emily se demanda si elle avait eu raison de donner cet argent et de signer les papiers aussi vite. Quelle raison l'avait poussée à agir aussi impétueusement ? Son action avait-elle été motivée uniquement par le projet de déménager ou était-ce quelque chose d'autre ? Elle s'était sentie faible, comme la petite sœurette pas bien douée qu'il faut aider à faire ses devoirs. Sarah l'avait aidée, c'est vrai, mais elle poussait tout trop loin. C'était devenu trop sérieux, trop intense. Elle voulait en finir avec tout ça. Alors elle s'était forcée à prendre les devants. Elle avait décidé de louer cet appartement et d'en faire son chez-elle, sa nouvelle adresse pour elle seule.

Ses pensées conjurèrent dans son esprit un souvenir douloureux de la soirée fatidique. Après avoir obtenu ce qu'il désirait, le chauffeur du taxi n'avait plus eu besoin d'elle et l'avait poussée hors de sa voiture. Emily n'avait tout d'abord pas reconnu où elle était. Titubant sur le trottoir, elle s'était redressée lentement. Sa jupe déchirée était restée retroussée et ne masquait que très partiellement son intimité. Elle n'en avait aucune conscience. Elle avait juste commencé à marcher. Pour être ailleurs ; n'importe où mais pas là. Ses jambes avaient fait tout le travail sans que le cerveau ne les dirige. Elles l'avaient conduite dans la direction d'une porte d'immeuble. Était-ce le sien ? Elle ne savait plus.

— Hey, toi ?

Elle s'était retournée, machinalement, par réflexe,

comme un animal que l'on venait de siffler.

— Souviens-toi, ma salope, que je sais exactement où t'habites. Tu dis un seul mot…

La menace, bien qu'incomplète, avait pourtant été très claire. Elle était entrée dans la tête d'Emily et s'y était gravé au milieu de toute l'horreur qui venait déjà d'y prendre logis. Elle n'avait rien répondu, avait simplement retourné la tête et était entrée chez elle.

Le souvenir de cette nuit lointaine l'empêcha à nouveau de dormir correctement. À chaque fois qu'un épisode lui revenait en mémoire, elle avait des troubles du sommeil. Il n'y eut pas d'exception ce soir-là.

Une semaine s'écoula sans trop de mouvements. Emily avait envoyé sur WhatsApp un message d'excuse à Sarah, qui avait répondu qu'il n'y avait aucun souci et qu'elle savait quand son amie avait besoin d'air. Elle lui laissa le temps de se recomposer.

C'était aussi ça qu'Emily appréciait. Beaucoup de gens, même parmi sa famille, ses collègues, ses soi-disant amis, l'auraient laissé tomber. Ses poussées violentes de colère n'aidaient pas à établir de bonnes relations sereines. À vrai dire, sa mère aussi le comprenait et l'acceptait. Comme dans un sursaut de conscience, elle s'en rendit compte et se sentit soudain coupable de ne lui avoir rien annoncé. Les deux n'avaient pas beaucoup parlé depuis leur altercation. Dix jours durant lesquels le mariage de la cousine n'avait pas été mentionné, et seule la politesse la plus élémentaire avait permis l'échange de quelques mots.

Une forme de honte vint bousculer ses pensées. Elle allait heurter sa mère une fois de plus, et pour quelle raison, finalement ? La liberté était sans doute à ce prix. Leur prochaine discussion s'annonçait tendue.

Si elle s'était rendue à l'agence dès le lendemain pour signer tous les documents, Emily avait reporté la confrontation familiale au samedi. Sa mère allait prendre la nouvelle très mal, il n'y avait aucun doute. Son père resterait à l'écart, comme à son habitude. Un nouveau week-end ruiné ! Mais elle savait que c'était aussi l'un des derniers à se dérouler ainsi. Bientôt, elle allait goûter à sa liberté retrouvée.

J'espère que ça en vaut la peine et que je n'ai pas fait une belle connerie, se répétait-elle sans cesse.

Le moment arriva. Elle finit son petit déjeuner, sans vraiment avoir prononcé de paroles, au-delà de quelques acquiescements d'usage. Puis elle se versa une tasse de thé. Elle était certaine de trouver son père au salon et franchit d'un pas déterminé la porte qui y conduisait. Il était bien là. Réglé comme un coucou suisse, son père aimait sa routine, il en dépendait. Elle l'aimait pour cette raison ; il était pour elle un faisceau de stabilité dans un monde sans cesse en mouvement.

Comme elle l'avait présagé, il était installé dans son fauteuil et s'était mis à remplir une nouvelle grille de mots croisés. Elle s'approcha doucement, lui offrit la tasse en apaisement préventif, juste au cas où…

— Papa… il faut que je vous dise quelque chose, à maman et à toi.

Peut-être était-ce sa voix, la surprise, ou quelque chose d'autre que lui seul ressentit, toujours est-il qu'il posa son crayon et la regarda d'un air grave mais affectif. Il lui donna toute son attention, alors qu'elle s'attendait seulement – et s'en serait bien contentée – à une oreille discrète.

— Qu'est-ce qu'il y a, ma puce ?

— En fait, je voulais vous dire que…

Les mots se tarirent dans sa gorge.

— … voilà, je… enfin… voilà, j'ai trouvé un appartement et… je vais déménager.

Une lueur inattendue alluma le regard paternel. Se pouvait-il que ce soit de la joie ?

— Et tu vas aller y habiter bientôt.

Ce n'était pas une question, juste l'énoncé d'un fait, comme s'il savait déjà tout ce qu'elle avait à lui dire, et même un peu plus.

Elle perdit contrôle, ou plutôt elle retrouva l'usage de sa voix, et les mots se précipitèrent tous à la fois.

— Ce n'est pas pour vous quitter. Je suis bien, ici. Mais il est temps que je reprenne un appartement et que j'y vive, enfin tu sais, comme avant. Ce n'est pas très loin du travail, et puis aussi près de Sarah, et comme ça je ne serai jamais vraiment seule et je pourrai inviter des gens sans vous déranger. Et puis ce n'est pas trop loin d'ici non plus, et je reviendrai vous voir, bien sûr ; je ne quitte pas le pays, quand même. Mais je ne sais pas comment le dire à maman sans lui faire trop de peine. Parce que je suis sûre qu'elle va me dire que c'est de la folie et que je devrais rester ici ; mais je ne sais pas si je peux continuer longtemps…

Il interrompit le flot en posant simplement la main sur son épaule.

— Regarde-moi, Emily.

Elle ne s'était pas rendu compte que ses yeux s'étaient abaissés à mesure qu'elle parlait. Pourquoi était-elle si gênée ?

— Ma chérie, je suis ravi que tu aies trouvé cette force en toi. Ce n'était pas une décision facile à prendre, et elle te tarabustait depuis longtemps.

La surprise lui fit regarder son père d'un œil nouveau.

— Euh non. Enfin, j'ai juste commencé à chercher il y a deux semaines. C'est tout.

— Il y a beaucoup plus longtemps que tu le voulais. Ces choses-là prennent leur temps, il ne faut jamais les forcer.

Emily resta abasourdie. Elle connaissait son père comme un observateur discret. Mais que voyait-il, au juste ? Bien plus qu'elle n'avait imaginé. Malgré son silence et son refus de participer au moindre conflit, il n'en pensait pas moins, très clairement.

— Mais je n'ai vraiment pensé à déménager que depuis ma dispute avec maman. Ça ne m'était jamais venu à l'esprit avant.

— Mais peut-être bien que la graine était quand même déjà là, profondément enfouie, et qu'elle attendait une meilleure pluie pour enfin sortir.

Elle sourit. Ses métaphores horticoles avaient un côté apaisant. La plupart des hommes auraient utilisé des références mécaniques ou guerrières. Elle aimait que son père pût s'exprimer avec des images de croissance plutôt que de destruction. Plus que tout, c'est lui qui allait lui manquer, après qu'elle aurait quitté la maison.

— Quand tu es revenue vivre avec nous, il y a huit ans, j'étais pétrifié par ce qui t'était arrivé. Je ne savais

61

pas quoi te dire. Alors j'ai laissé ta maman le faire. Nous, les hommes, on n'est jamais très bons, là-dedans. Elle t'a beaucoup aidée, et j'espère que tu t'en rends compte. Ça n'a pas été facile non plus pour elle.

— Je sais, papa, je ne suis pas une fille facile.

— Je n'en voudrais aucune autre.

Quelques larmes rafraîchirent les joues d'Emily. Elle sentit leur sel au moment de parler mais fut interrompue par le léger grincement de la porte de la cuisine.

— Chérie, Emily à une nouvelle à t'apprendre.

Elle le remercia d'un regard d'avoir pris cette initiative.

— Oui ? Fut la seule réponse. Elle ne souriait pas. Emily convoqua tout ce qu'elle avait de force et de courage. La gorge brûlante, les yeux piquants et les poings serrés dans son dos, elle se lança :

— J'ai trouvé un appartement.

Sa mère l'observa durement. Quelques secondes s'égrenèrent très doucement, comme si elles souhaitaient ralentir leur course.

— Tu veux me quitter ? Pourquoi ? Je t'offre tout, ici.

Elle laissa quelques secondes supplémentaires appesantir le silence avant de balayer l'air du torchon qu'elle avait gardé en main.

— Ça ne marchera pas, de toute façon. Tu vas nous rappeler dans deux semaines pour qu'on te ramène ici.

Et, tournant les talons, elle se retrancha dans la pièce d'où elle était venue.

Cette fois, les larmes coulèrent à gros flots, et Emily se laissa aller à trembler. Son père la prit dans ses bras et la serra très fort. « Elle est juste un peu anxieuse. Ne t'en fait pas, je vais lui parler. »

Un rideau de pluie lui brouillait la vue, mais elle aperçut la silhouette de son père qui se dirigeait vers la cuisine à son tour. Malgré la porte fermée, et sans doute pour la première fois, elle l'entendit hausser le ton envers sa propre épouse. Elle ne voulait pas entendre ça et quitta la maison au plus vite.

Elle s'en voulut d'avoir forcé ce conflit entre eux deux. Décidément, elle posait bien des problèmes autour d'elle. Il était vraiment temps de partir, de fuir, de disparaître.

Emily ignorait comment son père avait rattrapé la situation, mais elle fut ravie de ne faire l'objet d'aucune question ni d'aucuns commentaire, dans les jours qui suivirent. Après avoir récupéré les clés, elle confirma son déménagement prochain. Sans surprise, après avoir fait son annonce à table, elle passa le reste de la soirée seule dans sa chambre et ne reçut pas la moindre visite. Ce soir-là, cette solitude lui convint très bien.

Le jour J arriva bien vite. La préparation de ses affaires ne lui prit qu'une petite heure. À vrai dire, elle n'avait pas grand-chose. L'étagère de la salle de bains avait été vidée d'un grand geste du bras, et l'ensemble pouvait facilement être contenu dans une petite valise. Il avait ensuite suffi de trois gros sacs pour les vêtements. Les livres et CD, quant à eux, tenaient dans tout juste deux cartons. Une fois l'empaquetage terminé, sa chambre faisait encore plus clinique, avec ses meubles blancs désormais vides. Elle s'assit sur le bord du lit et arrêta son regard sur la petite pile de paquets et de sacs entassés vers la porte. *Voilà*, se dit-elle. *Ma vie se résume à ces quelques bagages.*

Au moment du départ, son père l'embrassa fermement avant d'aller placer ses affaires dans la voiture. Elle avait choisi de déménager avant le dîner, soucieuse de réduire autant que possible les chances de disputes familiales. Sa mère avait décidé de rester dans la cuisine, prétextant qu'elle devait s'occuper du repas. Le froid entre elles était devenu glacial, arctique.

Son père essaya bien de la convaincre, mais sans effet. Une fois de plus, elle perçut de plein fouet toute la méfiance maternelle ; ou plutôt cette certitude que sa petite escapade ne durerait pas bien longtemps.

— Emmène-la si tu veux, ça ne durera pas longtemps, de toute façon.

— Tu pourrais quand même dire au revoir à ta fille.

— Elle revient là dans dix jours maximum, je te le dis. Vas-y, emmène ses affaires dans son trou. Et reviens vite ou ton dîner sera froid.

Le voyage se fit en silence. Elle ne savait pas quoi dire à ce père qui semblait mieux la comprendre, mieux l'accepter, mieux l'aimer peut-être que sa mère qui avait pourtant veillé sur elle pendant toutes ces années. Il s'était placé dans une position difficile, mais tout cela n'était que sa propre faute. Sans ce déménagement, rien n'aurait changé.

Arrivé à destination, il l'aida à monter les bagages puis effectua un tour rapide de l'appartement. Il la félicita pour son choix et lui promit que tout irait bien.

— Sauf que maintenant, maman me déteste.

— Non. Elle t'aime autant qu'avant. Simplement, tu vas lui manquer. Et puis elle a un peu peur.

— Elle n'a pas confiance en moi ?

— Elle ne veut pas qu'il t'arrive quelque chose de mal. Ne lui en veux pas, c'est normal, tu sais, qu'elle s'inquiète comme ça.

— Mais toi, tu as confiance en moi ?

— Je m'inquiète aussi, mais je sais qu'il est temps que tu t'installes à nouveau et que tu fasses ta vie. Je suis fier de toi. On l'est tous les deux, chacun à notre façon.

Elle ne répondit rien et alla ouvrir la porte du frigo, comme si elle espérait par miracle y trouver quelque chose à lui offrir.

— Je ne peux rien te proposer à boire. Tu vois, je n'ai même pas pensé à ça.

— Ne t'en fais pas, de toute façon, il vaut mieux que je rentre.

Il fit un pas vers la porte.

— Merci, papa. Pour tout.

Il répondit d'un sourire.

— Revient vite nous voir.

Il disparut en coup de vent.

Et elle fut seule chez elle. Enfin. Que faire, maintenant ? L'appartement lui semblait si grand. Elle n'eut pas le goût de déballer ses affaires. Elle n'avait rien à manger, mais elle n'avait pas faim non plus. Il n'y avait rien à faire, dans ce grand espace si vide. Elle était chez elle, désormais, et cette idée la frappa. Elle réalisa combien elle avait dépendu des autres si longtemps. Dorénavant, c'était à elle de tout organiser, de tout faire.

Elle eut envie d'un bain bien chaud. Rien n'était plus relaxant, et en ce moment, elle en avait grand besoin.

Pendant que l'eau coulait, elle commença à arranger quelques affaires sur l'étagère de la salle de bains. L'eau était toujours froide. Elle continua son rangement quelques secondes puis passa un doigt de nouveau sous le robinet. Rien, toujours froide. Ça n'était pas normal. Elle vérifia qu'elle avait bien tourné le robinet correctement. Oui. Elle alla voir la chaudière, qui se trouvait dans un placard accessible depuis la cuisine, et tout lui parut normal. Les robinets de la cuisine confirmèrent pourtant qu'il n'y avait pas d'eau chaude.

Diverses émotions la submergèrent. Des regrets la visitèrent, bientôt rejoints par le sentiment d'avoir fait une grosse erreur. Les larmes jaillirent, et elle alla s'effondrer sur le sofa en se prenant la tête dans les mains.

Elle resta prostrée ainsi de longues minutes avant de se lever. Elle avait besoin d'aide, mais qui appeler ? Son père ? Non, elle ne voulait pas donner raison à sa mère dès le premier soir. Il lui fallait résoudre ce problème par elle-même. Un plombier ? Oui, il saurait sans doute réparer. Elle sortit son portable de son sac puis se ravisa. Et pourquoi pas demander à un voisin en premier ? Après tout, il y avait peut-être un problème dans tout l'immeuble ?

Elle traversa le palier pour aller frapper à la porte opposée à la sienne. Quelques secondes, aucun mouvement. Était-elle seule dans l'immeuble ? Un frisson la parcourut, et puis un bruit se dégagea. Quelqu'un déverrouillait une serrure. Un visage parut en face d'elle. Un jeune homme au regard grognon la dévisageait.

— C'est quoi ?

— Excusez-moi de vous déranger, je suis votre nouvelle

66

voisine d'en face. Mon eau chaude ne marche pas et…

— Et alors ?

— Je voulais juste savoir si vous aviez de l'eau chaude chez vous.

— Oui.

— Il n'y en a pas chez moi.

— Appelez un plombier.

L'exaspération grandissante lui fit serrer les dents.

— Ça vous ennuierait de venir voir si ma chaudière a un problème ?

Un long souffle exaspéré lui fut offert pour toute réponse, et la porte se referma.

Mais quel connard ! se dit elle, tout en restant figée sur le paillasson. Qu'était-elle censée faire, maintenant ? Frapper de nouveau, rentrer chez elle ? La porte se rouvrit, et le grincheux reparut, portant une trousse à outils.

— Allez-y, je vous suis. Il tendit son bras comme pour lui indiquer le chemin.

Contre tous ses instincts, elle le laissa marcher directement vers la cuisine. Visiblement, il savait très bien où il allait. Quelle sorte d'homme venait-elle de faire pénétrer dans son monde ?

Arrivé devant la chaudière, l'homme peu bavard se contenta de regarder à différents endroits. Il était vêtu d'un simple jogging et de sandales. Visiblement pas rasé depuis plusieurs jours, il semblait sortir d'une grotte plutôt que du centre de Londres. Elle essaya cependant de se montrer sympathique. Après tout, en cet instant, elle avait besoin de lui. Et puis elle ne voulait laisser aucune mauvaise impression à ce sale type, aucune raison pour qu'il lui en veuille.

— Je viens d'emménager dans l'immeuble.

Aucune réponse.

— Vous habitez là depuis longtemps ?

Une sorte de grognement fut accompagné d'un geste vif de sa main. Et puis il tourna une petite manette logée le long d'un tuyau.

— J'espère que ce n'est pas grave, j'ai pas envie d'avoir à remplacer la chaudière.

— Y aura pas besoin.

— Comment ça ? demanda-t-elle, surprise qu'il sache parler.

— Vous n'aviez pas ouvert l'arrivée de gaz.

Elle resta muette. D'un doigt, il tapota le panneau de contrôle, appuya sur un bouton, et peu après, un voyant s'alluma en vert. La chaudière se mit à ronronner, un peu comme un estomac affamé.

— Essayez un robinet.

Elle obéit, et en quelques secondes, une agréable sensation de tiédeur lui parvint entre les doigts.

— Pas bien compliqué. Il suffisait d'ouvrir le gaz et d'enclencher le brûleur.

Il reprit sa trousse à outils et s'avança vers la sortie.

— Je suis désolée, je viens d'emménager et je ne savais pas.

Elle se sentait si stupide de ne pas avoir pensé à ça elle-même.

— C'est bon, ça marche, maintenant.

— Euh, merci, je ne sais pas comment vous récompenser. Je ne peux pas vous offrir à boire, je n'ai rien au frigo, même pas de quoi manger.

— Vous fatiguez pas.

Il se dirigeait déjà vers la porte.

Elle était prête à exploser. Le dérangement ne valait pas cette muflerie. Elle voulait lui courir après, le gifler, lui expliquer la politesse, la galanterie, mais il était parti. Le temps qu'elle rejoigne son palier, et elle entendit une porte se refermer, il avait disparu.

Le ridicule et la honte qui l'avaient habitée jusque-là avaient fait place à une forte colère. Mais qui était cette espèce de Cro-Magnon ? Quelle sorte de voisin s'était-elle décroché là ? Décidément, rien n'allait comme il fallait.

Une heure plus tard, et après un bon bain bien bouillant, elle se sentit apaisée. Rien de tel que de se prélasser dans de l'eau chaude et de nombreuses bulles pour se remettre en état. Tout juste vêtue de sa robe de chambre, elle s'apprêtait à ranger quelques vêtements dans la penderie, quand elle entendit deux petits coups frappés contre la porte. Elle s'immobilisa sur-le-champ.

Merde, c'est le taré d'en face qui revient. Son esprit s'accéléra. Que faire ? Elle ne pouvait pas masquer la lumière sous la porte, et puis il savait déjà qu'elle était là. Peut-être qu'en attendant un peu… Mais les deux coups furent répétés. D'accord, elle n'avait pas vraiment le choix, mais elle se promit de le rembarrer sèchement, cette fois. Et surtout de ne pas le laisser entrer.

Elle entrouvrit à peine la porte et s'apprêta à le tancer mais fut coupée court par la surprise. Le visiteur nocturne n'était pas un ogre bourru mais une toute petite femme assez âgée, qui pencha la tête pour lui offrit un magnifique sourire. Elle semblait porter quelque chose entre ses mains.

— Bonjour, dit-elle d'une voix douce, j'espère que je ne vous dérange pas ?

— Qu'est-ce que c'est ?

Elle ouvrit la porte davantage.

— Oh, mais vous sortez de la douche, je m'excuse, je vais repasser plus tard.

Emily se rappela sa tenue et qu'elle portait encore une serviette enroulée telle un turban autour de ses cheveux.

— Non, non, ne vous inquiétez pas.

— Oh, excusez-moi, je me présente. Je suis Martha, je suis votre voisine.

Sa surprise dut être évidente, car la dame se mit à indiquer l'autre porte, celle d'en face, la porte de l'ours.

— Vous habitez…

— Oui. Je crois que vous avez vu mon fils un peu plus tôt ?

— Euh, oui. Oui, oui, bien sûr, il m'a aidé avec la chaudière.

— C'est toujours bien des soucis, ces appareils-là. Mon mari savait s'en occuper, mais maintenant, j'ai mon fils. Il est dégourdi, avec ces choses-là.

Pour combler le silence qui s'installa, elle tendit ses mains en avant, et Emily s'aperçut enfin qu'elle tenait quelque chose bien à plat.

— Je vous ai apporté du hachis parmentier. Je l'ai préparé ce soir, mais il y en a toujours un peu trop, quand je cuisine. Je ne mange pas beaucoup, vous savez.

— Oh, c'est vraiment très gentil, madame, mais il ne

70

fallait pas.

Elle lui proposa enfin d'entrer. Cette rencontre inattendue lui parut tellement surréelle. De voir cette femme si gentille et si douce, elle se demandait bien comment le fils pouvait être aussi grossier.

Une fois que la voisine fut à l'intérieur, elle lui proposa le sofa, pendant qu'elle portait le plat en cuisine. Il était encore chaud, et elle ne pouvait pas nier que son appétit avait été grandement ravivé par les odeurs qui émanaient de sous la fine couche de papier aluminium.

— Appelez-moi Martha, pas de madame entre nous.

— D'accord. Moi, c'est Emily.

— C'est un très joli prénom, Emily. Et puis ne te gênes pas pour moi, je suis sûre que tu as faim, profites-en pendant que c'est encore un peu chaud.

Elle ne se fit pas prier deux fois. Elle transféra une large portion sur une assiette et reparut armée d'une fourchette. Elle attaqua le plat avec envie. Elle n'avait pas envisagé de manger ce soir, mais ce plat était vraiment succulent. Eh bien, si elle s'était attendue à ça !

— Humm c'est délicieux. Merci encore.

— Oh, ce n'est pas moi qu'il faut remercier, c'est mon fils. Quand on mangeait, il m'a dit que tu n'avais rien dans ton frigo et que je devrais t'apporter le reste du plat.

Elle faillit s'étouffer. Avait-elle bien entendu, ça venait de lui ? Non, impossible, c'était sans doute Martha qui ne voulait pas recevoir de compliments. Elle engagea la conversation sur un autre sujet.

— Il y a longtemps que vous habitez ici, Martha ?

Sa voisine baissa un peu les yeux, et sa voix s'emplit de

tristesse.

— Avec mon mari, on est venus habiter ici il y a vingt-quatre ans. Le bâtiment venait d'être construit, quand on a emménagé. C'était beau, tout neuf partout.

Elle marqua une pause, ponctuée seulement d'une lourde respiration.

— Il est décédé d'un cancer. Ça va bientôt faire trois ans.

— Je suis vraiment désolée. Pardonnez-moi de vous rappeler ces tristes souvenirs.

Après quelques secondes de vide, Martha releva la tête et essaya de sourire à nouveau. La douleur était toujours là, si forte encore après toutes ces années. Emily eut de la peine pour elle et se demanda si cette femme était finalement plus jeune qu'elle ne paraissait.

— Votre hachis est vraiment délicieux, lança-t-elle pour changer de sujet une nouvelle fois.

— C'est peu de chose, mais je cuisine, ça m'occupe. Et puis, c'est pour mon fils. Il faut bien qu'il mange.

Le revoilà, celui-là, pensa-t-elle. Il joue sans doute les fils prodigues pour profiter des largesses de sa mère. Quel salaud.

— Allez, je ne veux pas prendre tout ton temps. Et puis il est déjà tard.

Martha se leva, et elle fit de même.

— Je suis contente qu'on ait de nouveau une voisine. Les quelques semaines qu'on a eu sans personne, c'était triste.

Elle s'approcha, et Emily se laissa embrasser.

— Viens frapper si tu as besoin de quoi que ce soit, surtout. N'hésite pas !

— Merci, Martha. Sans vous, je ne mangeais pas ce soir.

— Allons, allons, ce n'est rien.

Une fois la porte refermée, Emily revint en cuisine et finit le plat, très heureuse finalement d'avoir mangé. Mais plus important, elle se sentait un peu rassurée sur le voisinage. Martha semblait adorable. Mais elle ne devait vraiment pas connaître son fils. L'amour d'une mère pouvait vraiment tout transformer. Si seulement la sienne était pareille. Si elle avait pu au moins accepter son départ.

- 5 -

La première semaine se déroula sans problèmes. L'appartement se trouvait désormais plus proche du bureau d'Emily que la maison de ses parents, et elle gagnait ainsi une demi-heure de transport chaque jour. En se rendant à la station de métro le premier jour, elle découvrit une petite épicerie, à l'angle de sa rue, et s'y rendit le soir même pour quelques courses d'appoint. Elle compléta ses achats par une large commande sur Internet et put ainsi approvisionner les placards de la cuisine. Après tout, elle ne voulait pas abuser des bons petits plats de sa voisine. C'était dommage, en un sens, car celle-ci cuisinait très bien. Le plat du hachis parmentier avait été nettoyé, et dès le lendemain de son arrivée, Emily l'avait rapporté à son propriétaire après avoir réussi à dominer ses craintes de tomber sur l'ogre de fils. Par chance, il avait dû s'absenter, et Martha était seule. Elles avaient pu discuter librement et ainsi continuer à mieux se connaître. La vieille dame l'avait rapidement amenée au tutoiement, mais Emily n'y parvint pas. Elle expliqua qu'elle ne pouvait pas franchir cette barrière, que cela lui paraitrait malpoli. Martha finit par accepter, mais avant qu'elles ne se quittent, elle lui fit promettre de passer la voir quand elle le souhaitait. Emily n'osa pas avouer que la possibilité de se trouver nez à nez avec le fils l'angoissait, et elle résolut de revenir de temps en temps, à condition que Martha passe la voir également.

De son côté, Sarah n'avait pas résisté très longtemps et, dès le lendemain du déménagement, avait lancé un assaut de SMS. Emily avait fini par céder et l'avait invitée à visiter, dès le samedi soir. Au bureau, Marc s'était montré tout aussi intéressé. Il l'avait grillée au cours d'une pause thé, un matin, et elle avait fini par lui parler du voisin et de leur première rencontre quasi explosive.

— Si tu veux, je passe m'occuper de lui, avait proposé Marc.

Elle avait répondu que ce ne serait sans doute pas la peine, bien qu'au fond d'elle-même l'idée lui parût tentante.

— Et puis je ne suis pas sûr que ton copain apprécierait.

— Ça dépend comment on s'en occupe, avait-il lancé, avec un clin d'œil polisson.

Elle préféra laisser passer. Avec un peu de chance, le voisin allait se comporter normalement, maintenant qu'elle avait sympathisé avec sa mère.

Le vendredi arriva, et avec lui sa première soirée de vraie détente chez elle. Elle l'avait planifiée pour en profiter pleinement. Elle passa commande de plats indiens à un restaurant dont elle avait reçu un menu dans la boîte aux lettres. Seule, elle se sentait enfin prête à célébrer sa liberté à sa façon, c'est-à-dire en dansant pieds nus sur la musique qu'elle aimait. Musique qualifiée de barbare par sa mère et que, par conséquent, elle n'écoutait presque exclusivement qu'au travers d'un casque planté sur ses oreilles.

Avec un sentiment qui se rapprochait d'une sorte d'impertinence juvénile, elle avait lancé le dernier CD de Nightwish, un groupe proche du genre heavy metal mélodique, et s'était lancée dans une danse libre et sauvage, sans aucune chorégraphie. Après deux titres endiablés, la chanson suivante allait démarrer, quand on frappa à la porte. Sans aucun doute les plats cuisinés attendus. Elle déverrouilla et s'apprêta à saluer le livreur, mais c'est le visage du voisin qui apparut.

— Faut baisser votre musique.

— Quoi ? Elle avait presque réussi à l'oublier, et le voilà qui se radinait, aussi gracieux que la première fois.

— La musique, moins fort. Ma mère est très fatiguée, ce soir, elle se repose, et la musique l'énerve. Il tourna les talons et commença à s'éloigner d'un pas rapide.

— Ça vous arrive de dire s'il vous plaît ou c'est trop…

Il se retourna et plaça un doigt devant sa bouche. Péremptoire et silencieux. Puis il saisit la poignée en s'engouffra chez lui.

Seul son respect pour Martha empêcha Emily de lui courir après. Non, mais quel mufle ! Elle sortit sur le palier et referma la porte derrière elle. La musique était plutôt faible, pas de quoi s'énerver. Comment pouvait-elle être entendue depuis chez eux ? Par chance, le livreur arriva, et l'odeur de curry la calma quelque peu. Non, ce sale type de voisin n'arriverait pas à ruiner sa première soirée de repos. Pourtant, elle baissa tout de même le volume sur sa platine CD, juste un peu, au cas où…

Le lendemain matin, elle ne se réveilla que vers 10 heures, profitant d'une grasse matinée bien méritée. Le quartier n'était vraiment pas bruyant, et après une longue soirée de danse et de vin, elle apprécia ce moment de calme. Elle repensa à la venue de Sarah, quelques heures plus tard, et regretta un peu d'avoir vidé une bouteille de vin. Peut-être n'aurait-elle pas dû, mais le stress accumulé cette semaine lui avait retiré tout sens de modération. Et puis la visite inopinée de l'abruti, alors qu'elle entamait sa première soirée de liberté, avait enfoncé le clou, et elle avait perdu toute retenue. Oh, et puis après tout, il était presque certain que Sarah aurait également abusé de son vendredi soir ; elles seraient donc toutes les deux dans le même état.

Après un petit déjeuner rapide, elle s'attaqua au nettoyage et remit le salon en état. Elle fut impressionnée d'avoir réussi à accumuler autant de déchets en tout juste quelques jours et elle remplit facilement deux sacs-poubelle. Au moins, ça allait lui donner l'occasion de vérifier où se situait le local à ordures.

Il s'agissait d'une petite pièce de béton nu, creusée dans les fondations du bâtiment, et à laquelle on accédait par le rez-de-chaussée. La petite porte grillagée était fermée par un simple loquet, sans aucun doute pour empêcher les chiens d'y entrer. Elle poussa la grille et ne fut pas surprise de l'entendre grincer. Après avoir observé les différentes couleurs de bennes, elle choisit de s'approcher d'une noire, signe de déchets ordinaires, et lança le premier sac. Elle empoigna le second sac, plus lourd, et le souleva pour le jeter, lorsque quelqu'un s'approcha derrière elle.

— Bonjour, Emily.

Bien qu'elle la reconnût, cette voix la fit quand même sursauter.

— Oh, bonjour, Martha, vous m'avez fait peur.

— Excuse-moi, je viens juste jeter mes ordures.

Emily l'aida en empoignant son sac et le jeta à la suite du sien.

— Non, c'est moi qui doit m'excuser pour hier.

Les yeux de sa voisine étaient perçants, mais son regard afficha pourtant de l'incompréhension.

— Vous savez, poursuivit-elle, pour le bruit, hier soir.

— Quel bruit ?

— Votre fils est passé pour me demander de baisser la musique parce que c'était trop fort.

— Ah bon ?

Elle semblait réellement surprise.

— Il est rentré vers 7 heures, mais il ne m'a rien dit.

— Je ne voulais pas vous déranger.

— Tu ne me déranges pas, voyons. Sa main posée sur le bras de la jeune femme la rassura. Mais tout de même, Emily se demandait…

Elles se souhaitèrent une bonne journée et répartirent chacune de leur côté.

Emily réfléchit à tout cela. Qu'est-ce que ça voulait dire ? La musique n'avait pas été très forte, de toute façon, et Martha semblait bien n'avoir rien entendu du tout. Était-il passé uniquement pour l'observer ? Ou pour la faire suer ? Elle n'était vraiment pas rassurée, de vivre près d'un homme capable d'un tel comportement, surtout si sa propre mère n'en savait rien. Cette fois, elle avait vraiment hâte de voir

Sarah pour lui demander conseil.

Son arrivée fut typique, il était décidément impossible de la rater. Toujours habillée sexy, maquillée à outrance, apprêtée comme pour aller chasser les hommes en boîte, elle entra dans l'appartement sans prendre le temps de saluer son hôtesse, comme si elle était chez elle. Elle avait commencé à parler dès que la porte avait été ouverte. Emily eut juste le temps de s'écarter pour laisser passer cette tornade. Elle ferma le verrou et revint dans le salon, mais Sarah était déjà dans la cuisine, où un bruit de verre entrechoqué laissait supposer qu'elle avait amené du ravitaillement. Il y avait là sans doute assez pour dix personnes.

Ayant finit un monologue auquel Emily n'avait fait aucune attention, la jeune femme planta son regard dans celui de son amie, comme pour la passer aux rayons X.

— Comment vas-tu ? lança-t-elle avec un soupçon d'inquiétude.

— Très bien, et toi ?

— L'appartement est correct ? Tu ne regrettes pas ?

Le panneau danger se mit à clignoter dans la tête d'Emily. Si elle énonçait le moindre doute, la soirée tournerait en séance de psy. Surtout, à éviter !

— Non, pas du tout, je suis très bien, ici.

De longues secondes d'observation attentive suivirent, puis enfin un éclat de rires brisa le silence.

— Allez, c'est pas le tout, j'ai pas amené à boire pour que ça reste dans un sac. T'as un tire-bouchon, au moins ?

— Euh, oui, peut-être dans la cuisine.

— Bon, choisis la bouteille que tu veux, je m'occupe des chips. Faut absolument que je te raconte la dernière avec mon collègue.

Depuis déjà plusieurs mois, Sarah était devenue l'objet d'une attention soutenue de la part d'un collègue. Il était cependant très timide, et elle s'était donc résolue à le séduire sans attendre ses avances. Elle s'était lancée dans une campagne ciblée et particulièrement active, voire féroce. Emily lui demanda ce qu'elle voulait vraiment, car il semblait que tout cela n'était qu'un jeu cruel. Sarah répondit que les hommes étaient capables de bien pire et qu'après tout ce qu'ils cherchaient à obtenir de sa part méritait bien qu'elle s'amuse un peu à leurs dépens avant de le leur donner.

— Parce que tu comptes conclure ?

— Il est mignon à croquer !

— Et s'il tombe amoureux de toi ?

— Faudrait qu'il soit givré…

— En gros, tu n'as pas peur de lui faire du mal.

— Dis-toi bien qu'après des siècles à être traitées comme des poupées on a bien gagné le droit de jouer nous aussi.

Touchée. Emily ne put démentir qu'elle approuvait, du moins partiellement, cette attitude. Elle se sentait pourtant à des lieues de pouvoir se comporter comme son amie. Elle versa du vin pour ne pas avoir à répondre.

— Bon, et toi, alors ?

— Quoi, moi ?

— Eh bien oui, maintenant que tu as un chez toi, jeune femme indépendante et tout ça, il va falloir te trouver un homme.

Le choc ! Sa gorge s'assécha tout à coup et elle sentit des picotements ronger son ventre. À tout prendre, elle aurait préféré parler du collègue un peu coincé toute la nuit. Mais Sarah avait une autre idée en tête. Que pouvait-elle dire pour s'en débarrasser ?

— Écoute, il y a déjà ma mère qui veut me marier…

— Ce n'est pas pareil.

— C'est la même chose !

Sa voix se lançait dans les aigus. Elle devait reprendre contrôle, et vite.

— Non. Ta mère veut que tu lui fasses des petits-enfants dont elle pourra s'occuper, maintenant que tu es partie. Moi, je veux que tu sois heureuse. Pas du tout pareil.

Elle empoigna son verre et le vida d'un trait, comme pour marquer qu'il n'y avait aucun contre-argument à donner, ou plutôt qu'aucun ne serait accepté.

— Je suis très heureuse comme ça.

Emily voulait également marquer sa détermination.

— Non, je te le dis comme ta grande sœur : tu as besoin de quelqu'un. Tu l'as dit assez souvent, tu n'es pas comme moi.

Il lui peina de s'avouer que l'idée de rencontrer quelqu'un avait trotté dans sa tête, mais elle ne se sentait pas prête. Pas encore.

— Si ça se trouve, il y a tout ce qu'il faut dans cet immeuble, tu n'auras même pas besoin de sortir.

— Ouais, j'ai déjà un voisin cinglé. Justement je voulais t'en parler. Les mots étaient sortis tout seuls. Elle s'en voulait presque d'attaquer ce sujet si vite, mais après tout, il valait mieux crever l'abcès maintenant et entendre ce que Sarah en pensait.

— Ha ! ha ! voilà ce que tu nous cachais ; tu as déjà

rencontré le voisin. Chapeau, ma belle, tu ne perds pas ton temps, à ce que je vois.

— Mais non, je t'assure que ce n'est pas du tout ce que tu crois. Il est vraiment bizarre.

Et d'une voix tremblotante, elle raconta leurs deux rencontres, très brèves et n'inspirant certainement pas à la romance. Quand elle eut fini, Sarah se leva d'un coup.

— Je vais aller lui expliquer la vie, à ce gros macho. Il se prend pour qui, là ?

Emily eut tout juste le temps de la rattraper, avant que la porte ne vole en éclats.

— Attend, n'y vas pas.

— Viens, je te dis, n'aie pas peur.

— C'est sa mère !

Les mots suffirent à stopper l'élan massacreur.

— Hein ?

— C'est sa mère qui habite là. Elle est adorable, elle m'a même apporté à manger le premier soir, alors que je n'avais rien.

— En plus, c'est un fils à maman ? Mais il a tout pour plaire, ce type. Ce disant, elle se calma quelque peu et accepta de revenir dans le salon.

Emily la convainquit de se rasseoir et d'oublier ses réflexes de tigresse. La dernière chose qu'elle voulait était d'exposer Martha à une furie déchaînée.

— Je sais, dis-lui que ton copain est militaire et qu'il va bientôt rentrer de mission.

— Je préférerais ne pas avoir à lui parler du tout !

— Enfin, tu vois bien que si tu avais un copain il n'y aurait pas ce genre de problèmes.

La logique était valide, mais Emily maintint sa position un moment. Elle ne se voyait vraiment pas vivre avec quelqu'un, alors qu'elle venait à peine de retrouver un peu d'indépendance.

Mais Sarah n'était pas prête à abdiquer.

— D'accord, ma belle, tu as réussi à te convaincre que tu aimais être célibataire, mais moi je n'y crois pas. Va sur un site de rencontres. Crée-toi un profil en ligne, comme ça tu peux tester sans risques. Et puis tu verras bien. Si vraiment ça te déplaît, tu pourras toujours arrêter, mais donne-toi au moins une chance.

Emily résista à la tentation de l'envoyer balader et remplaça les insultes qu'elle avait toutes prêtes par un simple silence. Ça ne valait pas le coup de se fâcher.

La conversation continua ainsi quelques minutes, peut-être même une heure. Sa tête se mit à tourner. Le vin, sans doute. Ou était-ce autre chose ? Elle se sentait molle, vidée de toute énergie. Et puis, en fin de soirée, lassée, elle finit par accepter. Sans doute pour faire taire Sarah plus que pour elle-même, elle s'entendit prononcer ces mots :

— D'accord, je vais passer une annonce, et on verra bien.

Sarah partit peu après. Elle l'embrassa puis la serra dans ses bras.

— N'oublie pas ta promesse.

Sans attendre la réaction, elle descendit les marches aussi rapidement que ses hauts talons lui permettaient et disparut du regard.

Emily repensa aux sites de rencontres en se couchant. Elle était venue dans cet appartement pour se libérer de ses parents, pas pour se retrouver dépendante d'un homme ! Mais d'autres idées prirent forme, comme le sommeil l'enveloppait, et ses rêves la portèrent dans un monde de réflexions romantiques. À son réveil, tel le Scrooge de Dickens, qui après la visite de trois fantômes se convertit à la générosité, elle eut un sursaut de conscience qui l'amena à obéir au conseil de Sarah. Ou était-ce juste que le déménagement n'avait été, après tout, qu'une première étape dans un large programme de transformation ?

Elle avait redouté la création d'une annonce et ne fut donc pas vraiment surprise de trouver l'exercice particulièrement difficile. L'inspiration ne venant pas, elle appela le fidèle Google à la rescousse. Un blog, en particulier, l'inspira à introduire quelques commentaires très personnels dans sa description pour ensuite rejeter tout message qui n'y ferait pas référence. « Pas bête », murmura-t-elle. Elle s'en voulait presque de n'y avoir pas pensé toute seule. Tout ce qui pouvait renforcer son sentiment de sécurité serait le bienvenu.

Internet fourmillait d'anecdotes délirantes mais recelait également de nombreuses histoires d'horreur. À mesure qu'elle lisait, sa confiance rapetissait. Allait-elle vraiment se lancer dans cette aventure que l'on appelle trouver le grand amour ? Et puis, au fond, qu'est-ce qu'il y avait de mal avec le petit ? On parlait toujours du grand amour, mais est-ce que cela se mesurait vraiment ? Elle ne put s'empêcher de penser à Sarah. C'était bien son idée, finalement, trouver l'amour, quel qu'il soit.

Qu'est-ce que son amie aurait fait à sa place ? Non, elle

s'était bien décidée toute seule, elle continuerait toute seule. Et puis elle avait promis de créer cette annonce, plus encore à elle-même qu'à son amie, en définitive. Déterminée, comme à chaque fois qu'elle prenait une décision, elle cessa de lire les aventures plus ou moins réelles de ses congénères et se concentra sur son propre choix de mots. Elle irait au bout de ce projet.

Après deux heures, elle avait terminé. Son profil était complet et comprenait une photo qu'elle venait de prendre avec son téléphone. Pas vraiment le genre mannequin professionnel, mais après tout, elle ne souhaitait pas tomber sur un mec attiré uniquement par des photos sexy. Voilà, elle venait officiellement de rejoindre les millions de candidats à l'amour électronique. Pour dominer ses craintes, elle se dit que tout cela n'était qu'un jeu. Elle ne s'était pas complètement exposée au monde réel, elle pouvait encore tout abandonner n'importe quand.

Elle éprouvait une sensation bizarre et nouvelle. C'était comme si elle venait d'accomplir son devoir, une mission sacrée. Curieusement, elle se sentit également sereine. Elle se demandait ce que Marc allait en penser. Et puis Sarah. Devait-elle lui dire ? Elle envoya un SMS, au moins pour prouver qu'elle savait aller de l'avant.

<< C'est fait, j'ai créé un profil xxx >>

La réponse fut presque instantanée.

<< Génial ! Sur combien de sites ? >>

<< On va déjà voir comment ça marche avec un ! >>

<< D'accord. Fière de toi xxx >>

Résultat mitigé… Aux yeux des autres, elle ne faisait finalement jamais assez. Elle en voulut à son amie de demander toujours plus. Pas besoin de passer à la vitesse supérieure, elle avait déjà accompli pas mal de choses en une semaine !

Au boulot, Marc l'encouragea également et lui offrit un support supplémentaire. Elle lui avait parlé de l'annonce en coup de vent, entre deux conversations, et il l'avait tout de suite embrassée.

— Bravo, Emily. Je souhaite que ça réussisse.

— Tu ne crois pas que je vais attirer surtout des dingues ?

— Tous les mecs sont dingues, de toute façon. Il sourit. Ne t'inquiète pas, tout est virtuel, jusqu'au moment où tu décides de les rencontrer en vrai. C'est toi qui décides, d'accord ? Pas eux.

Cela résonnait bien. Elle aimait sa façon de présenter les choses. Jusqu'au bout, ça resterait sa décision à elle.

— C'est vrai. Pour l'instant, je n'ai pas besoin de voir qui que ce soit.

— Exactement, lis leurs messages et regarde bien leurs profils. Les vrais dingues sont faciles à reconnaître.

— À voir, déjà, si j'ai des messages…

— Oh, ça, tu vas en avoir des tonnes.

— Vraiment ?

— Garanti, mais s'il y a cinq pour cent de qualité, t'auras de la chance.

— Tu me fais peur…

— T'inquiète, c'est normal. Il y en a qui écrivent à tout le monde, tu vas avoir des messages de robots, des pubs…

— Des robots ?

Elle s'amusa à imaginer un véritable robot en train de

taper au clavier avec ses doigts mécaniques.

— Oui, des logiciels qui écrivent automatiquement. Comme du spam, quoi.

Son regard redevint sombre, elle se demandait dans quelle sorte de jungle elle s'était aventurée. Marc sembla interpréter ses pensées et vint à sa rescousse.

— Si tu veux, je peux t'aider. Montre-moi les messages, et je t'aiderai à faire le tri.

— Merci, ce serait vraiment sympa.

— Pas de problème. Hey, je suis sûr qu'il y a des gars sympas en train de regarder, juste maintenant. Tu vas voir, ça va marcher.

Les doutes, qui l'avaient de nouveau envahie, restèrent quelque temps. Et puis le travail vint remplacer les idées sombres, et elle oublia complètement le site de rencontres. Ce ne fut qu'après quelques jours qu'elle eut l'idée de vérifier si son profil avait été visité. Elle fut stupéfaite de voir qu'elle avait dépassé les cent messages. *Eh bien*, se dit-elle, *parle de popularité*.

Après avoir ouvert et parcouru trente-huit de ces prétendues réponses, ses espoirs étaient retombés à terre. Aucun de ses correspondants ne lui avait posé la question qu'elle attendait, mais considérant qu'un seul message avait atteint trois phrases en tout, ce n'était pas très étonnant. Elle avait eu sa dose de descriptions particulièrement graphiques qui n'inspiraient que très peu de choses en dehors d'un profond dégoût. Avant de finalement jeter l'ensemble du projet aux orties, elle décida d'ouvrir un dernier message. Si au moins elle pouvait en lire un d'un peu plus positif. Un peu comme lorsqu'après avoir mâché quelque chose de désagréable la bouche réclame au moins une gorgée d'eau pour rincer le goût infâme.

Le message de la dernière chance sembla bien long. Fini, les habituels « salut ma belle » ou, pire encore, « hey, t'es bonne toi ». Non, celui-ci commençait par un très simple « Bonjour, Anna ». Elle avait choisi ce pseudo en hommage à Anna Wulf, l'héroïne de Doris Lessing, qui à sa façon avait elle aussi dû faire face à la page blanche et au manque d'inspiration.

Alors qu'elle s'apprêtait à lire d'autres commentaires salaces d'un pervers électronique, elle fut surprise de découvrir une prose sans fautes et bien articulée. Dès la première phrase, un nommé Olivier se présentait à elle d'une manière particulièrement respectueuse et pleine d'humilité. Son estomac fit un saut périlleux qui lui coupa le souffle, quand elle lut la référence souhaitée. Qu'il ait lu *Le Carnet d'or* ou pas importait peu. Il avait au moins eu la capacité intellectuelle et la décence d'effectuer quelques recherches sur le personnage d'Anna Wulf. Cela l'impressionna !

Le reste également. Il se dévoilait suffisamment pour dresser un petit portrait agréable, mais sans tomber dans l'égocentrisme exagéré. Il finissait même en déclarant qu'il n'était pas là pour parler de lui mais bien plutôt pour découvrir qui elle était, et il attendait impatiemment sa réponse.

Elle relit le message deux fois de plus avant de cliquer sur son nom pour découvrir son profil. À vrai dire, elle alla directement voir ses photos. Mignon. Elle se fit la remarque qu'il avait l'air tout à fait normal, bien que, si à cet instant précis on lui avait posé la question, elle aurait été bien incapable de définir ce mot. Il se déclarait français et habitait Londres depuis sept ans. Elle semblait pouvoir identifier des traits francophones sur ses photos, et cela lui plaisait. Les détails de son profil concordaient avec son message.

— Un gars intéressant, dit-elle à Gaspard, qui avait assisté à toute la scène à ses côtés. Elle avait eu besoin de son soutien et l'avait placé juste derrière elle, avant de commencer. Elle se moquait pas mal de la puérilité d'un tel geste, puisque personne n'allait la voir ainsi.

Il lui fallait maintenant répondre. L'angoisse de la page blanche monta de nouveau en elle. Il ne faisait pas très chaud, et pourtant elle sentit une sueur légère poindre sur son front. Que pouvait-elle bien lui dire ? Plusieurs minutes passèrent, durant lesquelles elle commença quelques phrases puis les effaça pour les écrire de nouveau. Elle arriva enfin à trouver un moyen de démarrer le message et tapa quelques mots pour le remercier. Puis elle le complimenta pour avoir inclus la référence. Enfin, elle trouva quelque inspiration et finit par lui poser deux questions personnelles, comme pour l'obliger à écrire de nouveau.

Pourquoi était-elle si heureuse, soudainement ? Elle ressentait presque de la fierté. Le papillonnement de l'estomac lui fit croire un moment qu'elle avait faim, puis elle se rappela avoir déjà ressenti ça, il y avait bien longtemps, dans une autre vie. Elle se demanda si ça pouvait être aussi simple. Un homme encore inconnu venait d'entrer dans son esprit et y occupait toute la place. Elle ne pensa même pas à vérifier si d'autres messages de cette qualité lui étaient parvenus. Elle s'endormit avec des roses plein la tête.

La routine de son réveil fut bouleversée. Avant même de se lever, elle avait saisi son portable pour vérifier quelque chose. Par réflexe, elle avait déjà navigué jusqu'à la page du site de rencontres. La petite icône indiqua treize nouveaux messages. Ses espoirs s'effondrèrent, dès qu'elle vit le sujet des trois premiers. C'était un peu tôt, quand même. Elle allait reposer le téléphone, quand son estomac fit un triple saut périlleux. L'un des messages commençait par le « RE : » caractéristique des réponses. Se pouvait-il ?…

Oui. Il avait déjà répondu. Et comme l'autre, ce message semblait bien long. À croire qu'il aimait écrire ! Elle en fut ravie. La percée des moyens de communication électroniques lui avait ôté la joie des conversations épistolaires de son enfance. Le plaisir de découvrir l'écriture amie sur une enveloppe ne pourrait jamais être remplacé par le bling clinique d'un SMS. Telle une enfant impatiente de lire les nouvelles de son correspondant, elle eut du mal à amener son doigt tremblant sur l'icône. Nerveuse, elle ouvrit enfin la nouvelle missive, presque certaine qu'il s'excusait, qu'il déclarait avoir commis une erreur et lui demandait de ne plus lui écrire.

Elle s'en voulu d'être aussi sotte. Il était encore plus charmant que la première fois. Il la remerciait d'avoir enfin répondu et souhaitait en savoir plus sur elle. Elle soupira, relut son message, puis une fois encore. Elle finit par laisser tomber son bras lentement sur la couette. Un large sourire aérait son visage. Elle laissa échapper un soupir et tourna légèrement la tête vers la droite pour observer les rayons lumineux qui transperçaient les rideaux. Le soleil avait entamé sa visite matinale. Cette journée allait être superbe, rien ne pouvait la gâcher.

- 6 -

À travers chaque nouvelle lettre, Emily apprenait à mieux le connaître. Elle s'était prise au jeu de leur routine. Elle écrivait la journée, et il répondait le soir. Deux semaines se déroulèrent ainsi, et leurs questions devenaient de plus en plus personnelles, jusqu'à en être intimes. Et puis, un jour, la question de passer du virtuel au réel fut posée. C'est Olivier qui déclencha cette transition. Elle accepta, sans réfléchir, pleinement satisfaite qu'il ait agit le premier. Sa curiosité la poussa, elle voulait savoir ce qui se passerait ensuite.

Le jour de la rencontre arriva. Ils avaient décidé de se voir un jeudi et de prendre un verre ensemble, après le travail. Il viendrait vers elle. Elle avait passé la semaine dans un nuage, rompant contact avec tout le monde. Ses parents lui avaient rudement fait remarquer qu'elle n'était pas venue les voir depuis le déménagement, qui remontait maintenant à presque un mois. Elle les négligeait. Sarah s'impatientait également ; elle semblait pourtant se douter qu'il se passait quelque chose. Mais Emily avait tout juste assez d'attention pour Olivier et ce qui était en train de se dérouler. Elle changeait, et ça consommait toute son énergie.

Pour la première fois depuis des années, elle ne sut comment s'habiller. Qu'attendait-il ? Serait-elle à la hauteur ? En premier essai, elle opta pour une petite jupe serrée noire et un chemisier blanc. *En montrer un peu mais pas trop*, se dit-elle, répétant un vieux conseil de Sarah. Mais le miroir la contredit. « Tu ressembles à une banquière du quatrième », lui asséna-t-il.

Elle changea pour un pantalon. Trop professionnel. Jeans ? Pas assez professionnel. Finalement, une robe rayée bleue et grise fut acceptée. Le maquillage léger la mit en retard, elle espérait que cela en vaudrait la peine.

La journée fut longue. Très longue. Ses collègues la regardèrent différemment, jusqu'à Marc, qui lui demanda si le grand jour était arrivé.

— Comment le sais-tu ?

— Ce n'est pas tous les jours que tu nous sors le grand jeu. Maquillage, robe, petits souliers…

Elle voulut se cacher, en finir avec cette journée.

— Ne t'inquiète pas, tu es superbe. S'il ne craque pas, c'est qu'il est de mon côté !

— J'espère déjà qu'il viendra…

— Nerveuse ?

— Une loque ! Je ne sais même pas ce que j'attends le plus, être avec lui ou être déjà demain.

— Ne t'en fait pas, c'est totalement normal.

— Tu crois ?

— Je le sais ! Pour mon premier rendez-vous avec David, je n'ai rien pu manger de la journée. Je voulais annuler, prétexter une maladie ou n'importe quoi pour ne pas y aller.

— Mais tu y es allé quand même ?

— Oui, en tremblant de partout et couvert de sueur. En fait, il était pareil. On se l'est dit dès le début et on en a rigolé ensemble. Et voilà, c'était il y a cinq ans, et tu connais la suite.

Marc et son copain filaient le parfait amour. Une fidélité à toute épreuve et une complicité de chaque instant. C'était aussi cela qui faisait de Marc le confident parfait. Sarah connaissait l'art de la séduction mais ne gardait aucune conquête plus d'une semaine. Marc savait comment aimer et être aimé. Cela importait bien plus.

— Et s'il n'a rien à voir avec ses messages ?

— Tu veux dire s'il est moche ?

Elle pouffa d'un rire nerveux.

— Mais non, je veux dire, enfin, s'il n'est pas aussi sympa. Tu sais, s'il voulait juste me voir une fois et puis c'est tout.

Marc sembla réfléchir un instant.

— Écoute, si tu veux, je viens ce soir.

— Comment ça ?

— Dis-moi où vous allez, et je m'y pointe un peu avant. Je reste planqué. Si ça démarre mal et que tu ne le sens pas, tu me fais un signe, je te téléphone, tu prétextes une urgence et tu pars.

Rocambolesque ! Mais après tout, pourquoi pas. Elle se sentirait rassurée, et puis elle aimait avoir plusieurs options.

— D'accord, ça ne te dérange pas, t'es sûr ?

— Tu déconnes ? Je vais pourvoir le voir de près, comme ça.

Et il repartit en rigolant.

Elle arriva au point de rendez-vous avec plus de dix minutes d'avance. Appuyée contre un petit muret, elle dévisagea chaque homme qui avançait vers elle, certaine de le reconnaître, à chaque fois. Le temps se jouait d'elle et la persuada qu'il serait en retard ou bien qu'il ne viendrait pas. Une agitation nerveuse monta en elle. Il aurait pu au moins être à l'heure pour une première rencontre, se dit-elle, avec une colère grandissante. Perdant patience, elle trottinait sur place. Finalement, lassée d'attendre, elle regarda sa montre. Il y avait encore deux minutes avant l'heure exacte. Son angoisse jouait avec ses sens, et une petite bouffée de honte l'aida à se calmer. Elle s'immobilisa de nouveau et en profita pour observer ses jambes, sa robe, les bretelles, la petite ceinture, à la recherche d'un défaut, de quelque chose de tordu ou de mal mis. Comme elle relevait doucement la tête, elle aperçut un jeune homme qui marchait vers elle d'un pas vif. Il la regardait. Il souriait. Il semblait la connaître. Il s'apprêtait même à lui parler.

— Emily ? Bonsoir. C'est moi, Olivier.

Le petit accent français était bien là. Elle le regarda fixement. Elle était paralysée, tel un lapin dans les phares d'une voiture.

— Tu es juste à l'heure.

Les mots s'étaient formés tout seul. Elle s'en voulut d'avoir prononcé des premières paroles si peu romantiques.

— Je n'aurais jamais osé te faire attendre. Tu vas bien ?

— Euh, oui, et toi ?

— À vrai dire, un peu nerveux…

— Moi aussi.

Il lui prit la main, autant pour se rassurer lui-même

que pour la calmer. Et il la détacha du muret contre lequel elle s'était appuyée si fort depuis quelques secondes qu'elle pensait y avoir entaillé une poche à la forme de son postérieur. Ils marchèrent sans un mot en direction du pub convenu, tous deux trop sensibles pour risquer de briser l'harmonie de ce silence. Ou simplement parce qu'aucun des deux ne sut vraiment quoi dire. Arrivés à destination, en parfait chevalier, il lui ouvrit la porte puis lui proposa de s'asseoir pendant qu'il se rendit au bar. Elle apprécia la chaise et, une fois assise, tenta d'adoucir sa respiration. D'un bref coup d'œil, elle aperçut Marc qui lui offrit un pouce levé. Bon signe qui la rassura quelque peu.

Olivier revint assez vite avec les verres convenus. Il avait commandé la même chose qu'elle : un blanc sec. Il était habillé comme tous ceux qui travaillent à la City de Londres, costume foncé et chemise blanche. Elle aimait. Finalement, elle ne connaissait bien que son visage et n'était pas déçue de le découvrir tout entier. Mais cela lui donna conscience d'être elle-même enfin révélée à ses yeux et elle se redressa sur son siège. Elle regretta la robe. La jupe noire aurait sans doute mieux été, peut-être que l'allure banquière lui aurait plu.

—Je suis vraiment heureux de te rencontrer enfin, dit-il et levant son verre. Il proposa de trinquer. Elle prit son verre, heurta le sien plus violemment qu'elle ne l'aurait voulu puis but une grande gorgée. Les Anglais appelaient ça le courage Néerlandais ; l'alcool allait lui donner la force nécessaire pour lui délier la langue.

À travers leur échange quotidien, ils avaient déjà presque tout appris l'un sur l'autre et ils se mirent à parler de la pluie et du beau temps, et puis de leur journée de travail, comme deux amis qui se voyaient régulièrement. Leurs craintes respectives se dissipaient rapidement, presque aussi vite que le vin dans leurs verres. Emily proposa de commander de nouveau. Il offrit d'y aller, mais elle prétendit que ce fût son tour et se leva.

Au bar, elle fut rejointe par Marc, qui se campa juste à sa droite, prétextant vouloir passer commande également.

— Ça m'a l'air d'aller plutôt bien, lui dit-il sans la regarder.

— Je crois, oui, répondit-elle avec un sourire qu'elle ne parvint pas à retenir.

— Toujours besoin de mes services ?

— Ça devrait aller, maintenant. Merci de veiller sur moi.

— Pas de soucis. Au moindre problème, un SMS, et je te sors de là, d'accord ?

— O.K., mais ne t'en fais pas, je crois que c'est bon.

— Ouais, ça ne me semble pas mal non plu.

Bien qu'il fût de côté, elle aperçut son sourire coquin.

— Tu as du goût, il est mignon !

Sur ce dernier mot, il disparut.

Elle avait oublié qu'il était là, veillant sur elle tel un grand frère protecteur. Elle s'était laissé porter dans un envoûtement langoureux. *Attention*, se dit-elle, *reste quand même sur tes gardes.*

De retour à leur table, et après avoir rempli leurs verres, elle amena la discussion sur quelques points qu'elle devait éclaircir, avant tout autre chose.

— Tu as déjà été marié ? demanda-telle directement et franchement.

Après tout, s'il n'appréciait pas, c'était un signe d'arrêter.

— Non, jamais.

— Des enfants ?

— Non plus.

— Tu as rompu récemment ?

— Ma dernière relation, c'était il y a un peu plus de deux ans.

— O.K. Donc tu es totalement libre, pas d'attaches, rien dans ton passé qui puisse venir te hanter ?

— Ha ! ha ! ha ! non, rien de tout ça, je suis réellement libre.

Il riait tout en parlant, mais sa façon d'agripper son verre et de boire lentement comme pour retarder la prochaine question indiqua sa fébrilité.

— C'est bon de vérifier ces choses-là, tu ne crois pas ?

— Absolument. Et pour toi, il y a quelque chose que je devrais savoir ? Je ne vais pas être attaqué par un rugbyman jaloux, dès que je me rendrai aux toilettes, des fois ?

Défense par l'attaque, elle aurait dû s'y attendre.

— Non, promis, pas de rugbyman.

— Un footballeur serait pareil, je n'ai pas vraiment la carrure pour lutter.

Cette fois, c'est elle qui rigola.

— Bon, on a éliminé les détails importants, je crois.

— Pas fâché que l'interrogatoire soit fini.

Elle l'observa au travers de leurs rires pour tenter de démasquer ses ruses. Peut-être, finalement, était-il sincère ?

Vin et rigolades s'entremêlèrent jusque tard dans la nuit. Jusqu'à ce point ou les métros se font rares. Prenant enfin conscience de l'heure, Emily eut une soudaine bouffée d'angoisse.

— Merde, comment je vais rentrer chez moi ?

Il regarda sa montre pour la première fois de la soirée et afficha sa surprise. Le pub, faisant partie d'un hôtel, avait licence d'ouverture prolongée et ne fermait pas à 23 heures comme les autres. Ils s'étaient laissés entraîner tous les deux par leur bonne humeur et leur complicité naissante. Bon signe.

— Écoute, si tu veux, tu peux venir chez moi, on y sera dans vingt minutes, et euh… j'ai un clic-clac, et…

Elle le surprit en acceptant son invitation. Quelque chose la poussait à aller chez lui. Elle se sentait bien. Elle avait passé une bien meilleure soirée que prévue et voulait poursuivre cette rencontre jusqu'à son dénouement naturel. Elle fut surprise d'elle-même. Ce n'était pourtant pas son genre. Peut-être avait-elle attendu trop longtemps. Sarah lui apparut en pensée, et elle comprit enfin que son amie avait eu raison tout du long : une relation avec un homme lui manquait, et elle était prête à beaucoup pour en retrouver une.

À peine vingt minutes plus tard, ils arrivèrent chez lui. Elle était impatiente et sentait monter en elle un désir flou et puissant, comme elle n'avait pas ressenti depuis longtemps. Il n'était plus temps de penser clairement, de réfléchir posément, elle ne pouvait plus désormais qu'agir.

Olivier ouvrit la porte de l'appartement et activa la lumière. Puis il l'invita à entrer. Elle était libre de son choix. Claquer la porte et fuir, ou juste s'excuser et partir, prétexter un problème, une erreur de jugement… toutes étaient encore des options valides. Elles disparurent rapidement lorsqu'elle franchit d'elle-même et d'un pas décidé le seuil de son domicile.

— Bienvenue chez moi.

— Merci.

Sans attendre un mot de plus, l'hôte attira son invitée par la main et l'enlaça de toute son âme. Dans le calme et la discrétion qu'offrait le vestibule, oubliant tout du monde réel qui existait derrière cette porte qu'ils venaient de franchir, Emily et Olivier s'embrassèrent enfin complètement, fougueusement, passionnément. Ils y trouvèrent tendresse et ardeur, explorèrent l'un avec l'autre ce désir intense qui ne s'était pas exprimé depuis des années, pour l'un comme pour l'autre. Dans ce petit vestibule à peine éclairé, ils se complémentaient, se comprenaient et saisissaient enfin ce moment dont tant d'autres leur avait si souvent parlé : une connexion animale, instinctive ; celle qui pousse à des ébats primitifs à peine conscients.

Il lui prit la main et l'entraîna vers la pièce la plus proche. Dans cette chambre vide, il commença à se déshabiller. Il fut très vite nu, et elle le regarda tout entier de bas en haut puis de haut en bas, avant de bloquer son regard à mi-hauteur. La, elle constata et accepta qu'il n'y avait plus de retour possible. Elle déclara simplement « bon, O.K. », avant de se débarrasser à son tour de tous ses vêtements. Elle n'y mit aucune grâce particulière et se contenta de gestes pratiques et rapides. Olivier se jeta sur elle pour l'embrasser de nouveau. Elle sentit contre elle la chaleur et l'impatience de son corps. Elle ressentit son propre désir l'envahir également, même s'il était moins visible. Il l'arracha à la moquette et l'étendit sur le lit. Elle se retrouva allongée, nue, haletante, volontairement offerte, et bientôt crucifiée par le corps de cet homme qui, quelques heures auparavant, était presque un inconnu. Et pourtant, son corps tout entier tremblait de bonheur. Elle avait oublié ce que c'était de s'offrir ainsi délibérément, de se donner toute entière en proie à un véritable désir partagé. À ce moment, elle lui eût tout offert, son corps, son âme et même sa vie. Elle se sentait étrangement en charge. Elle avait incité cet homme à lui faire la cour. Elle l'avait amené à l'inviter chez lui. Elle voulait sentir encore ses lèvres pressées contre les siennes, elle ne pouvait plus attendre de le sentir s'enfouir en elle. Elle était libre d'aimer, libre de choisir ses partenaires, libre de se faire aimer. Son corps prit charge et elle cessa toute pensée. Elle ne fut plus que sensations, émotions, passion, instinct, pulsions. Toute entière livrée à cette ivresse retrouvée, elle perdit conscience et finit par s'endormir le plus naturellement du monde.

Au petit matin, elle perçut un bruit continu, comme si quelqu'un chantait dans sa tête. Elle se retourna et son bras heurta quelque chose. Il y avait quelque chose dans son lit. Ou plutôt quelqu'un. Il y eut un mouvement, puis le chant fut remplacé par une voix masculine.

— J'ai bien peur que ce ne soit l'heure de se lever. Le prince va maintenant réveiller sa princesse d'un doux baiser.

Et en effet, l'homme se pencha sur elle pour l'embrasser.

La mémoire lui revint. La soirée, la nuit, l'alcool, cette pulsion irrésistible, Olivier.

— Quelle heure est-il ?

— Six heures et demie. C'est mon réveil habituel.

Elle se retourna complètement et fit face à ce charmant jeune homme qui lui souriait.

— Tu es jolie, au réveil.

— Ça m'étonnerait, j'ai la bouche pâteuse et j'ai l'impression d'avoir 100 ans.

— Alors tu ne fais pas ton âge.

Elle sentait une main se promener sur son ventre pour venir saisir un sein. Elle en fut étonnamment rassurée. Découvrant qu'elle portait la même tenue qu'elle avait depuis sa naissance, elle fut soudain gênée et rabattit le drap sur elle.

— Ah, non, il n'est plus temps de dormir. Malheureusement, on n'est que vendredi.

Il arracha le drap, la révélant à ses yeux une fois de plus. Elle resta paralysée, l'observa où cela importait et s'inquiéta. Mais il eut assez de discipline pour s'ignorer et se rendit à la salle de bains. Elle ne put contrôler son regard. Ce petit derrière potelé qui s'éloignait en chavirant réveillait en elle tous les instincts qu'elle avait libérés quelques heures plus tôt. Le flot d'émotions qui la submergea l'embrouilla. Là se mélangèrent honte et plaisir, gêne et fierté, bonheur et angoisse.

Peu après, il ressortit frais et souriant et lui demanda :

— Tu es plutôt café ou thé ?

— Un thé, ça ira très bien, sans sucre.

— D'accord, en revanche, je n'ai pas vraiment grand-chose à manger… désolé, je ne suis pas trop petit déjeuner. À vrai dire, je ne m'attendais pas à ça.

103

— Qu'est-ce que tu veux dire ?

Ses instincts revenaient en force. Sa question brutale émergeait d'un sentiment noir, profond. Les doutes l'avaient envahie de nouveau.

— Juste que je ne pensais pas que ça irait si bien entre nous, hier. Je ne pensais pas que tu serais ici, avec moi, ce matin.

Elle lui sourit, et ses muscles se détendirent à nouveau.

Après la douche, elle s'habilla en vitesse. Porter les vêtements de la veille la fit se sentir sale. Ou peut-être était-ce autre chose ? Elle but le thé et regarda autour d'elle. Elle découvrait l'appartement, coquet et sobre. La vue, depuis le séjour, était superbe. On distinguait très bien les tours des grandes banques installées à Canary Wharf, le nouveau quartier financier de la ville. Le soir, ça devait être féérique. Elle espérait pouvoir admirer ce paysage en pleine nuit. Elle secoua presque la tête pour en sortir cette idée. Qui lui disait qu'elle aurait l'occasion de revenir ?

Coincés dans un métro bondé, ils eurent du mal à rester ensemble.

Il sembla s'apercevoir de sa gêne et lui demanda si tout allait bien.

— Oui, sauf que je porte les mêmes vêtements qu'hier et, bon, je ne te décris pas, mais c'est pas super confortable.

— Oh, bien sûr. Désolé, j'avais pas grand-chose à te prêter. Ça va aller ?

— Oui, j'irai sans doute faire des courses d'urgence, à midi.

— Hier a été vraiment spontané, j'ai adoré.

104

— Moi aussi, merci de m'avoir invitée chez toi.

— Le plaisir était pour moi.

— Oh, j'en ai ma part aussi...

— Humm, coquine, va.

Il l'embrassa rapidement. Elle regarda autour d'elle, mais la plupart des passagers avaient le nez coincé dans leur téléphone ou leur journal. Finalement, le métro à l'heure de pointe était un bon endroit pour être discret au beau milieu d'une foule.

— Voilà notre arrêt !

— Tu descends la aussi ? Je croyais que tu travaillais vers London Bridge ?

— Bien sûr, mais c'est là que toi tu descends. Moi je vais prendre une autre ligne pour rejoindre le boulot.

— Oh, tu m'as juste accompagnée ?

— Oui, je ne voulais pas que tu te perdes...

— C'est vraiment gentil de ta part. Merci.

Il répondit par un simple sourire, et ils se séparèrent. Après quelques pas, elle se retourna pour vérifier une théorie. Oui, il était bien là, qui la regardait. Il la salua d'un geste de la main, alors que le train repartait.

Dans la matinée il lui textota quelques remerciements renouvelés, qu'elle lui rendit généreusement. Son sourire n'échappa pas à Marc, qui n'en pouvait plus d'attendre des nouvelles.

— Dis-moi si je me trompe, mais tu ne t'es pas changée, ce matin... que dois-je en conclure ?

Ses joues s'empourprèrent, et bien malgré elle, sans prononcer un seul mot, elle venait de donner sa réponse.

— Alors là, chapeau ! Le premier soir, direct, comme

ça. Et alors ?

— Tu ne veux quand même pas les détails ?

— Tu n'aimerais pas ma réponse. Il est quand même super mignon.

— C'est vrai.

— Et de partout ?

— Marc ! Mais tu es incorrigible !

— Pas faux. Mais allez, dis-moi, ça c'est vraiment tout bien passé ?

— Oui, je crois, on a fini chez lui, et puis voilà, c'est tout.

— Et tu le revois quand ?

— On n'en a pas parlé

— Oh, nuit de folie et pas de plans de suite. J'en ai connu pas mal, quand j'étais plus jeune.

— C'est pas pareil…

— Ça dépend. Tu veux le revoir ?

— Oui.

— Alors ne le laisse pas refroidir.

Il ponctua d'un clin d'œil.

Le soir, sur le chemin du retour, elle se demandait s'il allait l'appeler. Elle n'était plus très au courant des usages, était-ce bien à lui de prendre contact ? De retour chez elle, elle ramassa quelques publicités jetées sur le paillasson et enfonça sa clé dans la serrure.

— Vous n'êtes pas rentrée, hier soir ?

Elle sursauta puis se retourna. Le voisin se tenait là, à deux pas, et planta son regard dans le sien, intrusif et interrogateur.

— Qu'est-ce que ça peut vous faire ?

— Je note simplement.

— Vous notez quoi ? Vous vous prenez pour qui ? Ça vous amuse d'espionner les gens comme ça ?

Il se contenta de s'éloigner.

— Vous sauvez pas si vite, j'ai deux mots à vous dire.

— Que deux ? Vite alors.

Elle perdit toute retenue.

— Mais franchement, Ducon, tu te crois où ? Tu crois que tu peux donner des leçons comme ça ? Je suis chez moi et je fais ce que je veux. Tu piges ?

Son visage resta fixe, sans émotions. Comme s'il assistait à un spectacle, sans vraiment en faire partie. Elle continua sur sa lancée.

— Tu n'as jamais appris la politesse ? Mais comment on peut être aussi connard avec une mère comme la tienne ?

À ses mots, son visage se crispa. Il pointa son doigt en avant et aboya :

— Tu ne dis rien sur ma mère ou tu vas le regretter.

Ses yeux étaient devenus rouges de colère. La menace la fit reculer. Elle devait en finir ou ça pouvait vraiment très mal tourner.

— Tu me laisses tranquille, maintenant. Je ne veux plus te voir, tu m'entends ?

— J'habite en face, et c'est pas une petite fêtarde pimbêche comme toi qui va venir nous emmerder.

Il entra chez lui et laissa la porte claquer. Sans le vouloir, elle lui avait laissé le dernier mot.

Elle franchit les quelques mètres du palier et frappa à sa porte, violemment, sans plus penser à Martha.

— Qu'est-ce que tu veux encore ? dit-il par la porte

tout juste entrouverte.

— Écoute-moi bien, connard, si tu continues comme ça, je finis par porter plainte à la police. Apprends au moins à respecter tes voisins si tu ne veux pas de problèmes.

Elle saisit la poignée et ferma la porte pour lui avant de repartir chez elle. Cette fois, elle l'avait cloué. La sueur coulait de son front, elle tremblait, et son cœur courait un sprint. À peine rentrée, elle s'écroula le long de sa porte et la ferma de son dos. Comment pouvait-elle vivre à côté de cette menace ? C'était maintenant qu'elle avait besoin d'Olivier.

Mais il n'appela pas. Ni le soir ni le lendemain. Elle alla passer le week-end chez ses parents. Elle s'en était voulu de leur avoir téléphoné comme ça, totalement à l'improviste. Ils étaient bien sûr ravis de l'accueillir. Même sa mère fut plus conciliante qu'elle n'avait anticipé et sembla mieux accepter son départ.

Pourtant, si elle avait su… Au cours du repas, de nombreuses questions avaient été posées pour s'assurer qu'elle allait bien.

— Tu es vraiment sûre ? avait répété sa mère à plusieurs reprises. Il n'y a pas de soucis, tu sais, si tu as le moindre problème, tu nous le dis. On est là pour t'aider.

— C'est gentil, mais je t'assure que tout va bien.

Sa langue était en lambeaux d'avoir été autant mordue. La vérité, c'est qu'elle était venue se cacher ici, comme à son habitude, il semblait. Aucunes nouvelles d'Olivier, un voisin timbré à tendance pitbull, Sarah qui était injoignable, sans aucun doute plongée dans l'une de ses soirées de chasse à l'homme. Le seul repère qui lui restait était le havre familial. Il lui coûtait de mentir, mais elle ne pouvait pas se permettre d'offrir à sa mère un moyen de jubiler. Elle ne pouvait pas lui donner raison. Non, elle était simplement venue les revoir après plusieurs semaines d'absence. C'était la version officielle, l'unique vérité acceptable, et elle s'y accrochait comme pour se convaincre elle-même.

Olivier textota le dimanche. Il était adorable dans ses mots comme dans la vie. Un peu tard, se dit-elle, mais à ce moment elle aurait accepté n'importe quelle excuse. Il pensait à elle, et après les deux jours qu'elle venait de passer, c'était vraiment tout ce qui comptait. Elle s'en voulait de ne pas lui demander de s'excuser mais se dit qu'elle n'avait pas communiqué non plus. Le monde évoluait, après tout, elle aurait très bien pu lui écrire au lieu d'attendre,

Malheureusement, il s'excusait de ne pas pouvoir la revoir de la semaine. Il devait se rendre à Paris et ne serait de retour que Jeudi soir.

<< Tu pars en vacances ? ? ? >>

<< Si seulement… mais non, tu te souviens, je bosse pour une boîte française. Et là, je dois aller au QG pour des tas de réunions :-(>>

<< Oh oui, bien sûr. Amuse toi bien xxx >>

<< Je t'appelle quand je rentre xxx >>

Avec cet échange, le week-end se concluait sur une bonne note. Certainement bien mieux qu'il n'avait commencé. Emily sentait l'énergie revenir en elle. Elle était prête à rentrer chez elle. Chez elle. Deux simples mots mais qui résonnaient encore de manière étrange. Serait-elle jamais vraiment chez elle ? Libre, acceptée, indépendante ?

Elle passa la semaine à attendre son appel. À mesure que les jours passèrent, elle en oublia où il était et s'inquiéta de son silence. Marc tenta de la rassurer, plaidant que les hommes étaient rarement bons pour ce genre de chose.

— Il appellera quand il pourra.

— Il est à Paris, cette semaine.

— Waouh ! Et il t'emmène quand ?

— Hey, pas si vite, on ne s'est vus qu'une seule fois.

— Vous n'avez pas vraiment perdu de temps, ce soir-là…

Elle rougit. Ce souvenir était finalement très agréable.

— De toute façon, pour l'instant, il ne m'appelle pas.

— Est-ce qu'il a le bon forfait, déjà ? Attend qu'il revienne. Il t'appellera à son retour.

Et comme Marc l'avait prédit, Olivier lui téléphona le jeudi soir. « T'aurais pu m'appeler plus tôt. » C'était sorti de sa bouche sans qu'elle ait le moindre contrôle. Elle s'excusa aussitôt.

Il s'excusa à son tour. Il n'avait jamais autorisé son portable à l'international. Il lui avait promis de l'appeler dès son retour, et c'est bien ce qu'il faisait.

Il lui proposa de la revoir, le lendemain matin, juste avant de commencer la journée. Elle s'étonna, mais il insista, il viendrait la trouver près de son bureau, et ils prendraient un café ensemble. Toute émue, elle lui confia l'adresse et le quitta dans un flot de baisers téléphoniques.

La nuit fut beaucoup plus relaxante qu'elle ne l'avait
envisagé. Emily s'amusa de constater que la semi-dépres-
sion de la semaine avait complètement disparu, comme si
elle n'avait jamais existée. La magie d'un simple coup de
fil. Aujourd'hui, elle allait le retrouver. Ce n'était peut-être
qu'un simple rendez-vous dans un café, juste pour une
demi-heure, mais cela prouvait qu'il souhaitait la revoir.
Ça n'avait pas de prix.

Elle regarda son reflet en sous-vêtements devant le miroir
de la penderie. Elle hésita devant plusieurs tenues mais
finalement opta pour un pantalon noir et petit pull léger,
gris. Ce n'était qu'un jour de travail comme tous les autres.
Et puis, il devait pourvoir s'accommoder d'une femme qui
travaillait. Aujourd'hui n'était pas destiné à la séduction
mais à la vérité. Il devait la voir et l'apprécier telle qu'elle
était vraiment, pas une poupée parée pour un concours
de beauté.

Elle se rendit compte comme dans un flash de conscience
qu'il se posait peut-être lui aussi des questions à son sujet.
Était-il en train de choisir sa tenue ? C'était bien beau de
prétendre être tout à fait ordinaire, la femme qui travaille,

tout ça, mais un peu de séduction ne faisait jamais de mal. Elle avait perdu ce sens. Finalement, c'était sa première rencontre depuis plusieurs années, et elle n'était plus tout à fait rodée. Elle ajouta un peu de mascara et s'appliqua du rouge sur les lèvres. Le maquillage n'avait pas été inventé pour elle et ne lui venait pas naturellement.

Elle se demanda si cette deuxième rencontre se déroulerait aussi bien que la première. Après tout, avec l'obligation d'aller au bureau ce matin, il n'y avait pas la promesse éventuelle d'une fin sensuelle qui accompagnait immanquablement une rencontre de soirée. Cela changerait sans doute la nature du rendez-vous. Peut-être aussi que tout allait s'arrêter là. Il la verrait telle qu'elle était réellement et non plus à travers le filtre rose et alcoolisé du premier soir. Il serait déçu et il repartirait.

C'est une jeune femme tourmentée par ses idées noires qui se rendit au rendez-vous. Elle choisit un siège qui offrait une vue directe sur la porte d'entrée. Avec un tel angle de vue, elle ne pourrait pas le rater. Prenant son téléphone en main pour essayer de contrôler ses nerfs, elle constata qu'elle avait encore dix bonnes minutes à attendre. Alors elle attendit. C'est long, dix minutes, pour un esprit prompt à la panique. De nouvelles craintes l'envahirent, et elle se créa un exercice pour les contrer. Elle sortit de son sac un carnet et un crayon. Ouvrant le carnet à la première page blanche qu'elle put trouver, elle la divisa en deux, d'une barre verticale, et traça en haut à gauche un « + » et à droite un « - ». Elle s'attaqua à la première colonne et entreprit de marquer tous les points positifs de sa rencontre avec

Olivier. De cette façon, elle pensait chasser les mauvaises idées. Après tout, si ça tournait mal, elle aurait la journée entière pour remplir l'autre colonne.

Arrivée à la septième ligne, elle sentit comme une présence. Elle releva la tête comme pour respirer après avoir plongé trop longtemps dans son carnet. Le jeune homme planté bien droit devant elle lui offrit un large et beau sourire.

— Bonjour, mademoiselle, puis-je m'asseoir avec vous ?

Les mots qu'elle voulait prononcer, bien que très simples, ne purent se former. C'était bien lui, il était venu, Il était là. Elle devint si timide qu'elle ne sut lui offrir l'autre siège que d'un geste de la main.

Chevaleresque, il la lui baisa.

— Tu es ravissante aujourd'hui.

— Merci, mais c'est juste ma tenue de travail.

Ses joues étaient chauffées à blanc, et elle ajouta mentalement sa galanterie à la colonne de gauche. Réalisant alors que son carnet était ouvert en grand et offert à son regard, elle se dépêcha de le fermer et de le replacer dans son sac.

— Tu travaillais déjà ?

— Non, juste quelques idées que je ne voulais pas perdre.

— Bon, je t'offre un café, bien sûr, quel est ton type ?

— Grand, brun et l'accent français.

Tout allait bien, un peu de confiance en elle lui revenait.

— Ha ! Ha ! Je vais voir ce que je peux trouver, mais je ne suis pas certain qu'ils en aient.

Sans prévenir, il se leva, se pencha et l'embrassa. À pleine bouche et en public. Ça la gênât un peu, mais il fallait sans doute qu'elle s'y habitue.

Quelques instants plus tard, il était revenu avec deux capuccinos et environ soixante petits sachets de sucre. Comme il ne connaissait pas encore toutes ses petites habitudes, il avait simplement dévalisé le stock pour être sûr qu'elle en aurait assez, déclara-t-il. Très rapidement, ils parlèrent sans retenue, comme deux amis qui se retrouvaient enfin après une longue absence.

Elle sourit de le voir passer sa cuillère dans la mousse de lait et la porter à sa bouche.

— Je vois qu'on a le même vice. C'est ce que j'aime le plus dans le cappuccino.

— Bien sûr, sinon pourquoi en prendre un ?

Elle aimait son style décontracté. Il portait bien le costume, la cravate, les chaussures cirées… Il aurait passé inaperçu avec les banquiers. Et pourtant, il n'en avait vraiment pas l'attitude. Était-il le même au travail ? Elle s'imagina l'avoir comme chef ; il paraissait si détendu que ce devait être un plaisir de travailler pour lui.

La pendule clouée au-dessus de la porte indiqua que l'heure avançait bien trop vite. Elle haïssait cette pendule. Il croisa son regard et comprit immédiatement d'où en venait la tristesse.

— Eh oui, dit-il. Déjà l'heure.

— Tu fais quoi ce week-end ?

Direct. Elle n'avait plus de temps à perdre et elle devait savoir, voulait-il la revoir de nouveau ? Il baissa la tête et soupira. Elle se demanda quelle excuse il avait préparée pour la repousser.

— Demain soir j'ai une soirée avec des copains. On ne

s'est pas vus depuis longtemps.

— Oh, c'est sympa. Et dimanche ? Elle ne voulait rien lâcher.

— J'ai du boulot à finir.

— Tu bosses le dimanche ?

— J'essaye de ne pas trop le faire, mais là je dois vraiment finir une présentation. Après la semaine que j'ai passée à Paris, je dois présenter le boulot à mes chefs lundi et je n'ai encore rien de prêt.

Il dit tout cela avec un grand calme. Sa voix ne tremblait pas, et il la regardait toujours dans les yeux, soutenant son regard. Elle perçut des reflets de tristesse et elle voulut le croire. Il semblait réellement triste de ne pas pouvoir changer ses plans.

— Oh ! Je vois. Elle but un peu de café, essentiellement pour que la tasse cache une légère rougeur qu'elle sentait poindre sur ses joues.

Elle se tut quelques temps, tentait de tout reprendre dans sa tête : la discussion, les mots employés, la tonalité de sa voix à travers son accent – très joli accent, d'ailleurs. Non, elle ne devait pas se perdre dans ces frivolités. Elle se répétait des morceaux de phrases comme pour tout analyser. Mais non, il n'y avait rien de malicieux là-dedans. Il était normal et entretenait juste une conversation amicale et sympathique dans un café. Elle voyait des choses, des ombres, des connexions qui n'existaient sans doute que dans son esprit fertile. Ou alors… Ses pensées furent interrompues.

— Peut-être qu'on peut se retrouver dimanche après-midi ? Si je bosse dur demain, je devrais avoir fini assez tôt et on pourrait passer le dimanche soir ensemble ?

Elle s'illumina, s'enflamma. Que lui avait-elle demandé, déjà ? La question n'importait plus, elle aimait sa réponse.

— D'accord.

Que pouvait-elle dire de plus ?

Il sourit puis se leva et s'approcha d'elle, mais cette fois il l'embrassa juste sur la joue.

— Je sais que tu n'es pas trop fan des démonstrations publiques d'affection, alors j'essaye de me contrôler. Tu sais bien, nous autres, Français… on a une réputation à tenir !

Elle sourit à son tour puis, l'attrapant par la main, lui dit simplement :

— Viens.

Dehors, elle l'emmena derrière le bâtiment, dans un petit renfoncement. Là, avant qu'il n'eût le temps de dire quoi que ce soit, elle souda leurs lèvres et le serra très fort dans ses bras.

Il ne résista pas, ou peut-être alors juste à une envie de laisser glisser ses mains le long de ses hanches, tout en bas. Il les maintint dans le creux des reins. Elle apprécia sa retenue, bien que si son corps eût été doué de parole, il lui aurait hurlé de poursuivre cette exploration tactile.

— C'est mieux ici, dit-elle en reprenant haleine.

— Bien sûr, vers les poubelles, c'est tellement plus intime.

Elle fit mine de lui porter un coup sur le ventre.

— Idiot !

— Allez, va, ne te mets pas en retard à cause de moi.

Sur un dernier baiser fugace, il la rendit à la vie terrestre.

Elle fit quelques pas et se retourna. Il était toujours là. Figé, il la regardait s'en aller. Un petit geste de la main lui donna toute l'énergie dont elle avait besoin pour la journée. Et même plus.

Un peu plus tard, Sarah, l'éternelle grande sœur, essaya de la mettre en garde. Tout en se réjouissant de son bonheur récent, elle ne put s'empêcher d'évoquer le genre d'hommes qu'elle-même fréquentait. Emily eut beau repousser la comparaison, rien n'y fit. Après quarante-cinq minutes au téléphone, Emily fut de nouveau la proie de nombreux doutes. Trop beau pour être vrai, se répétait-elle.

Qu'elle idée avait-elle eut aussi d'appeler son amie ? Peut-être cherchait-elle à répondre à ses propres questions. Elle aimait Sarah, lui faisait confiance. Depuis plus de vingt ans, elles étaient les meilleures amies du monde. Les trois mois supplémentaires que Sarah avait vécu semblaient suffire à la rendre beaucoup plus mature. Emily avait naturellement pris la place de la cadette, copiant, émulant ce que faisait l'autre, sans jamais passer devant.

Et puis, après la nuit horrible, c'est bien Sarah qui s'était occupée d'elle. Bien sûr, elle était retournée chez ses parents dès le lendemain. Ou plutôt, son père était venu la chercher, alors qu'elle était restée pendue au téléphone avec sa mère. Elle était arrivée chez eux en pleurs, souillée, vidée, incapable de manger pendant deux jours. Son père avait géré l'appartement, le propriétaire, les loyers et les factures restant à payer, et bien d'autres choses encore. Ses parents l'avaient hébergée, avaient géré ses comptes, avaient résolu l'intendance, la logistique, les problèmes matériels. Mais pour ce qu'elle avait ressenti après l'événement, toutes ces émotions, ces conflits, ces tourments qui l'avaient envahie, il n'y avait eu que Sarah. Personne d'autre ne s'en était vraiment soucié. Personne d'autre ne comprenait pleinement ses accès de colère, les sorties brusques de son monstre.

Sarah était plus encore qu'une sœur. Bien sûr, elles étaient diamétralement opposées, mais n'était-ce pas là également ce qui les rendait si proches ?

Elle réfléchit à leur conversation récente. Olivier semblait être un type bien, mais à vrai dire, elle ne connaissait pas grand-chose de lui. Son cœur s'emballait, lui faisant tout voir en rose, mais son esprit devait ralentir, observer, analyser. Suivant les conseils tout juste prodigués par son amie, elle se promit de creuser davantage, lors de sa prochaine visite. Elle devait amener Olivier à se dévoiler un peu plus, à parler de lui pour la rassurer.

En revenant chez elle, elle s'arrêta à l'épicerie du bout de la rue. Elle commençait à y être connue, et le propriétaire la salua d'un grand sourire. Alors qu'elle allait payer pour ses quelques emplettes, elle aperçut Martha qui venait d'entrer, son cabas à la main. La vieille dame lui offrit son éternel sourire et s'approcha d'elle.

— Bonjour, Emily, comment vas-tu ? Je ne t'avais pas vue depuis quelques jours.

— C'est vrai. Je vais très bien, merci. Et vous, Martha ?

— Ma foi, ça va, aujourd'hui. Je viens chercher quelques légumes pour ce soir.

Emily paya et proposa à Martha de l'aider à remporter ses courses. Elle la suivit dans les rayons et l'aida à porter un pack de bières. *Je crois savoir qui va se les enfiler*, pensa-t-elle tout en admirant la gentillesse de sa voisine. Martha n'était sans doute pas au courant de la dernière confrontation avec son fils. Elle n'en parla pas, en tout cas. Sur le chemin du retour, elles échangèrent quelques banalités, et Martha la remercia, une fois chez elle.

— C'est surtout la bière, c'est lourd, c'est pour ça que je n'en prends qu'un seul pack.

— Vous auriez dû me le dire, j'en aurais porté deux.

— Oh non, je ne veux pas te faire travailler. Et puis, mon fils les achète, d'habitude, mais il est parti, et je ne veux pas qu'il en manque quand il reviendra. Il est si gentil.

Emily oublia les derniers mots.

— Il est parti ?

— Pour son travail, juste quelques jours. Il revient demain, en fait. J'ai hâte, le temps me dure, toute seule.

Emily se sentit étrangement soulagée.

— Pourquoi vous ne viendriez pas chez moi, ce soir, Martha ? Je ne serais pas contre un peu de compagnie.

— Oh, mais non, voyons, tu dois bien sortir avec tes amies ?

— Non, ce soir, je sors avec vous. En revanche, je vous préviens que, côté cuisine, il ne faut pas vous attendre à des miracles. Moi, c'est génération micro-onde pour tout !

Se rappelant le plat délicieux que Martha lui avait apporté le premier soir, elle eut honte de n'avoir pensé qu'à sortir un plat surgelé. Elle se décida plutôt pour cuisiner son unique spécialité : les pâtes carbonara.

Martha en fut emballée et la félicita d'avoir su cuire les spaghettis si bien. Emily sourit et la remercia d'être si gentille. Après tout, faire chauffer des nouilles n'exigeait pas un grand talent culinaire ! Pendant le repas, elles discutèrent de tout et de rien. Mais à chaque fois que la conversation roulait sur le fils, Emily s'arrangeait pour changer de sujet ou bien elle trouvait soudainement quelque chose à faire dans la cuisine. Elle comprenait que les yeux d'une mère regardent au travers d'un filtre, mais elle avait pu constater par elle-même qui il était vraiment. Il pouvait duper sa propre mère mais pas elle.

La solitude était le foyer des idées noires, et elles apprécièrent chacune la compagnie de l'autre. Emily pensa à ses parents, sans aucun doute plantés devant leur télévision, en ce moment. C'était bizarre, tout de même, bien qu'elle pensât à eux à cet instant, elle se sentait plus proche de cette petite femme assise près d'elle que de sa mère, bien qu'elle ne la connût qu'assez peu.

Elle lui révéla sa relation avec Olivier et ses doutes sur son intégrité. Martha la félicita, pour commencer, puis elle l'embrassa. Et tout en discutant, elle lui prodigua le meilleur conseil qu'Emily avait entendu jusque-là.

— Ne te fie qu'à ton cœur. Une femme sait ce qui est bon pour elle. Elle pointa un doigt vers sa poitrine. Écoute là-dedans.

— Mais c'est de là que viennent tous mes doutes.

— Oh, non. Les doutes sont dans la tête. Quand j'ai rencontré Doug, mon mari, il était bourru, vraiment difficile. Il travaillait avec mon père, à l'usine. Je le voyais parfois mais je l'ignorais. Rien ne lui plaisait, il était toujours à râler, pour tout. C'était un jeune ingénieur. Il s'était rapidement trouvé à diriger l'équipe dont mon père faisait partie. Il était dur, impitoyable. Et pourtant, il y avait quelque chose en lui. Plus je réfléchissais et moins je trouvais ce que c'était. Et puis un jour, il y a eu un accident. Une machine s'était emballée, je ne sais plus. Mon père a voulu essayer de l'arrêter, mais Doug l'a attrapé par la taille et lui a envoyé un coup de poing pour le dissuader de bouger. Il a réussi à stopper la machine mais il s'est blessé au bras et il a perdu deux doigts. Si mon père avait été un peu plus proche de la machine, il aurait sans aucun doute été grièvement blessé. Un peu plus tard, ce jour-là, mon père, tout ému, m'a raconté comment Doug lui avait sans aucun doute sauvé la vie. Alors le lendemain, je suis allé le voir à l'hôpital pour le remercier. Et tu sais ce qu'il m'a dit ?

Emily hocha simplement la tête de droite à gauche.

— Il m'a regardé avec ses yeux grands ouverts et m'a dit qu'il avait eu une vision. Il avait vu mon père évacué sur une civière et moi pleurant à ses côtés. Et il a ajouté qu'il préférait partir, lui, que de me voir orpheline. Ce jour-là, j'ai découvert que ce jeune homme mal dégrossi cachait en vérité un cœur énorme et qu'il avait des sentiments profonds pour moi. J'en ai été si émue que je me suis attachée à lui. Petit à petit, j'ai découvert un homme adorable et charmant. Et puis finalement, deux ans plus tard, je devenais sa femme… Écoute ton cœur, pas tes idées. C'est le cœur qui a toujours raison.

Ses yeux se gonflèrent de larmes retenues. Emily se sentit mal à l'aise, ignorant quoi répondre. Martha, comme toujours, comprit sa gêne et voulut la rassurer en dévoilant que cela lui faisait du bien de pouvoir ainsi parler de son mari défunt. Elle remercia Emily de lui offrir une oreille attentive.

— Je n'ai pas beaucoup l'occasion de parler de lui, tu sais, mon fils ne veux pas parler de son père…

Surprise, surprise !

— Vous pouvez dire tout ce que vous voulez, ici.

Le regard de la voisine se chargea de nombreuses émotions, et Emily se leva pour venir l'embrasser. Parfois, les gestes parlaient bien plus fort que les mots.

Leur conversation reprit finalement, et avant qu'elles ne s'en aperçoivent, la soirée se transforma en nuit. Elles appréciaient grandement s'être rencontrées, chacune offrant à l'autre une petite bulle de confort dans sa vie. Sur le palier, Martha s'excusa encore d'avoir privé Emily de sa soirée. Celle-ci répondit qu'il n'en était rien et qu'elle serait ravie de la revoir à nouveau.

Peu après, Emily s'endormit en repensant à l'histoire de Doug et Martha. Il y avait là quelque chose qui la troublait, mais elle ne savait pas quoi. Elle se promit d'y répondre au plus vite, dès qu'elle pourrait. Peut-être que sa prochaine visite chez Olivier allait l'y aider.

En fin d'après-midi, ce dimanche, et comme il avait été convenu, elle vint le retrouver chez lui. Il l'accueillit avec un plaisir évident et la fit entrer. C'était la première fois qu'elle revenait dans cet appartement, depuis leur première nuit, et elle n'arriva pas à empêcher un petit pincement en voyant au travers la porte ouverte de la chambre. N'avait-elle pas été impulsive, cette nuit-là ? Pourtant, elle refusait de regretter, se rassurant comme elle put de n'avoir pas été en contrôle tout du long et d'avoir choisi elle-même de venir chez lui.

Elle avait apporté à boire, et il l'invita à aller faire le service dans la cuisine, avant de s'excuser platement. Il avait presque terminé son travail et lui demandait encore une toute petite demi-heure de patience.

Elle accueillit l'aubaine avec joie et se convertit immédiatement à l'espionnage qu'elle avait espéré pouvoir conduire. La deuxième pièce était aménagée en bureau, et c'est là qu'il prit place. Elle était libre de faire le tour « comme si elle était chez elle ». Elle commença par la chambre ; tout en évitant de trop regarder le lit. Pourrait-elle trouver la moindre trace de... tiens, oui, de quoi, au fait ? À vrai dire, elle ignorait ce qu'elle cherchait. Tout, qu'importe ce que c'était, quelque chose de louche, voilà tout.

La chambre fut décevante. La salle de bains aussi. Le salon était minimaliste au possible : un sofa, une table vide et une autre table qui supportait le téléviseur. Trop peu de possibilités pour cacher quoi que ce soit. Elle finit par s'excuser auprès de lui et entra dans son bureau.

— Pas de soucis, j'ai bientôt fini. Regarde mes livres, si tu veux.

Sésame ! Elle lut les tranches. Choix éclectiques de quelqu'un qui sans aucun doute aimait lire. Beaucoup de titres français qui ne lui disaient pas grand-chose. Elle ne trouva rien de vraiment curieux. Ou alors... tiens, oui, en balayant de nouveau la pièce du regard, elle s'aperçut qu'il y avait de nombreuses peluches. Assez étrange, pour un homme d'une bonne trentaine. D'accord, elle avait bien conservé Gaspard avec elle, mais c'était juste un souvenir. Ici, il y avait bien douze ou quinze peluches !

Elle commença à les compter, à en faire l'inventaire.

Elle s'arrêta sur un gros ours qui avait inscrit sur sa salopette « Daddy Bear ». Elle le prit en main et ne sut endiguer les mots.

— Tu as des enfants ?

— Hein ?

Il se retourna et n'offrit que de la surprise. Elle le regarda attentivement puis lui présenta l'ours en pièce à conviction aggravante.

— Daddy Bear !

— Oh, lui, je crois que je l'ai acheté il y a deux ans. Il m'a plu, dans sa salopette à la Coluche…

Et il se retourna très naturellement, tout en disant :

— O.K., tu me donnes deux minutes, et je suis tout à toi.

Elle voulut croire à cette sincérité. Ses mouvements étaient naturels, sans stress, sans surprise. N'étant pas française, elle n'avait pas compris la référence à Coluche et ignorait si elle devait s'en inquiéter ou pas. Elle décida de laisser tomber pour l'instant. Bon, il aimait les peluches, et alors ?

Leur soirée fut purement sédentaire. Il prépara un repas superbe, accompagné d'un très bon vin. Un peu plus tard, ils regardèrent la télé comme un couple déjà établi. Dans l'étreinte de ses bras, elle oublia ses doutes et se demanda si elle n'avait pas finalement décroché le gros lot.

Dans les jours qui suivirent, elle pensa même l'inviter à rencontrer Sarah et peut-être d'autres amis. Ce n'est pas qu'elle connaissait beaucoup de gens, mais elle souhaitait voir comment il se comporterait avec eux. Comme par un heureux hasard, elle avait été conviée à une soirée avec quelques anciens de la fac. Sarah avait insisté pour qu'elle s'y rende. Elle avait refusé, jusque-là, mais maintenant qu'elle avait un cavalier, pourquoi pas ? Et puis elle ne leur avait jamais présenté personne… ce serait amusant de voir leurs têtes !

Elle finit par lui proposer, un soir, alors qu'ils étaient enlacés sur le sofa à la suite d'un autre repas excellent. Quelle chance d'avoir rencontré un cordon-bleu.

— Je suis invitée à une soirée avec des copains du temps de la fac. Ça te dirait de venir avec moi ? lui demanda-t-elle.

— Tu veux déjà me présenter à tes amis ? J'en serais ravi.

Elle sourit et le serra encore plus fort.

— Ils vont être surpris.

— Pourquoi donc, parce que je suis français ?

— Non, juste parce que tu es là.

— Comment ça ?

— La plupart d'entre eux ne m'ont jamais vue avec quelqu'un. Ils croient tous que je finirai vieille fille.

— Je veillerai à ce que ça ne t'arrive pas.

Ils s'embrassèrent.

— Et comme ça, tu verras Sarah aussi, ma meilleure amie.

— Oh, la fameuse Sarah ! J'ai déjà hâte.

C'est vrai, elle lui en avait déjà abondement parlé. Comment ne pas la mentionner, de toute façon, puisqu'elle était présente dans la majorité des anecdotes qu'Emily avait racontées.

— Méfie-toi, elle va te passer aux rayons X.

— Impeccable, j'ai une petite douleur dans le dos, peut-être qu'elle pourra voir ce que c'est.

Une petite tape tendre sur le bras le fit taire. Elle aimait son humour, sa décontraction. Il était toujours si naturel, comme s'il se montrait tel qu'il était, sans forcer. Au contraire d'elle, qui essayait sans cesse de plaire, ou du moins de ne pas froisser. Elle, qui souvent tentait de deviner ce qu'elle devait répondre aux gens qui lui parlaient, admirait sa liberté et sa fraîcheur.

La conversation qui suivit roula de l'observation amusée de leurs contemporains à des pensées plus philosophiques issues de leurs lectures communes, tout en passant par quelques bons instants à se moquer de leurs chefs respectifs. La hiérarchie avait sans doute été inventée pour que les gens trouvent un terrain commun de discussion.

Puis il lança l'idée d'un petit week-end romantique, en amoureux. Elle en fut estomaquée mais décida très rapidement qu'elle le voulait. Sans compétition, Paris devint la destination de choix. Il lui embrassa le front comme pour la remercier de sa confiance et se mit à lui caresser le dessus du crâne. Il avait pu observer combien elle aimait ce geste. Un peu comme un chat, le mouvement léger de sa main sur ses cheveux semblait la rassurer, l'adoucir. Elle tourna la tête légèrement pour lui donner meilleur accès à son cou. Il avait bien interprété, et ce petit massage arriva à point. Il voulait qu'elle se sente bien avec lui. D'un geste lent et mesuré, sa main convoyait des sentiments qu'aucun mot ne pouvait exprimer aussi parfaitement.

Très rapidement, les caresses imposèrent le silence, et ils se dirigèrent vers la chambre. Là, dans l'intimité de la pénombre, ils libérèrent enfin toute la tension que leurs corps avaient accumulée depuis quelques jours.

- 8 -

Les jours qui suivirent, Emily rentra le plus souvent chez Olivier après le travail. Il souhaitait passer le plus de temps possible avec elle, et puis il n'habitait pas très loin de son bureau. C'était pratique de pouvoir rentrer vite et ainsi profiter d'une longue soirée. Lorsqu'elle eut utilisé tous les vêtements qu'elle avait amenés chez lui, elle demanda à passer une soirée chez elle, au moins pour récupérer quelques affaires. Il accepta à contrecœur, et elle se sentit gênée de devoir lui demander cette petite pause comme une faveur.

Elle aurait pu lui proposer de l'accompagner, mais étrangement, cela ne lui vint pas à l'esprit. Elle arriva donc chez elle seule en fin de journée, se sentant heureuse et l'esprit léger. Mais son cœur tomba, lorsqu'elle approcha du bâtiment. Le voisin était là, sur le parking. Il semblait être bien occupé avec sa voiture. Le capot, le coffre et deux portières étaient ouverts. *Très bien*, pensa-t-elle, *qu'il se concentre sur la mécanique et qu'il ne lève surtout pas les yeux…* Elle fit un léger détour pour éviter son champ de vision et parvint finalement à la porte d'entrée sans être vue.

Quelle honte de devoir se cacher comme ça. Si seulement

il pouvait disparaître et la laisser tranquille. Tout avait commencé le premier soir. Si seulement il y avait eu de l'eau chaude quand elle était arrivée ! Elle aurait dû demander à son père de tout vérifier. Comme ça, elle n'aurait jamais eu à rencontrer ce type louche et elle serait capable de rentrer chez elle normalement, pas comme une cambrioleuse.

Ce qui la surprenait vraiment, c'était comment Martha pouvait rester aveugle à ce point. Une petite tristesse lui envahit l'esprit, en pensant à sa voisine. Elles ne s'étaient pas revues depuis leur soirée ensemble, et elle s'en voulait un peu. C'était comme si elle la laissait tomber, maintenant qu'elle avait quelqu'un dans sa vie. Si seulement elle n'avait pas à faire de tels choix. Elle voulut frapper à la porte mais eut peur au dernier moment. Bien qu'il parût occupé dehors, le fils allait bien choisir de revenir juste à ce moment, et elle ne pouvait pas imaginer lui faire face.

Ses craintes devinrent priorités, et elle rentra directement chez elle. Après un petit repas rapide, elle emplit une valise avec quelques sous-vêtements et plusieurs tenues de rechange. Vivre avec Olivier était une façon d'éviter le voisin. Finalement, ça tombait à pic. Elle continua sa soirée avec un bain chaud et put enfin se détendre dans la vapeur et les bulles savonneuses.

Au petit matin, elle prit bien soin de ne pas faire de bruit dans l'escalier. Il était encore assez tôt, et elle espérait ne pas trouver l'ours sur son chemin. Ce fut en vain. Il était là. Il s'était garé devant la porte de l'immeuble, et elle le vit en train de placer une grosse valise dans son coffre. Impossible de l'éviter. Il la vit dès qu'elle ouvrit la porte, presque comme si il l'attendait, et il l'interpella.

— Bonjour, bien matinale, aujourd'hui.

Elle l'ignora et avança la tête baissée.

— Vous partez en voyage ?

— Non, je vais chez mon copain. Il est officier dans l'armée.

C'était sorti comme ça. Le conseil de Sarah lui était revenu spontanément, et elle avait décidé de tenter le coup.

— Alors bon voyage. Il afficha un sourire bref puis tourna la tête et s'absorba dans ses préparatifs.

Quel rustre ! Avec son air supérieur, mais pour qui se prenait-il ? Elle décida qu'il valait mieux en parler à Martha. Un jour prochain. Quand elle reviendrait. Mais quand ? Elle n'avait aucune idée de combien de temps elle resterait chez Olivier. Peu lui importait. Pour l'instant, être loin de ce type suffisait.

La routine du couple naissant l'aida à oublier ce dernier incident. Et enfin, le jour de la fameuse soirée entre amis arriva. Olivier traversa la ville pour venir la retrouver. Nerveux, il espérait que tout allait bien se dérouler. Pour lui, cette soirée n'était pas ordinaire, il devait plaire aux amis de sa copine et surtout, bien sûr, impressionner Sarah, qu'il croyait presque déjà connaître et qui par conséquent l'effrayait. Ce qu'il ignorait encore, c'était combien ce soir serait également un test pour Emily.

Elle s'apprêtait à sortir de son bureau, quand elle le vit au travers de la porte tournante. Avant même d'être sortie, elle le salua et lui sourit. Dès qu'elle fut avec lui, elle se laissa embrasser goulument. Il lui sembla qu'elle perdait de sa timidité, car cela ne la gênait presque plus. Le pub où ils avaient rendez-vous n'était pas très loin, et elle lui proposa de s'y rendre à pied. Il la tenait par la main, amoureusement, ou peut-être pour ne pas être séparés dans la foule. À chaque passage piéton où ils durent s'arrêter pour laisser passer le trafic, son regard indomptable la parcourait de haut en bas, puis de nouveau, autant de fois que possible. Loin d'en être troublée, elle souriait. Elle avait passé suffisamment de temps à se préparer, et son attitude démontrait combien elle avait visé juste.

Il ne le savait pas, bien sûr, mais elle avait plus exposé ses jambes ce dernier mois passé avec lui qu'au cours des huit années précédentes. Et aujourd'hui, elle avait ajouté du maquillage.

Pour elle aussi, il y avait là une nouveauté. Ça c'était insinué en elle sans se faire remarquer. Tout avait commencé par l'achat de fond de teint et de mascara. Le maquillage s'était vite accentué, et bientôt elle avait regarni sa salle de bains de multiples crèmes et produits, au point de ne plus avoir assez de place. Elle avait également fouillé les sacs de vêtements rapportés de chez ses parents et en avait extirpé des tenues achetées il y avait si longtemps qu'elle les avait oubliées. Elle redevenait féminine, au contact d'Olivier, mais ignorait encore quel impact cela pouvait avoir.

Ce soir, elle avait fait fort. Il se demanda, par ailleurs, en la regardant, si ce n'était pas excessif, mais il n'allait certainement pas le lui dire. Elle s'était accrochée à son bras, après tout. Il était ravi. Elle l'avait choisi, lui, et il en était fier. Il osa enfin le lui dire.

— Tu es vraiment superbe. Je suis si heureux d'être avec toi.

— Merci.

Elle lui expliqua combien sa présence, ce soir, allait en surprendre plus d'un ! Elle ne participait que très rarement à ces retrouvailles entre amis et générait toujours un grand étonnement quand elle y venait. Mais qu'en plus cette fois elle s'y rende accompagnée, il y avait de quoi suspendre toute autre activité, juste pour venir les contempler, et surtout cet individu qui allait apparaître à ses côtés. Était-ce bien vrai, d'abord ? Viendrait-elle réellement avec un beau jeune homme ? Elle entendait déjà dans sa tête les nombreuses questions à venir.

Ce soir, elle allait leur prouver à tous combien la presque vieille fille avait secoué ses puces et s'était trouvé un charmant compagnon. Elle savait qu'il leur plairait. Tout en marchant, elle pouvait également sentir ses craintes et voulut le rassurer en serrant sa main dans la sienne.

— Tu sais, tu vas être comme une pièce de musée, là-bas, lui dit-elle avant de se rendre compte qu'elle venait sans doute de doubler son stress.

— Enfin, moi aussi ! reprit-elle. Pour la plupart, c'est la première fois que je leur présente quelqu'un.

— O.K., pas de pression du tout, alors, dit-il en souriant.

— T'inquiète pas, tu vas les charmer, rien qu'avec ton accent.

Elle pointa vers un groupe d'individus tassés sous la bannière d'un vieux pub anglais traditionnel.

— Les voilà. On est arrivés.

Tous portaient un verre à la main. Quelques-uns faillirent d'ailleurs le faire tomber lorsque leurs yeux aperçurent ce jeune homme qui était comme amarré à leur amie Emily.

— C'est vraiment vrai ? s'écria l'un des hommes, avant de se jeter à leur rencontre.

Il semblait important qu'il fût le premier à serrer la main de ce nouveau venu. À moins qu'étant la réincarnation de saint Thomas il se devait de le toucher pour mieux croire à son existence.

Pour les présentations, il y eut un peu de tout. Les gars offrirent à Olivier une main plus ou moins ferme, certaines carrément mollassonnes. L'une des femmes voulut goûter la tradition française et l'embrassa sur les joues. Elle fut vite imitée, surtout par celles qui n'avaient eu qu'une simple poignée.

Le choc initial passé, il se trouva au centre de nombreuses questions. Emily l'observait, ravie de ne pas avoir trop à répondre, pour l'instant. Il s'en tirait très bien. Il restait calme, bien conscient d'être observé, analysé, décortiqué, mesuré. Il essayait dans le même temps d'absorber les noms, les couples, les professions. Tout ça pour essayer de s'intégrer, d'impressionner juste comme il fallait. Leur plaire à eux, bien sûr, mais avant tout à Emily. C'était son jugement à elle qu'il souhaitait clément.

Elle ne resta pas libre bien longtemps et fut bientôt elle-même sommée de parler de lui, d'eux, de leur rencontre, et de donner bien d'autres détails encore.

— Tu l'as déniché où, ton joli Français ? Allez, dis-nous, quoi…

La question vint de la droite, telle une alarme de réveil. Sortie de sa légère léthargie, elle se retourna pour affronter la salve qui s'ensuivit. Sa stratégie était d'en finir au plus tôt avec cette interrogation et de tourner l'attention vers quelqu'un d'autre. Au fait, où donc était Sarah ?

— Tout simplement ici, à Londres, répondit-elle en se forçant à adopter le comportement timide de la jeune adolescente qui vient d'être surprise pendant qu'elle embrassait son premier garçon.

— Il est super mignon, dit cette amie.

— J'adore son accent français, dit cette autre.

— Tu ne l'as quand même pas déniché chez tes parents ? demanda une voix plus grave, masculine, cette fois-ci.

— J'ai déménagé, répondit Emily.

Le tonnerre retentit soudain, venant de plusieurs endroits à la fois.

— QUOI ?

— Dis donc, toi, quand tu changes, c'est radical !

— Mais alors, t'habites où, maintenant ?

— Me dis pas que tu vis chez lui ?

— Mais non, j'ai mon appartement à moi.

— Waouh, autre chose que tu nous cachais.

— On ne se voit pas souvent, mais ça vaut le coup !

— Moi aussi j'aime l'accent français, fanfaronna quelqu'une qui semblait avoir des soucis de synchronisation avec le reste du groupe.

Puis les voix s'unirent pour demander tous les détails, surtout les plus croustillants.

— Allez, dis-nous, vous vous êtes rencontrés comment ?

— Il n'y a rien de vraiment romantique, vous savez.

— Dis-nous, quoi.

Emily hésita. Comme s'il y avait quelque chose d'un peu avilissant dans une rencontre virtuelle. Mais elle céda.

— On s'est trouvés en ligne, c'est tout.

Elle avait tourné dans sa tête l'idée d'inventer une version alternative mais n'avait pensé à rien de valable. Et puis il aurait fallu le mettre dans le coup. Mentir coûtait beaucoup d'efforts pour, en somme, d'assez maigres résultats et de bien trop gros risques.

Encouragée par les réactions positives, elle se mit en devoir de raconter leur première soirée, les premiers mots, les premiers émois. Passant sous silence la nuit qui avait suivi ce soir-là, elle se contenta d'énumérer les divers détails qui avaient déclenché un petit feu en son sein. Se remémorer ainsi le rendez-vous qui démarra leur histoire la rendit sentimentale. Elle comprenait combien elle s'était attachée à lui. Si vite mais si fermement. Leur histoire était romantique, après tout.

Le cycle coutumier des soirées au pub battait une cadence de croisière. Les verres furent emplis, vidés et très vite remplacés. Les groupes se décomposaient, rapidement remplacés par d'autres, et sous l'influence de la boisson, les langues se déliaient pour se croire plus libres.

Et soudain, une clameur violente s'annonça. Aucun doute n'était possible, il n'y avait que Sarah pour générer autant de cris et de brouhaha. Emily se retourna, comme tout le monde, d'ailleurs. Oui, c'était bien elle. Elle embrassa les autres jeunes femmes, offrant à chacune un petit mot. La star était arrivée, avec son absence totale de timidité. Et de pudeur. Les hommes s'alignèrent tous comme au balcon d'un cabaret. Ils étaient en un instant devenus la réincarnation du loup de Tex Avery, leurs yeux prêts à jaillir pour aller se fixer sur ce corps de rêve.

Il faut dire qu'elle avait fait fort, ce soir. Petit ensemble bleu clair composé d'un minishort très serré et d'un décolleté intrépide, le tout rehaussé par des cuissardes de cuir noir qui étincelaient sous les lampes de la rue. Un maquillage envoûtant complétait l'apparence femme fatale en chasse. Le pauvre Olivier lui-même avait les yeux fixés sur elle. Apercevant Emily qui le regardait, il lui sourit, s'excusa auprès de son voisin, qui n'entendit rien, et se dirigea vers elle. Mais il fut intercepté par Sarah, qui devinant qui il était s'approcha pour lui sauter au cou, le commuant instantanément en héros auprès du reste de la gent masculine.

Il en fut si gêné que ses bras ne bougeaient plus. Enfin libéré, il rougit en fixant Emily comme pour s'excuser. Celle-ci connaissait assez son amie et l'effet qu'elle pouvait engendrer pour ne pas se montrer surprise, et elle les présenta l'un à l'autre. Sarah la qualifia de superbe, de radieuse et de sexy démon. Olivier acquiesça, ravi d'ainsi transférer son attention sur quelqu'un d'autre.

Emily la remercia et, la dévisageant de bas en haut, ne trouva pas de compliment adéquat, alors elle se contenta d'un simple « toi aussi ».

Sarah n'eut d'yeux que pour Olivier. Ce n'était pas pour le lui piquer, Emily le savait. Le danger était pour lui. Un interrogatoire intense l'attendait ! Elle sourit à cette pensée. Il s'en tirerait bien, elle en était certaine.

— Alors, c'est toi, le fameux Olivier ?

— Tu vois.

— Et tu bosses où ?

— Pour une boîte française, dans leur bureau de Londres.

Emily s'éloigna, elle ne souhaitait pas assister à cet

entretien. Sarah allait le griller sur tout, son boulot, pourquoi venir à Londres, sa famille, ses relations précédentes, et si elle insistait un peu, sans doute sa position préférée et autres détails de ce genre. Il n'y avait aucunes limites, avec elle.

Gardant un œil sur son amie, Sarah éclusa quelques questions banales, avant de changer de registre.

— Regarde-moi bien, Olivier.

Son ton était devenu ferme, sévère, grave, presque solennel. Elle le regardait fermement. Son visage crispé rendait son maquillage encore plus intense, plus fatal.

— Emily et moi, on est des sœurs jumelles. Je la défendrais contre n'importe quoi. N'importe QUI. Tu me comprends ?

— Très bien.

Il soutenait son regard tant bien que mal, essayant de masquer sa crainte d'être perforé de part en part sous l'intensité d'un tel laser.

Satisfaite par l'impact de son effet, elle reprit, cette fois d'une voix plus douce, qui invitait à la confidence.

— Elle a beaucoup souffert. C'était il y a longtemps, mais il en reste toujours des traces. Si tu lui fais du mal, il n'y aura aucun endroit sur cette planète où tu seras à l'abri. Tu m'entends bien ?

Il devint solennel à son tour, comprenant la menace plus encore avec son cœur qu'avec sa tête. Il ne pouvait pas imaginer la blesser. Jamais.

— Je te comprends tout à fait. Je te promets de veiller sur elle. Moi-même, je ne veux rien d'autre que son bonheur.

Deux paires d'yeux serrées dans leur étreinte scellèrent un pacte. Ils se comprenaient parfaitement.

Elle redevint la joyeuse fêtarde que tout le monde attendait et le félicita d'avoir trouvé Emily.

— Je crois qu'elle t'aime vraiment bien.

— Je l'espère, en tout cas.

— Allez, je te laisse, je vais chasser ! À très bientôt, Olivier ; ravie de t'avoir rencontré. N'oublie jamais ta promesse !

— Non, promis.

Il voulait lui demander ce qu'elle allait chasser, mais il eut sa petite idée en observant sa démarche, alors qu'elle se rendit directement vers un groupe d'hommes.

De son côté, il fut happé par un groupe de jeunes femmes et fit plus ample connaissance, bien conscient qu'elles souhaitaient essentiellement lui poser un million de questions. Heureusement, toutes n'étaient pas si voraces, et il eut une bonne rigolade avec une charmante demoiselle écossaise. Elle finit par le laisser, et il regarda autour de lui jusqu'à ce qu'il y trouve sa compagne. Emily semblait en pleine discussion avec un grand brun. Ils rigolaient ensemble, et il posa même la main sur son épaule, ce qu'elle sembla accepter de bon cœur. Olivier s'approcha, fut présenté à un certain Andrew, qu'il salua froidement avant de retrouver le contrôle de sa main pour la passer autour de la taille d'Emily et la serrer contre lui. *C'est bien la première fois*, se dit-elle, un peu embarrassée. Elle essaya de se dégager un peu, mais la poigne était ferme. Son interlocuteur la regardait avec un petit sourire en coin, et elle en voulut soudain profondément à Olivier. Elle n'était pas sa chose, pour qui se prenait-il ? Mais elle ne voulait pas faire de scène, pas ici, pas maintenant. Elle prit sur elle et adopta une voix douce et amusée.

— Andrew me rappelait toutes les conneries qu'on a bien pu faire en première année. C'était mon binôme en projets.

— Vous étiez proches ?

— Ah, ça !

Deux mots de ce bellâtre qui en valaient cent. Olivier avala sa salive bruyamment.

Andrew le regarda de toute sa hauteur et afficha un demi-sourire, comme pour se moquer de l'impudence affichée, puis détourna la tête.

— Hey, c'est pas Rob là-bas ?

— Oui, je crois, dit Emily, qui secrètement le remercia de désamorcer la tension.

Il les quitta, prétextant devoir aller discuter avec son ami Rob, après avoir adressé un clin d'œil à l'intention d'Emily. Elle se tourna rapidement vers Olivier pour conduire la conversation et ne pas le laisser poser certaines questions.

— Comment ça s'est passé, avec Sarah ?

— J'espère que ça a bien été. J'ai eu droit à un sermon. Apparemment, si je te fais du mal, il va me falloir trouver un vaisseau spatial et quitter la Terre.

— Ça me paraît un minimum, en effet.

Il sourit. Seul.

Il hocha le menton en direction du groupe principal.

— Sarah fait toujours ce genre d'effet ?

— T'as qu'à regarder du côté des mecs, c'est assez fascinant.

— Humm, fut tout ce qu'il trouva à dire.

Elle ajouta d'une voix volontairement neutre et monotone.

— Tu l'as regardée aussi, fait pas le timide, tout à coup, je t'ai vu.

— J'avoue, dit-il, souriant de nouveau. En face d'un minishort comme ça, on ne peut pas résister. C'est juste pas humain de ne pas regarder, même un peu.

Elle se demanda s'il lui accorderait une telle largesse, dans le cas contraire, mais décida de ne pas se lancer dans ce genre de débat et, pour fermer la porte à tous les signaux d'alarme qui s'étaient activés dans sa tête, elle continua dans les frivolités.

— Ah bon, tu préfère les shorts ? Tu n'aimes pas ma robe, alors ?

Elle arbora un léger sourire au coin des lèvres qui le rassura.

Il fit mine de la regarder comme un couturier prenant la mesure de son travail.

— Non, pas vraiment, tu devrais l'enlever

Elle reprit son souffle, comprenant bien l'allusion, son feu intérieur attisé par lui.

— Mais tu es pire qu'un chien !

— Wouaf ! jappa-t-il entre deux sourires.

Regards complices et resserrement des mains exprimèrent entre eux tout ce qu'il fallait sans attenter à l'ordre public. Si une petite crise avait été possible, il y avait tout juste deux minutes, elle avait été parfaitement maîtrisée.

Ils rejoignirent le groupe, avant d'être à nouveau séparés quelque temps. Sarah en profita pour confier à son amie tout le bien qu'elle pensait d'Olivier. Il avait passé le test. Elle en était heureuse, bien sûr, mais la soirée lui avait apporté quelques informations supplémentaires dont elle ne savait que penser. Il était possessif et un brin jaloux, et puis ne l'avait-elle pas vu également, un peu plus tôt, rire de bon cœur avec Kate – une jeune Écossaise court vêtue qui n'avait que très peu à envier à Sarah ? Un voile sombre drapa ses pensées. Elle se demanda s'il n'était finalement qu'un de ses hommes prêt à tout pour contrôler leur compagne mais totalement libres eux-mêmes de leurs errements masculins.

Ses amis continuaient de s'intéresser au nouveau couple, mais à chaque nouvelle salve de questions, elle se lassait un peu plus de cette pression sociale ordinaire qui lui demandait de se conformer, de se marier, de procréer, de ne jamais dépareiller. Tous et toutes l'avaient félicitée sur cette liberté qu'elle avait enfin retrouvée en quittant le domicile parental, mais dans le même temps ils lui reprochaient de ne pas adhérer aveuglément aux standards sociaux que sont le mariage et les enfants. Pouvait-elle réellement rester elle-même, si tout le monde, y compris lui, voulait la mettre dans une boîte ? Cette illusion que beaucoup appellent liberté mais qui interdisait d'exister individuellement en dehors des limites établies et socialement acceptables, tout ce faux-semblant, l'ennuyait terriblement. Elle avait mal à la tête.

Le temps était venu pour elle d'exercer sa liberté et d'échapper à cette petite troupe de radoteurs.

Olivier assista à ses préparatifs et, observant sa compagne, comprit que le départ s'annonçait, ce qui était loin de lui déplaire. Il entama sa propre tournée d'adieux, faisant mille et une promesses de rester en contact et d'envoyer tel ou tel e-mail. Enfin, il n'y eut plus qu'eux d'eux. Il en était ravi.

— Ça ne c'est pas trop mal passé ? demanda-t-il.

— Tu as été parfait, les filles ont eu plein de compliments sur toi.

Elle avait prononcé ces mots comme un discours bien appris. Elle se rendit compte de la platitude de sa voix et s'en voulut de ne pas montrer plus d'émotions. Après tout, il avait rempli son contrat, ce soir.

— Excuse-moi de partir avant la fin, mais je suis saturée de toutes leurs questions.

— Pas de soucis répondit-il. Ils sont sympas, tous, je serais ravi de les revoir.

— Oui.

Elle lui prit le bras et se serra contre lui comme pour le faire taire.

Était-il si différent d'eux ? La comprenait-il vraiment ? Elle se dit qu'ils ne se connaissaient peut-être pas tant que ça, finalement. Une grande fatigue l'envahit, et elle avait faim. Elle trembla légèrement, ce qui eut l'effet de le rapprocher d'elle. Il la ramena chez lui sans un mot, sans même lui demander si elle voulait bien.

Lorsqu'ils furent arrivés, il ouvrit sa porte et, comme à son habitude, la laissa entrer la première. Il avait proposé de revenir en taxi. Elle avait beaucoup hésité, même lorsqu'il avait dit qu'il payerait et qu'ils y gagneraient bien 20 minutes. À la fin, elle avait cédé et avait somnolé contre son épaule pendant tout le trajet, sans jamais lâcher son bras. Il avait apprécié ce geste qu'il croyait d'amour, ou du moins de confiance.

— J'ai faim, dit-elle en jetant ses chaussures.

— Tu veux que je te fasse un œuf au plat ?

— Plutôt deux.

Il se mit en devoir pendant qu'elle alla s'asseoir. Elle s'absorba dans ses pensées et les rumina jusqu'à ce que l'appel retentisse.

— C'est prêt, y a plus qu'à servir.

Elle apparut à ses côtés, l'air très fatiguée et le visage sombre. Elle ne savait quoi lui dire et voulait juste manger. Il lâcha le manche de la poêle et se tourna pour mieux la contempler.

— Tu es tellement jolie, comme ça.

— Sarah est bien mieux.

— Non, je ne crois pas. Elle s'habille sexy, mais elle n'a pas ton charme.

Il tendit les bras pour venir l'embrasser. Elle recula.

— Tu préfères peut-être Kate ?

— C'est qui, ça ?

— L'Écossaise avec qui tu rigolais bien.

— Ah, celle-là ! Non, rien à craindre. Elle me racontait juste vos délires de facs.

— Pendant que tu rêvais de délirer sous sa minijupe.

— Mon petit cœur est jalouse ? Je t'assure qu'il n'y a pas de quoi. C'est sous ta robe que je veux délirer.

— Sous ma robe, c'est à moi, rien qu'à moi et à personne d'autre. C'est tout.

Elle avait crié. C'était sorti soudainement, brusquement, tel un grondement de tonnerre.

Porté par le silence qui suit généralement les explosions, Olivier recula de quelques pas timides et l'observa. Elle resta immobile, son regard figé au loin. Il s'en alla dans la

142

chambre et se prétexta à lui-même devoir y ranger quelques affaires.

Il revint quelques minutes plus tard et la trouva accroupie sur le sol, la tête plongée dans ses mains. Les larmes qu'aucun barrage ne retenait plus avaient ravagé son maquillage et s'accumulaient déjà en petites flaques colorées sur le carrelage blanc.

À petits pas très doux, il s'avança et s'assit près d'elle.

— Est-ce que ça va ?

Aucune réaction.

— Écoute, je suis désolé si je t'ai offensée, je ne voulais vraiment pas.

Elle se jeta subitement à son cou et prononça un seul mot, avant d'être submergée de nouveau.

— Pardon.

De longues minutes passèrent, avant que son étreinte finisse par se desserrer. Pendant tout ce temps, il la coiffa de la main.

— Je ne sais pas ce qui m'a pris. Je te demande pardon.

Elle reniflait à chaque mot.

— Ne t'en fais pas.

Il se leva et alla s'emparer du rouleau de Sopalin pour lui en donner une feuille, qu'elle utilisa aussitôt. Il remit le feu sous la poêle, réchauffa les œufs et les lui proposa.

— Tu as encore faim ?

— Oh, tu es si gentil, tu cuisines pour moi, et moi, tout ce que je fais…

Les larmes lui coupèrent une fois de plus la parole.

— Allez, on va oublier tout ça. Et puis c'est sans doute moi, j'ai dû dire quelque chose qu'il ne fallait pas.

Il l'aida à se relever, et ne sachant quoi lui répondre, elle combla le silence en mangeant.

Ils tentèrent de faire l'amour pour oublier. Mais une ombre s'était immiscée entre eux, et il n'y parvint pas. Il blâmait l'alcool, la fatigue, les émotions de la soirée. Il s'excusa par bonne mesure et s'endormit rapidement.

Emily resta éveillée jusque très tard dans la nuit. Son cerveau bouillonnait d'activités, entre réminiscence et analyse. Elle haïssait son monstre. Pourquoi était-il sorti ce soir ? Olivier avait été adorable, gentleman, comme toujours quand ils étaient ensemble. Enfin, quand ils étaient tous les deux. Parce qu'en groupe il pouvait être possessif et jaloux. Et puis il ne reniait pas une jolie paire de jambes. Il y avait encore beaucoup à découvrir chez lui. Mais personne n'était parfait. Et puis quoi, beaucoup d'hommes aimaient les belles jambes. Après tout, il était normal, c'était tout. Qu'est-ce qui pouvait avoir provoqué son explosion ? Elle avait eu peur. Mais de quoi ? De son caractère possessif ou de son attirance pour d'autres femmes ? Ou bien était-ce parce qu'il tenait beaucoup à elle, comme Sarah le lui avait confirmé ? Elle ne savait pas si elle était totalement prête pour l'amour, peut-être que c'était la source de toutes ses inquiétudes… Elle devait y travailler, les maintenir sous contrôle.

Elle se réveilla la première. La lumière du jour montrait qu'il devait déjà être assez tard. Olivier était allongé à côté d'elle. Elle caressa doucement ses épaules et le haut de son dos, mais il resta endormi. La soirée lui avait apporté sa part d'émotions à lui aussi, et il méritait sans doute cet instant de répit.

Elle saisit son portable et vit un message de Sarah.

<< Génial de voir Olivier. Il est adorable et digne de toi. Ne le laisse pas passer :-) Xxx >>

Digne de moi ? Se dit-elle. Qu'est-ce qu'elle veut dire par là ? Et puis cette présomption habituelle que si quelque chose devait aller mal, ce serait sa faute. Elle remit le portable sur la table de nuit sans répondre. Elle en voulait à son amie d'être aussi rude. Pourtant, ça la travaillait. Elle tourna la tête. Il dormait toujours.

Elle reprit le portable. Le message était daté de la veille, juste avant minuit. À cette heure, Sarah devait déjà être bien éméchée. Peut-être que le correcteur automatique avait changé les mots. C'était courant. « Digne » était peut-être en réalité « dingue » transformé. Mais oui, maintenant ça sonnait mieux. Elle sourit de sa méprise. Et le message prit meilleur sens. Oui, il était dingue d'elle, c'était certain. Rassurée par le véritable message de son amie, elle s'allongea aux côtés de cet homme qui l'aimait tant. Elle plaça une jambe sur la sienne et, de son bras commença à lui caresser le ventre. Elle lui devait bien un réveil de qualité.

- 9 -

— Emily, t'as cinq minutes ?

Elle ne l'avait as vu arriver.

— Comment ?

— J'ai des choses à te dire, viens avec moi.

Marc marcha vers la cuisine. Elle quitta son bureau pour le rejoindre.

Son retour au travail était le bienvenu, pour une fois. Ce lundi matin était bienvenu. Après un week-end chargé d'émotions diverses, elle s'était plongée pleinement dans les diverses présentations qu'elle devait compiler cette semaine.

Marc avait la voix des mauvaises nouvelles. Contrairement à son habitude, il se mit à chuchoter. Cela n'était décidément pas bon signe. Il l'invita à venir prendre un thé pour s'isoler des collègues avant de lui annoncer :

— J'ai entendu deux managers parler de plans de restructuration.

— Tu as entendu ça où ?

— Je ne suis pas sûr que tu aies envie de savoir… Mais ils parlaient d'un grand chamboulement, je crois qu'on pourrait perdre notre job.

— Attends, t'es sûr de toi ?

— Ils parlaient à voix basse, mais j'ai clairement entendu ce qu'ils disaient. Je crois qu'ils veulent vendre notre branche à une boîte indienne.

— Merde. Mais ça veut dire quoi, pour nous ?

— On va bosser là-bas, ou alors c'est fini.

— Ils ne peuvent pas nous faire ça.

— Bien sûr que si. Si c'est moins cher de faire faire notre boulot par des Indiens, ils ne vont pas se gêner.

— Mais, c'est pour quand ?

— J'en sais rien. J'ai vu la chef partir en réunion tout à l'heure. J'ai regardé son calendrier, et c'était un grand groupe de travail avec la DRH. Quand elle est revenue, elle tirait une salle tronche.

— Oh, merde. Je peux vraiment pas perdre mon job maintenant.

— Moi non plus, mais je suis déjà en train de refaire mon CV. Hey, t'en parles à personne, O.K. ? C'est entre nous…

Le choc. La panique l'envahit plusieurs minutes, avant d'être remplacée par le déni. Elle n'y croyait pas. Ces choses-là, ça arrivait aux autres mais pas à elle. Pourtant, Marc avait l'air convaincu et il n'était pas du genre à s'affoler facilement. Il n'y avait rien à faire, et maintenant qu'elle était détentrice de ce secret, elle se sentait totalement impuissante. Elle travaillait là depuis si longtemps, son CV était sans doute quelque part dans un fichier sur son laptop, vieux de plusieurs années. Elle ne se voyait pas le réécrire ni retourner en entretien d'embauche. Que faire d'autre, pourtant ?

Le soir même, elle se confia à Olivier. Il ne paniqua pas, et son calme la rassura quelque peu. Beaucoup plus habitué à la gestion d'entreprises qu'elle, il lui expliqua qu'il faudrait du temps pour que tout se mette en place, de toute façon, qu'elle allait sans doute recevoir « un chouette paquet de pognon » – ses propres mots – et qu'elle trouverait un autre job facilement. Il voulait la calmer, bien sûr. C'était normal, après tout. Mais elle n'y croyait pas, et puis elle avait peur de cet imprévu qui s'imposait dans sa vie.

Le lendemain matin, Marc n'avait pas plus d'informations. Son angoisse s'amplifiait, et elle appela Sarah pour lui demander conseil. Celle-ci sembla vouloir l'apaiser à son tour. Tout arrivait toujours pour une raison, disait-elle.

— Si tu dois quitter la banque, eh bien, c'est que ton heure est venue, voilà.

— Mais je n'avais pas prévu ça, quand j'ai pris l'appartement… J'ai un loyer à payer, maintenant.

— Et alors ? Pas de problèmes, tu romps le bail et tu restes chez Olivier.

Ça lui fit comme un choc. Voilà bien une chose à laquelle elle n'avait pas du tout pensé.

— T'habites déjà quasiment chez lui, de toute façon, poursuivit Sarah. Comme ça, au moins, vous officialiserez, ce n'est pas si mal.

Non, décidément, cette idée ne rentrait pas.

— Mais non, je ne vis pas chez lui.

— Combien de temps que tu n'es pas rentrée chez toi ? Tu y étais le week-end dernier ?

— Euh, non, je ne sais pas.

Elle réfléchit. Oui, elle était partie il y avait une bonne semaine déjà. Elle s'était racheté des sous-vêtements. Elle lui donnait ses pantalons et chemisiers quand il lançait une lessive. Elle repassait chez lui. Il lui avait même attribué un tiroir de la commode et la moitié de la penderie pour ses affaires.

Non, elle n'avait plus de chez elle. Après avoir quitté ses parents pour retrouver sa liberté, elle était retombée aussi sec dans le piège de la dépendance, cette fois avec un homme.

— Je ne peux pas vivre chez lui, j'ai déménagé pour être chez moi.

Elle se parlait à elle-même et fut surprise d'entendre de nouveau la voix de Sarah.

— Tu es partie de chez tes parents, ce n'est pas la même chose. Et puis, à 30 balais, ce n'est pas trop tôt non plus. Allez, faut que j'y retourne. Mais hey, tu t'inquiètes pas, d'accord ? Tout va aller, promis.

Elle raccrocha puis immédiatement envoya un SMS à Olivier.

<< Je dois passer chez moi ce soir, désolée, on se voit demain. X >>

La réponse fut rapide.

<< Je peux t'accompagner si tu veux, je n'ai jamais vu chez toi. Xxx >>

<< Non, je dois y aller seule. Je te vois demain x >>

<< Est-ce que ça va ? Tu ne veux pas qu'on se voie ? Xxx >>

<< Ça va, ne t'inquiète pas. J'ai à faire chez moi, c'est tout. À demain. >>

<< Bon O.K., si tu veux. À demain alors. XXX >>

Elle sentit bien qu'il n'était pas heureux de cette décision, mais elle devait retrouver son appartement ce soir. L'appel était plus fort que tout.

Son appartement… quels mots étranges. Elle avait tant aimé pouvoir les employer, au tout début. Mais elle n'y habitait plus. Le frigo le lui confirma. La cuisine abritait une odeur forte de pourriture, et elle dû jeter à peu près tout ce qu'elle avait acheté de périssable. Les fruits dans le bol et le paquet de pain de mie n'avaient pas su l'attendre. Tout était désormais avarié. Elle avait laissé son petit havre à l'abandon.

Dès l'entrée, d'ailleurs, elle en avait eu un signe avant-coureur. La porte avait été difficile à ouvrir, bloquée par l'amoncellement de courrier et de publicités diverses. *Pourvu qu'il n'y ait pas un rappel de facture dans le tas*, s'était elle inquiétée ! Elle ne pouvait plus se permettre de jeter l'argent comme ça.

Elle était redevenue une petite fille convoquée par le directeur de l'école parce qu'elle avait fait une bêtise. Quelle horrible sensation, comment avait-elle réussi à se mettre dans cette situation ?

Oh, et puis le répondeur clignotait. Autre signe d'oubli. Trois messages, rien que ça ! D'accord, ça ne paraissait pas beaucoup, mais considérant que personne, ou presque, ne connaissait son numéro… Elle appuya sur la touche qui allait lui révéler ce qu'elle savait déjà : ses parents l'avaient appelée, plusieurs fois.

Le premier message venait du jour de sa visite chez eux, déjà si loin dans le passé. Son père voulait juste lui dire bonjour et la remercier d'être venue les voir. Puis dans le week-end, un autre appel pour s'assurer qu'elle allait bien. Et enfin le dernier, plus inquiet. Cette fois, c'était sa mère qui demandait s'il n'y avait aucun souci et qui avait conclu d'un « appelle nous quand tu peux » très péremptoire.

C'était vrai, elle les négligeait également. L'air était devenu très lourd et battait contre ses tempes. Elle s'assit sur le sofa et soupira. Ce n'était pas la première fois qu'elle se retrouvait dans son appartement sans rien avoir à manger. Mais ça dépassait le cadre de la plaisanterie, maintenant. Elle trembla sans avoir froid et sentit ses yeux se gonfler. Pour repousser la crise de nerfs, elle se concentra sur l'abondant courrier.

Parmi la pile d'enveloppes et de pub diverses, elle aperçut un papier quadrillé, plié en deux et sans timbre. Cela ressemblait à un mot écrit à la main.

C'était Martha qui souhaitait la remercier pour la soirée qu'elles avaient passée ensemble. Elle l'invitait à venir dîner à son tour. Son cœur s'arrêta de battre. Sa peau se hérissa et elle perdit son souffle.

Bien sûr, c'était adorable de sa part. Mais comment refuser ?

En y repensant, elle fut étonnée que le voisin ne lui revienne en mémoire qu'au travers de cette note de Martha. Intéressant… L'appel de revenir chez elle avait été si fort qu'elle avait inconsciemment masqué le risque de tomber sur lui. Cela lui fit repenser à Olivier. Comment lui annoncer qu'elle passerait une autre soirée sans lui ? Elle détestait avoir à demander la permission, pourquoi quitter ses parents, si c'était comme ça ?

La voisine avait indiqué son numéro de téléphone sur le papier, sans doute parce qu'elle avait bien compris que frapper à la porte d'un appartement essentiellement inhabité ne servait pas à grand-chose. Emily l'appela du travail, le lendemain. Sa stratégie était simple : si elle entendait une voix d'homme, elle raccrochait. Puéril, elle le savait bien, mais beaucoup plus sûr que de se présenter chez eux. Par chance, ce fut Martha qui décrocha. Elle était si heureuse de cet appel, qu'Emily put entendre son sourire. Elle tenta de négocier, d'annuler le dîner, mais elle parvint uniquement à le repousser de quelques jours. Discrètement, elle avait essayé de pousser Martha à lui dire quand son fils serait absent, mais il n'y avait pas eu moyen de savoir. Et puis elle semblait souhaiter qu'ils se rencontrent tous les deux. Il n'y avait pas d'échappatoire possible.

Le sujet n'était pas encore clos, et le soir, elle eut une autre bataille à livrer. Olivier fut déçu d'apprendre qu'il devrait passer de nouveau une soirée sans elle. Il essaya de la dissuader, mais elle prit le parti de Martha et expliqua qu'elle ne pouvait pas refuser. Quand il argumenta qu'elle ne semblait pourtant pas en avoir vraiment envie, elle lui rétorqua qu'elle se devait d'être en bons termes avec ses voisins, de toute façon. Elle ne mentionna pas l'ogre, prétendant que la vieille dame vivait seule.

Il capitula et, d'un air de chien battu, lui dit qu'elle lui manquerait, ce soir-là. Elle eut un geste agacé de la main pour rejeter cet accès d'apitoiement. Elle ne l'abandonnait pas, tout de même, et c'était bien normal pour un jeune couple d'avoir des soirées séparées. Il pouvait aller retrouver ses copains, comme ça.

Le soir fatidique arriva. Elle n'avait pas arrêté d'y penser, parfois négligeant Olivier, qui le lui avait bien fait remarquer. Elle lui était reconnaissante d'être là pour elle, et surtout de l'héberger. Mais elle souhaitait qu'il pût lui donner un peu plus d'espace. Il croyait qu'elle courrait dans ses bras. Mais elle devait se rendre à l'évidence, une part d'elle-même fuyait simplement son voisinage. Elle s'en rendait compte, maintenant, son appartement lui manquait.

Dès qu'elle pensait au risque de rencontrer le voisin de nouveau, elle paniquait. Et voilà qu'elle allait devoir passer la soirée avec lui. Elle en eut la nausée toute la journée, au point que ses collègues pensaient qu'elle était malade. Au moins, avec Marc c'était facile, elle pouvait prétexter les changements à venir pour justifier son teint pâlichon.

Elle ne voulait pas prendre le métro en direction de chez elle. Pourtant, il lui fallait honorer sa promesse. Martha avait été merveilleuse de gentillesse avec elle. Mieux qu'une mère. Enfin, certainement meilleure, en comparaison de la sienne, qui passait le plus clair de son temps soit à râler soit à l'ignorer.

La journée avait été longue. Le trajet de retour fut trop bref. Elle acheta un bouquet de fleurs près de la station, prenant tout son temps pour choisir. Mais il lui fallut bien de se décider. Une fois dans la rue, il ne lui restait plus qu'à s'approcher du bâtiment. Elle ouvrit la porte d'entrée, grimpa les quelques étages puis hésita. Si seulement elle avait pu prendre la porte de droite, se cloîtrer chez elle et prétendre être malade. Mais non, c'était reculer pour mieux sauter.

Allez, se dit-elle, *courage, on y va*.

Martha n'essaya même pas de masquer son impatience. Elle l'avait sans doute attendue toute la journée, préparant de bons petits plats, arrangeant la table pour la recevoir le mieux possible. Elle lui prit le bouquet des mains, s'extasia de sa beauté, prétendit qu'elle n'aurait pas dû et la fit s'asseoir dans le seul fauteuil du salon. Emily refusa, le sofa étant bien suffisant. Mais elle était l'invitée et dut donc prendre la meilleure place. Elle y consentit, soulagée de ne voir aucune trace de l'homme.

Après quelques minutes, Martha s'excusa de n'être qu'une hôtesse bien médiocre, elle n'avait plus l'habitude de recevoir du monde et en avait perdu les bonnes manières.

— Ne vous excusez pas, Martha, c'est très gentil à vous de m'accueillir.

— C'est bien naturel, voyons. Je suis ravie d'avoir une bonne voisine comme toi, Emily, tu es discrète et serviable. Ça nous change de la fille qui vivait là avant toi.

— Je ne l'ai pas connue.

— Elle nous a causé bien des soucis. Mais c'est fini, tu es là, maintenant et on y a beaucoup gagné.

— Alors j'en suis ravie.

— Oh, je ne t'ai pas demandé si tu voulais boire quelque chose ? Je ne sais pas trop ce qui te ferait plaisir.

Elle alla ouvrir la porte du buffet, et Emily put apercevoir plusieurs bouteilles d'alcool divers. Toutes étaient neuves, sans doute achetées pour l'occasion. Elle se sentit gênée de lui avoir créé tant de soucis. Elle choisit un porto et remercia son hôte, avant de l'inviter à boire avec elle, ce que, tout d'abord, elle refusa poliment.

— Oh, et puis allez, je vais m'en servir un petit verre aussi, après tout. On ne le dira pas à Matthew, qu'il ne s'inquiète pas pour sa vieille mère.

Elle ponctua d'un petit clin d'œil qui paraissait complice.

Matthew. C'était donc ainsi qu'il s'appelait ? Elle se surprit à penser que c'était dommage. Elle aimait pourtant bien ce prénom.

Observant son silence, Martha reprit.

— C'est mon fils, il n'aime pas que je boive trop, il a peur que ça me fasse du mal. Mais un petit peu de temps en temps, ce n'est pas bien grave ?

Elle avait fini sa phrase comme une question.

— Non, bien sûr, à votre santé, Martha.

Elles trinquèrent.

— J'avais bien l'habitude, du temps de mon mari. Il recevait souvent ! Mais maintenant...

Une ombre s'installa sur son visage. Emily posa tendrement la main sur son bras.

— Allons, reprit Martha, tu n'es pas venue ici pour m'entendre radoter. Si Matthew m'entendait !

— Il est là ? Elle essaya de masquer ses craintes derrière cette question anodine, mais elle perçu le trémolo de sa voix.

— Oui, il est dans son bureau, occupé à son travail. Il nous rejoindra pour dîner.

Lesté de plomb et jeté au fond d'un lac, le cœur d'Emily n'aurait pas plongé plus rapidement. Elle but une grande gorgée, si bien qu'elle vida son verre. Martha le remplit aussitôt.

— Dans son bureau...

— Moi, je dis souvent sa chambre, mais il n'aime pas. Il dit que c'était quand il était enfant, maintenant, c'est son bureau.

En d'autres circonstances, Emily eût parfaitement compris cette importante distinction. Mais cette fois-ci, elle le considéra juste comme un enfant gâté et un peu retardé.

Avant de passer à table, Martha lui expliqua que Matthew ne s'était pas très bien entendu avec son père. Ce dernier l'avait poussé autant que possible à des études scientifiques. Il avait finit par monter sa petite affaire et aurait tant voulu la passer à son unique héritier. Mais cela entrait en pleine contradiction avec le tempérament artistique du fils. Ils avaient eu des mots de plus en plus violents pendant ses études, et dès que Matthew avait trouvé un emploi, il avait loué son propre domicile et avait quitté ses parents. Il était fils unique, et son absence avait été difficile pour sa mère.

Emily se refusait à éprouver de la sympathie pour lui, mais sa résistance fut de plus en plus difficile, tant les similitudes avec sa propre vie étaient grandes. Elle savait bien qu'elle aurait réagi de la même manière, poursuivi les mêmes rêves. Mais elle ne pouvait pas s'assimiler à ce grand ours mal léché.

— Quand mon mari est décédé d'un cancer, ça a été très dur pour moi, continua Martha. On savait bien, avec sa maladie, que ça se finirait comme ça. Mais on ne peut jamais vraiment se préparer.

Elle renifla un petit peu et continua.

— Matthew est venu assez souvent, au début. Il m'a bien aidé avec tous les papiers, pour ranger les affaires et tout ce qu'il y avait à faire. Et puis, un peu après, j'ai fait un petit AVC. Oh, ce n'était pas trop sérieux, ne t'inquiète pas, mais après, il ne voulait plus me laisser seule. Il a repris sa chambre, et c'est devenu son bureau. Il s'occupe bien de moi, maintenant.

Vraiment ? Elle eut du mal à masquer sa stupéfaction. Martha peignait le portrait de son fils comme l'aurait fait toute mère aimante, c'était bien normal. Mais il devait bien y avoir quelque chose d'autre, des choses qu'une mère ne voit pas forcément.

— Je suis désolée pour votre mari. Il avait l'air d'être un homme vraiment bon.

— Oui, il l'était. Malgré leurs différences, Matthew tient beaucoup de lui, tu sais. Il est gentil, et puis, lui aussi a un caractère assez difficile, comme son père, finalement.

Ça, tu peux le dire ! Emily s'était mordu la langue juste à temps et elle se contenta de sourire.

Il était l'heure de passer à table, et après qu'Emily fut assise, Martha alla frapper à la porte du bureau, très doucement, comme pour ne pas déranger. Qui était vraiment en charge, ici ? se demanda Emily.

Matthew ne prononça pas un mot pendant la première partie du repas. Ce qui était bien, car il n'eut ainsi aucune occasion de se montrer désagréable. En revanche, il observait Emily beaucoup et souvent, ce qui la mit terriblement mal à l'aise. Très rapidement, elle parla de son copain, comme par protection. Elle sourit intérieurement en habillant Olivier d'un uniforme d'officier de l'armée britannique. S'il savait ! Il en avait si peu la stature…

Et puis la conversation devint plus difficile. Martha lui demanda plusieurs fois de répéter et elle semblait perdre le fil de ce qu'elle lui disait. Alors, sans un mot, Matthew se leva et se dirigea vers le vaisselier. Il ouvrit le tiroir du haut et en sortit un petit sachet. Puis, assez fort, cria à sa mère de le suivre dans la cuisine. Après deux minutes, il revint, apportant avec lui le plat de lasagnes d'où s'échappaient d'appétissants parfums. D'une voix douce, il proposa à Emily de la servir. Par pur réflexe, elle le laissa prendre son assiette. Martha reprit sa place à table et s'excusa.

— C'est mon petit secret, j'ai des problèmes d'oreilles depuis quelque temps.

— Comment, vous portez des...

Elle n'eut pas le temps de finir, car Martha repoussa ses cheveux pour dévoiler la petite pièce électronique couleur chair enfouie dans son lobe d'oreille.

Matthew ne cacha pas son étonnement, aux aveux de sa mère. Elle ne devait pas en parler souvent.

— Elle porte son aide régulièrement, dit-il. Sauf, bien sûr, pour dormir.

— C'est vraiment très discret, je ne m'en étais pas aperçue du tout.

Elle repensa que c'était sans doute cela qui l'avait empêchée d'entendre la musique, l'autre soir.

— Il n'aime pas que je discute de mes problèmes de santé avec des gens. Mais ça va, Matthew, Emily peut comprendre et elle est très discrète, je suis sûre.

Elle se sentit au centre du feu croisé de leurs regards. Elle se concentra sur le doux fumet de son assiette.

— Hmm, ça sent vraiment bon.

Après avoir sérieusement entamé la portion, pourtant énorme, elle redémarra la conversation, surprise cette fois qu'il y participe. Tous trois en vinrent rapidement à parler littérature. Emily évoqua ses regrets de ne pas posséder beaucoup de livres chez elle. Matthew se révéla un avide lecteur, ce qui lui conféra un aspect presque humain. Ou peut-être son cœur s'était-il réchauffé au contact du vin. Enfin, si toutefois il avait un cœur...

Ses goûts se rapprochaient étonnamment des siens. Alors elle décida d'évoquer des auteurs féministes, mais qui lui tenaient à cœur, comme Mary Wollstonecraft, Doris Lessing ou encore Simone de Beauvoir, dans l'espoir de le troubler. Elle n'avait pas anticipé l'effet boomerang qui se fit ressentir. Non seulement il les connaissait, mais il était également partisan de beaucoup de leurs idées, tout du moins argua-t-il, autant qu'il pût l'être tout en restant homme. Elle ne sut ni quoi répondre ni que penser.

Martha s'interposa pour lui annoncer qu'elle venait juste de préparer un carton de vieux livres qu'elle comptait donner à une œuvre de charité. Elle les lui proposa avec plaisir.

— Tu les gardes si tu veux ou tu les remets à une œuvre, c'est toi qui choisis, moi je te les donne.

— Merci, c'est très gentil. Je les donnerai un peu plus tard. J'en ai beaucoup, chez mes parents, que je pourrais peut-être ajouter.

Était-ce bien un sourire qu'elle avait aperçu sur les lèvres de Matthew ?

Comme s'il était embarrassé d'être regardé à son tour, il prit les assiettes vides et débarrassa la table. Puis il apporta ce qui semblait être un Mississippi mud pie fait maison – une sorte de gâteau dense et très riche en chocolat, et par pure coïncidence, l'un des desserts préférés d'Emily.

Elle s'en réjouit d'avance et félicita une fois de plus son

hôtesse, alors qu'elle acceptait d'en reprendre une portion. Mais son compliment fut accueilli d'un petit rire canaille.

— Tut tut, ce n'est pas moi qu'il faut remercier.

— Qu'est-ce qu'il est bon, en tout cas, vous l'avez acheté où ?

Martha se contenta de faire rouler ses yeux vers sa droite, deux fois de suite.

— C'est toi qui l'as fait ?

Elle était proprement abasourdie. De mieux en mieux, voilà que le fils nouvellement prodigue se révélait cuisinier, en plus de tout le reste.

Il acquiesça d'un petit hochement de tête, laissant à sa mère le soin de commenter.

— Quand je lui ai dit que tu venais, il a tout de suite dit qu'il devait te préparer sa spécialité.

Par un parfait hasard – ou était-ce calculé ? –, sa bouche venait de happer une énorme cuillère de chocolat, et elle ne put rien dire avant longtemps. Elle ne laissa pas sa stupéfaction couper son appétit, surtout avec un tel miracle. Mais elle n'en resta pas moins sous le choc. Comment ce mec, rustre, impossible, ce véritable salopard qui lui avait pourri la vie depuis des semaines, était en à peine deux heures devenu un fils attentionné, un artiste blessé, un lecteur avide aux goûts semblables aux siens et un pâtissier extra ? C'en était trop. Aux crampes de cerveaux, elle préféra celles de l'estomac et accepta une deuxième portion, puis une autre.

Après ce bon repas, elle remercia Martha chaleureusement. Sans toutefois le lui avouer, elle reconnut que la soirée s'était révélée cent fois meilleures qu'elle ne l'avait anticipé. Elle les quitta tous les deux avec la promesse de revenir bientôt. Elle n'aurait jamais pensé faire une telle offre quelques heures plus tôt.

Elle s'avança vers la porte puis se baissa pour soulever le carton de livres, lorsqu'elle sentit sa présence juste derrière elle. Un petit frisson incontrôlable la parcourut.

— Attends, je vais le porter.

Surprise par sa voix douce, elle se releva et le laissa agir. Il commença par ouvrir la porte.

— Après toi, je t'en prie.

Comment un homme si rustre au dehors pouvait-il se montrer si gentil parfois ? C'était vraiment Jekyll et Hyde, en vrai. Ils franchirent l'espace séparant les deux appartements en silence ; lui devant, qui portait son fardeau, et elle qui le suivait, bouche bée, le cerveau en grand désordre mais tout de même ses sens en alerte. Dans cet espace, il n'y avait pas Martha, juste eux deux. Elle avait déjà sorti sa clé et s'apprêtait à la tourner dans la serrure, quand il posa le carton à ses pieds.

— Je peux le porter à l'intérieur si tu veux, mais je comprendrais si tu préfères que je parte maintenant.

De mieux en mieux, le voilà qui demandait la permission. Pour quoi, après tout ? Allait il redevenir lui-même, une fois rentré, lui souffler des horreurs à nouveau ? Elle ne sut pas quoi dire, alors il le fit à sa place.

— Je voudrais m'excuser.

— Continue…

— Le premier soir, quand tu es venue frapper, elle se reposait *(de la tête, il indiqua sa porte)*. La journée avait été vraiment dure pour elle, ses douleurs s'étaient accentuées, et elle avait fini par prendre des calmants. Elle venait juste de s'endormir. Alors, quand tu es venue, j'ai eu peur que ça la réveille et que ça la reprenne. Je sais bien que je n'ai pas été très agréable. Pardonne-moi.

— Ça explique le premier soir.

Il la regarda droit dans les yeux, mais elle n'y vit aucune colère, aucune haine, aucune rancœur. Plutôt de la peine, et tant de regrets qu'elle en eut une sorte de vertige. Elle comprit qu'il était en proie à un combat interne, mais auquel elle n'y avait aucun accès.

— Je sais, j'ai été odieux avec toi, tout ce temps. Je ne te demande même pas de m'excuser, ce serait trop. J'espère juste qu'un jour tu parviennes à me comprendre, même un petit peu.

— Je crois que la locataire précédente n'avait pas été de tout repos, tu as cru que j'étais pareille ?

— C'était l'enfer. Musique tous les soirs, et pas ma préférée, en plus. Des tas d'hommes en permanence et des odeurs étranges, enfin, tu vois de quoi je parle... Maman t'as dit qu'elle avait vu la police une fois, mais ce n'est pas exactement ça. Ils sont venus de nombreuses fois, et c'est même pour ça qu'elle a fini par déguerpir.

— Comment ça ?

— Ils ont fait une descente, un soir. Il y avait eu une fête de plus, une de trop. Et puis la musique s'est arrêtée, tout le monde est descendu d'un coup, et elle a fini par suivre, menottée et entourée de policiers. Quelques jours après, c'était à louer.

— C'est toi qui as appelé la police ?

— Oui.

Il hésita puis la regarda.

— Je suis un salopard, c'est ça ?

Elle ne savait plus. Il semblait réellement troublé. Et puis il était entièrement dévoué à sa mère, et de nos jours, c'était plutôt rare. La locataire précédente semblait une sorte de Sarah à la puissance dix. Qu'aurait-elle fait, à la place de Matthew ? Elle le savait très bien. En un sens, il avait fait preuve de bien plus de patience qu'elle en aurait été capable. Mais cela n'excusait pas son attitude avec elle. Enfin, pas totalement. Un peu tout de même, elle dût bien le concéder.

— Non, je crois que tu voulais protéger ta mère. Mais tu n'avais pas à me prendre pour la même, tu pouvais essayer de savoir qui j'étais, avant de me juger sans appel.

— Je sais. Mais quand je t'ai vue arriver, j'ai paniqué, j'ai cru que les fêtes allaient recommencer, la drogue, les problèmes.

— Pas vraiment mon genre.

— Non, c'est sûr.

— Ça veut dire quoi, ça ?

— Hey, ne te fâche pas, c'est un compliment. Tu es du genre calme. Et puis tu as beaucoup de gentillesse en toi. La façon dont tu aides ma mère, dont tu lui parles. Tu es vraiment adorable. Je ne suis qu'un con de ne pas l'avoir compris dès le début.

— Ça, c'est vrai.

Elle lui sourit. Pour la première fois, ce qu'elle ressentait pour lui n'était pas glacial. Il avait ses propres démons, bien sûr, et il les exprimait en surprotégeant sa mère.

Il sourit également et sembla vraiment gêné d'être là.

— Je vais te laisser. Merci d'être venue ce soir. Ça nous a fait beaucoup de bien.

— Merci pour les livres, Matthew.

— Matt.

Il la salua d'un geste de la main, auquel elle répondit volontiers, sans y réfléchir.

Elle glissa le carton à l'intérieur et referma sa porte. Dans le salon, elle se laissa tomber sur le sofa. Elle était presque aussi essoufflée qu'après une longue course et eut honte d'être aussi peu en forme. Ce n'était qu'une petite caisse de livres… à moins qu'autre chose ne lui ait coupé le souffle. Il avait dit « nous » au lieu de « elle ». « Ça nous a fait beaucoup de bien ». Lapsus ? Ou peut-être qu'il avait eu une crise de conscience et voulait faire pénitence pour la manière dont il l'avait traitée jusque-là.

Finalement, ce dîner avait été une bonne chose. Elle se sentirait mieux chez elle, dorénavant. La menace du voisin s'était dissipée, et elle pourrait enfin vraiment profiter de son appartement sans que rien ne l'en empêche. La sonnerie de son portable vint interrompre ses pensées.

— Coucou, c'est moi.

Elle dû placer le téléphone en face d'elle pour pouvoir lire sur le petit écran le nom d'Olivier.

— Oui, bien sûr, excuse moi, je viens d'arriver chez moi.

— Tu étais sortie ?

— Non, enfin, juste pour quelques courses.

Pourquoi lui mentir ? Il savait bien qu'elle dînait chez la voisine.

— Tu me manques.

— Toi aussi.

Ça fait juste une journée sans se voir, se dit-elle.

– C'était bien, avec ta voisine ?

Son ton indiquait plusieurs émotions, avec lesquelles elle refusait de jouer. Elle s'aperçût qu'il était presque minuit et s'imagina qu'il avait espéré son appel dans la soirée.

– Oui, très bien, c'est une femme extra. Je suis sortie faire un tour après, pour digérer.

— C'est bien. Tu sais, j'ai eu une idée.

— Oh, oui ?

— Je me suis dit, et pourquoi est-ce qu'on ne se ferait pas un petit séjour romantique à Paris ? Que tous les deux.

C'était décidément la soirée des surprises. Elle s'était attendue à des questions sur le repas, sur la voisine. Tout sauf ça.

— Oh ! Euh, mais, c'est une excellente idée.

— Je ne te sens pas emballée ?

— C'est que je ne suis pas vraiment riche, en ce moment, et puis avec les problèmes de boulot et tout, enfin, c'est pas simple.

— Je prends tout en charge.

— Hein ?

— Je t'invite. Je m'occupe de tout, les billets, l'hôtel, les visites. Tout. C'est moi qui t'invite, ça me fait plaisir.

Il avait l'air tellement excité, il en criait presque.

— Alors, d'accord. Mais tu es sûr ? Ça fait beaucoup…

— Génial ! O.K., je gère tout ça. Départ un jeudi soir, retour le dimanche, ça te fait prendre juste une journée de congé.

— C'est très gentil.

Pendant plus de dix minutes, il lui décrivit ce qu'ils

166

pouvaient faire à Paris, quoi voir, quel monument visiter, où manger. Il allait prévoir des tas de surprises. Il était si heureux, c'était son premier voyage en amoureux, et il ne tarissait pas d'éloges. Elle lui dit qu'elle était ravie et que c'était bien trop. Il insista, c'était à lui que ça faisait plaisir. Ils se quittèrent après de multiples baisers virtuels, et elle put enfin aller se coucher.

- 10 -

Il fallut quelque temps à Emily pour se remettre de la soirée chez Martha. La voisine s'était révélée bien plus fragile qu'elle ne croyait. Elle ressentait beaucoup d'affection pour elle, ainsi qu'une grande tristesse pour ce qu'elle avait vécu, ces dernières années. Mais surtout, il semblait qu'elle avait vraiment très mal jugé Matthew, enfin, Matt. Il avait pourtant été horrible avec elle, dès l'emménagement. Mais s'il avait ses démons, pouvait-elle vraiment lui en vouloir ? D'accord, comme méthode de protection, il choisissait l'attaque. Mais elle aussi, bien souvent. Et au fond, il cachait une grande sensibilité. Ce qu'il faisait pour sa mère était admirable. Elle n'était pas capable de promettre qu'elle agirait de même en de telles circonstances.

C'est avec un esprit troublé qu'elle retrouva Olivier, le lendemain soir. Lui aussi était adorable, finalement, et elle lui devait de l'avoir sortie du célibat morose dans lequel s'était établie depuis si longtemps. Il la questionna enfin sur son dîner, et elle lui parla de la voisine. Elle la présenta comme une vieille dame très gentille mais également très seule. Étrangement, elle omit de parler du fils, insistant sur la solitude de Martha. Si elle devait un jour être interrogée sur ce choix, elle se justifierait sans doute par une volonté de préserver Olivier, de ne pas l'inquiéter. Après tout, elle ne lui avait jamais parlé du voisin. Comment lui expliquer, maintenant ?

Ils rentrèrent ensemble chez lui, et leur soirée se termina bien vite dans son lit. Il agissait comme s'il ne l'avait pas vue depuis des semaines. Là, étendue nue à ses côtés, elle le laissa opérer comme il le voulait. Très vite, la fatigue l'engourdit. Bien qu'elle perdît toute sensation, elle ne s'en inquiéta pas. Sans doute un effet de sa fatigue, et puis son esprit était ailleurs. Ce soir, elle n'acceptait de s'offrir aux désirs de son compagnon que s'il l'absolvait de toute participation active. Il démarra puis, bien vite, s'allongea à ses côtés. À sa grande stupéfaction, il s'excusa, alors elle tourna son regard et constata qu'il ne saurait obtenir ni donner satisfaction en ce moment. Elle l'excusa et s'en voulut à elle-même de l'avoir ainsi déstabilisé.

Au travail, les nouvelles de rachat se concrétisèrent. Tout le monde reçut une invitation formelle pour une présentation, le mercredi suivant. L'un des directeurs voulait en effet faire une annonce au personnel. Selon Marc, il s'agissait plus d'une convocation ferme, avec ordre absolu d'être présent. L'ambiance se détériora, et comme bien souvent dans de telles phases d'incertitudes, des clans se formèrent, et l'égocentrisme devint la norme.

Ignorant tout de la psychologie humaine, la DRH avait envoyé cette note le vendredi, en fin d'après-midi, offrant ainsi de bien meilleures chances de ruiner le week-end de centaines d'employés.

Elle sentait qu'elle ferait partie des victimes. Ne plus avoir de job l'angoissait. C'était le seul élément de sa vie qui avait pu rester à peu près stable depuis huit ans. C'était son ancre, un moyen de ne pas dériver trop loin, de ne pas se perdre. Elle dut lutter contre elle-même pour ne pas s'offrir tout entière à la panique.

Elle retrouva Olivier le soir et lui annonça cette nouvelle. Il la prit dans ses bras et la serra fort. Elle avait besoin de ce moment de réconfort et le remercia en silence de savoir quoi faire. Ils se mirent à discuter. Elle lui dit tout ce qu'elle savait, ce qui, en vérité, était très peu. Il tenta de la ramener aux faits pour éviter les suppositions erronées. Et surtout, il lui répéta plusieurs fois de ne pas paniquer, ce qui eut l'effet de l'énerver davantage. Tout problème avait une solution, et ils allaient trouver celle-ci, lui promit-il. D'abord, il fallait énoncer le vrai problème. Sans job, pas de salaire, et très vite, bien sûr, ça pouvait engendrer des difficultés. Tout en parlant de problèmes et de solutions, il lui offrit de venir vivre chez lui. Il serait ravi de l'héberger tout le temps qu'il faudrait.

Sans aucun doute s'était-il attendu à une embrassade et des remerciements, car son visage s'illumina comme par une étrange fierté. Mais à sa grande surprise, et source de déception, il constata qu'elle s'était enfermée à nouveau dans ses pensées. Peut-être ne l'avait-elle pas entendu. Alors il répéta son offre, qui cette fois reçut un petit merci timide.

Il la serra très fort dans ses bras puis la ramena chez lui. Elle restait cependant toujours troublée, sans doute encore choquée de ce changement inattendu qui venait perturber sa vie. Il était tôt pour un vendredi, et elle s'en voulut de lui gâcher la soirée. Mais il dit qu'il n'en était rien. Une soirée avec elle ne pouvait jamais être perdue.

Hôte attentif, il commença à préparer le dîner. Son appétit n'était pas très vaillant, mais il lui avait promis qu'elle aurait une attitude plus positive, lorsqu'elle aurait mangé. Elle voulait y croire et accepta. Il s'occupait bien d'elle, comme toujours. Lorsque le repas fut servi, elle ne se sentait pas du tout prête à manger, pourtant les bouchées passèrent facilement. Une simple omelette, version Olivier, l'aida à retrouver un peu plus d'entrain. Il avait eu raison sur ce point-là.

Elle voulut parler à nouveau du risque de chômage. Il insista encore sur le fait qu'elle n'avait rien à craindre et qu'elle était la bienvenue chez lui pour aussi longtemps qu'elle voudrait. Elle pouvait même avoir une omelette tous les soirs. Il rigola de sa boutade. Elle essaya de lui dire que ce n'était pas seulement une question d'argent, mais aussi le spectre de se retrouver sans emploi. Il lui promit de revoir son CV et de l'aider à le mettre à jour, lorsque son portable vibra. Il s'interrompit et s'excusa pour répondre à un SMS puis il revint à la conversation. Il prendrait son CV et en parlerait autour de lui, peut-être qu'il pouvait lui trouver un autre job. Elle voulut lui expliquer l'importance de s'en sortir par elle-même, sans être aidée, mais fut interrompue de nouveau par un buzz. Il tapota quelques secondes le petit écran et le remit en poche.

Patiente, elle répéta qu'elle voulait s'en tirer seule, combien cela lui était important. Il lui dit qu'il comprenait.

— Excuse-moi, c'est encore mon portable, dit-il.

— J'avais remarqué, oui.

Pendant qu'il fixait l'écran, son sourire s'étirait.

— C'est mon amie Isabelle. On ne s'est pas parlé depuis des mois.

— Et ça tombe aujourd'hui.

— Excuse-moi, elle dit qu'elle passe à Londres ce week-end et veut des conseils. Voilà. O.K. Je suis à toi. Excuse-moi encore, mais je ne peux pas l'ignorer.

— Non, bien sûr.

— Écoute, je te promets que, quoi qu'il arrive, ça ira bien. Je suis là, et tu peux compter sur moi.

Un nouveau bourdonnement fut étouffé par le sofa. Cette fois, il l'ignora et la prit dans ses bras.

— On va s'en sortir, crois-moi. Tous les deux, on peut tout faire.

Elle le serra en retour et laissa couler quelques larmes. Il ne comprenait pas tout, se dit-elle, mais il était si sincère et tellement prêt à aider. Il lui caressa les cheveux, puis le cou, et descendit ses mains. Elle le laissa faire. Il semblait avoir pris de l'assurance. Bientôt, elle se trouva torse-nu, lui également. Leurs baisers devinrent plus fougueux. Leurs caresses plus audacieuses. Un renouveau s'était opéré en lui. Il était devenu dominant, sûr de lui, puissant. Elle profita pleinement de cette vigueur retrouvée, oubliant les quelques ratés précédents. Peut-être, après tout, qu'il était vraiment son roc. Pour quelques minutes, elle voulut y croire et s'y donna complètement.

Pendant qu'il prenait une douche, elle se mit au lit. Elle était fatiguée et refusa de penser au boulot à nouveau avant lundi. Il ne lui restait qu'à attendre l'annonce de mercredi. Après tout, rien n'avait encore été dit, et elle se montait peut-être tout un cinéma. Elle s'endormit rapidement, éreintée.

Mais la nuit fut courte. Le réveil sur sa table de chevet indiquait 3 h 15, quand elle se réveilla, très agitée. À côté d'elle, la poitrine d'Olivier se soulevait de manière régulière. Elle le regarda, jalouse de sa tranquillité. Il dormait bien, lui. Quelque chose la tarabustait. C'était comme un bruit qu'elle n'arrivait pas à identifier. Comme un picotement qui ne cessait pas.

Elle repensa à leur soirée. Pour une fois depuis quelque temps, ils avaient fait l'amour correctement. Il était assez maladroit, dans ce département, peu expérimenté sans doute. Elle ne pouvait pas lui en vouloir. Après des années de solitude, elle n'était probablement plus très au point non plus. Au moins, hier, il avait prouvé qu'il y avait bon espoir entre eux. Quelque chose l'avait dopé, juste au moment où finalement elle en avait eu besoin.

Peut-être était-ce la situation au boulot qui la tenait éveillée. Oui, ça ne pouvait être que ça. La perspective de perdre son emploi l'angoissait vraiment. Elle ne se voyait pas retourner chez ses parents, donner une fois encore raison à sa mère. Comment expliquer, cette fois ? Ce serait la fin de sa petite escapade. Les portes se refermeraient sur elle, plus de nouvel appartement, plus de liberté. Fini, l'espoir.

C'est vrai qu'Olivier lui offrait une meilleure alternative. Elle pouvait rester chez lui, prétendre à ses parents que tout était parfait, qu'elle réalisait ses ambitions. Il lui donnait le choix de poursuivre son échappée sans trop de changements. Alors pourquoi se crispait-elle à chaque fois qu'il en parlait ? Il en avait pourtant été tellement excité, hier ; et de multiples façons.

Elle parvint finalement à se rendormir sur cette incertitude. Elle ne se sentait pas bien mais ignorait totalement pourquoi.

Le réveil fut difficile. Olivier semblait en pleine forme. Il l'embrassa comme à son habitude, tout d'abord avec les lèvres, puis se servant de son corps entier. Il n'était pas affecté par ses doutes. Elle n'était pas prête. Pas ce matin. Une vibration se fit sentir à point nommé, et il s'éloigna d'elle quelques secondes. Il saisit son portable puis s'assit. Il recommença à tapoter sur l'écran, comme la veille, avant de lui annoncer avec un grand sourire :

— C'est Isa, elle va venir à Londres.

Emily arrêta les mots juste à temps. Une milliseconde plus tard, et elle aurait exprimé ce qu'elle pouvait bien en avoir à faire.

— Oh, quand ça ? dit-elle à la place, essayant de garder un ton indifférent.

— Ce soir.

— QUOI ?

Cette fois, rien ne la stoppa.

— Elle est souvent impulsive comme ça. Elle dit qu'elle a trouvé des billets pas chers, dommage de pas en profiter !

— Olivier ! Regarde-moi.

— Oui ?

Il semblait heureux, excité même.

— C'est qui cette fille, exactement ?

— Oh, ne t'inquiète pas, c'est mon amie. On se connaît depuis l'enfance, on a quasiment grandi ensemble. Tu sais, c'est un peu comme toi et Sarah.

Elle se garda bien de demander si la fameuse Isa avait perdu ses parents et s'était trouvée imposée à la garde de grands-parents qui ne voulaient pas vraiment d'elle, mais elle se contenta de poser sur lui un regard dur et ferme. Regard qu'il ne vit pas, absorbé dans son écran, tapotant de nouveau.

— Elle passe quelques jours ici. Ce serait chouette que tu la rencontres. Quand je lui ai parlé de toi, elle est devenue folle de joie. Elle croyait que je ne rencontrerais jamais personne, tu penses.

Il se retourna et la vit enfin, abasourdie par ce qu'elle entendait, le visage transi de colère contenue. Elle était également confuse par sa voix et son air de petit garçon qui n'avait aucune idée de la bévue qu'il venait de commettre. Pouvait-il vraiment être aussi naïf ? Elle se demandait parfois s'il était adulte. Mais finalement, c'était peut-être aussi ça qui les rapprochait.

Il continua dans des explications, qu'il croyait satisfaisantes.

— Quand je lui ai parlé de toi, quand je lui ai dit combien je t'aimais et que j'étais heureux avec toi, ça lui a fait tellement plaisir. On est comme frère et sœur ; on se dit tout.

— Vraiment tout ?

— Enfin, presque tout, quoi. Elle est vraiment sympa. Je crois qu'elle veut venir surtout pour toi, te rencontrer. Sans doute qu'elle ne me croit toujours pas…

Emily resta muette, sidérée. Voilà bien encore autre chose d'inattendu. Elle s'était préparée à rencontrer ses amis, bien sûr. Après tout, il avait fait l'effort pour les siens. Mais que le plus important d'entre eux, son meilleur ami soit en réalité une jeune femme... non, ça elle ne l'avait pas vu venir. Et pourtant, que faire d'autre qu'accepter ? Il n'était pas du genre à introduire sa maîtresse comme ça. Ni même à en avoir une, d'ailleurs.

— O.K., elle arrive quand ?

— Ce soir. Je pensais qu'on pouvait aller au cinéma dans l'après-midi et boire un verre quelque part. Et puis on la récupère et on passe la soirée ensemble.

À contrecœur, elle accepta. Qu'elle étrange bonhomme, quand même. Elle repensa à Matt, qui s'était révélé plutôt sympa, en définitive, et se dit que les hommes avaient vraiment l'art de cacher leur jeu et de révéler le caractère le plus inattendu aux moments les moins opportuns. Où étaient les bons chevaliers servants qui pensaient à leur compagne en premier ? Olivier était entièrement absorbé par lui-même, et Matt s'enfermait dans le rôle du fils protecteur. Même son père à elle avait réussi au bon moment à s'imposer pour la laisser déménager. Sans doute était-ce la une différence de génération.

Au prix de quelques efforts, elle réussit à reprendre son sourire et à voir les choses en positif. Olivier n'était pas du genre à la tromper, encore moins à jouer au jeu vicieux d'amener une ex à rencontrer sa nouvelle copine. Son problème était qu'il ne comprenait pas grand-chose aux autres, et encore moins aux femmes. Mais elle ne se sentait pas le droit de lui en vouloir. Elle avait très mal interprété Matt, par exemple. Qui était-elle donc pour juger les autres !

Ils arrivèrent en avance au cinéma, mais il y avait déjà foule. Ils s'assirent dans les premiers rangs. Elle lui avait expliqué qu'elle appréciait mieux le film en s'enfonçant dans le fauteuil et en relevant la tête. L'immersion était meilleure. Aux derniers rangs, l'écran se trouvait trop loin pour pleinement en profiter.

La salle s'emplit vite. Du côté d'Olivier approcha une jeune femme qui semblait seule. Il la regarda s'asseoir. Elle portait une jupette assez courte et ce qu'il crut bien être des bas noirs. Il se ressaisit et regarda de nouveau devant lui. Un léger mouvement, suivi d'un frôlement sur sa jambe, l'obligea à se pencher, et il découvrit un manteau tombé à ses pieds. Il le ramassa et le rendit à sa propriétaire, qui s'excusa platement et promit de faire attention pour ne plus le déranger. Il lui assura qu'il n'y avait aucun problème et lui souhaita une bonne séance.

Le noir se fit, et il s'assit confortablement dans son fauteuil. Il prit la main d'Emily dans la sienne. Le film allait commencer, et il se sentait bien.

Emily regardait fixement devant elle. Depuis deux minutes, sa main droite avait formé un poing serré, et son cœur était passé en mode Formule 1. Mais rapidement, les images défilèrent, et elle s'abandonna progressivement à la fiction.

Le film les plongea tous deux dans un monde alternatif où, pour un instant, leurs soucis s'envolèrent. Sans doute plus facilement encore pour Olivier, qui ne semblait pas disposer de la même capacité d'introspection qu'Emily. Après environ deux heures, les lumières se rétablirent. Elle aimait la fin d'un film, ce petit sas temporaire entre fiction et réalité dans lequel on prenait le temps de revenir à la vie. Trop de gens ruinaient cette part de l'expérience en se précipitant hors de la salle pour retrouver leur existence. Olivier resta assis auprès d'elle. Un bon point pour lui. Elle apprécia également qu'il ne fût pas l'un de ces hommes qui donnent leur avis dès qu'ils le peuvent, c'est-à-dire à tout bout de champs. Il était silencieux, lui indiquant d'un simple hochement du menton qu'il était prêt à la suivre vers la sortie.

Ce n'est qu'une fois dehors qu'elle décida de comparer son ressenti au sien.

— Ça t'a plu ?

— Vraiment, oui. La fin est un peu déroutante ; pas ce que j'attendais, mais superbe film. Et toi, tu l'as trouvé comment ?

— J'ai adoré ! Et Michael Fassbender torse nu, ça mérite d'être vu, dit-elle en s'attendant à être rabrouée.

— Oui, je reconnais qu'il est plutôt du genre bien foutu, répondit Olivier sans vraiment réfléchir.

— Tu le préfères à Marion Cotillard ? essaya-t-elle.

— Je n'ai pas dit ça non plus.

Emily semblait soucieuse, sans doute toujours absorbée dans l'histoire.

— Tu n'as pas parlé, à la fin du film, ni pendant, d'ailleurs, dit-elle toujours pensive.

— Non, je préfère regarder le film.

— C'est bien, moi aussi. J'étais inquiète que tu sois du

genre à commenter tout du long. Parce que ça nous aurait empêché de voir d'autres films, j'ai horreur de ça !

— Ne t'inquiète pas, moi aussi. Je veux juste regarder et profiter à fond.

Il lui prit la main et guida leur pas vers le pub le plus proche. Une fois entré, il l'invita à s'installer puis, sans rien lui demander, commanda deux verres de vin blanc. Ils avaient tous deux apprécié le film, mais pour des raisons différentes. Lui avait aimé la complexité de l'intrigue, alors qu'elle s'était intéressée davantage à la mise en scène très sombre qui conférait l'atmosphère idéale pour ce genre de thriller psychologique. Chacun apportait des éléments d'interprétation différents à l'autre, une façon nouvelle de voir les choses. Ils se complétaient, et pour Olivier le moment se révélait parfait.

— Je voulais te faire une surprise, dit-il en avançant quelques feuilles de papier pliées en trois sur la table.

— Qu'est-ce que c'est ?

— Déplie, tu vas voir.

Ses doigts se précipitaient déjà, pourtant une alarme retentit dans sa tête. Elle avait saisi les papiers fermement, mais elle les déplia doucement, essayant de masquer les tremblements de sa main.

— Oh, mais c'est des billets de train ?

— Eurostar.

— Tu as réservé ?

— Oui, dans deux semaines. L'hôtel est bouclé aussi. Trois nuits pour un grand week-end.

Son visage n'était pas assez large pour accueillir son sourire tout entier. Son cœur s'apprêtait à bondir à l'air libre. Ses mains tremblèrent également, mais pour d'autres raisons qu'elle. Il la regardait avec ce mélange d'excitation et d'appréhension qu'ont les gens qui viennent de miser tous les gains de leur soirée au casino sur une couleur et fixent la boule comme elle passe du rouge au noir, au rouge de nouveau, et ainsi de suite.

Emily continuait de regarder le papier imprimé. Elle le voyait mais n'arrivait plus à en lire le texte. Le voyage à Paris, bien sûr, ils en avaient parlé. Elle s'y attendait, en un sens. Mais si vite ? Comme ça ? Elle se demanda pourquoi elle était si nerveuse. Tentant de chasser toute idée noire, elle le regarda dans les yeux, sourit et lui dit que c'était une bonne surprise.

Toujours aussi peu doué pour lire les autres, il choisit ce moment précis pour parler de son amie Isabelle. Emily essaya de détourner la conversation, en vain. La scène lui sembla surréelle ; assis en face d'elle se trouvait un homme qui venait de l'inviter à un grand week-end romantique, et tout ce qu'il trouvait pour conclure était de parler d'une autre femme qu'il aimait beaucoup. Il ne comprenait décidément pas grand-chose à la vie. Quelque chose de profondément enfoui en elle resserra ses muscles et asshécha sa bouche. Elle but une grande gorgée, mais son estomac n'en voulut pas, et elle eut bien du mal à contrôler ses contractions. Olivier, perdu dans son nuage de naïveté, l'ignora complétement et poursuivit.

— Elle arrive dans un peu plus d'une heure.

— O.K.

Elle ne savait vraiment pas quoi dire d'autre et préférait ne pas trop parler, de toute façon. Ouvrir la bouche lui semblait périlleux en ce moment.

— On la retrouve au train. Elle voudra sans doute poser sa valise, et après on peut aller manger ensemble.

— Elle descend où ?

— Comment ça ?

— À quel hôtel elle a réservé ?

— Oh, non, elle reste chez moi, je lui prépare le clic-clac.

Douche froide. De nouveau. Mais quand allait-il arrêter avec ses surprises à la con ?

— Tu veux dire qu'elle va coucher chez toi ?

— Oui, bien sûr.

Ce n'était plus seulement l'estomac, mais son corps entier qui se contracta violemment.

— Et tu avais l'intention de me le dire quand, exactement ?

La colère n'était pas cachée, il la reçut de plein fouet.

— Excuse-moi, je ne pensais pas que ça poserait un problème. Elle vient que quelques jours, et je…

Elle le coupa net dans son élan, si brusquement qu'il n'eut pas même la présence d'esprit de refermer la bouche après ce dernier mot.

— TU QUOI ? Tu veux pas lui proposer le plumard aussi, non ? Comme ça, tu la sautes, et je vous écoute depuis le clic-clac. Ou tu veux peut-être que je regarde ?

— Mais, qu'est-ce que tu vas…

— ARRÊTE ! C'est bidon, tout ça. Va la retrouver, ta pute. C'est comme celle du cinéma, tu crois que je vous ai pas vus, avec votre petit manège ? T'étais à ses pieds. Si ça se trouve, c'est elle. Elle est déjà arrivée, c'est ça ? Elle voulait voir ma gueule pour se marrer. Vous vous retrouvez souvent, pour vos jeux pervers ?

— Mais non, je…

— TA GUEULE ! Tu crois que j'ai pas compris ? La seule fois où t'arrive à me la mettre comme un vrai mec, c'est après avoir textoté avec elle. Ta fameuse amie d'enfance. C'est elle qui t'a dépucelé, c'est ça ? C'est la seule qu'arrive encore à te filer la trique ?

— Je sais que j'ai des problèmes, pleurnicha-t-il, mais j'essaye…

— CONNERIE ! T'es gay, c'est tout. T'aime voir Fassbinder torse nu. Marion Cotillard ? Mais mon pauvre vieux, tu saurais pas la toucher, si elle te laissait faire. T'aimes les mecs, et c'est tout. Qu'est-ce que tu fous avec moi ? C'est un jeu ? T'essayes, pour voir si ça peux coller avec une femme ? Mais t'en es incapable.

Elle se tut comme elle avait démarré, soudainement.

Il la fixa, la bouche grande ouverte, incapable de parler, ne respirant plus que par réflexe de survie. Autour de leur table, quelques individus les regardèrent un instant, avant de repartir dans leur propre conversation.

Emily resta figée telle une statue. Son visage crispé ne donnait aucune indication de vie. Un petit mouvement de lèvres devint enfin perceptible. Puis un masque d'horreur commença à l'envelopper. Son visage s'adoucit mais en adoptant un rictus d'épouvante. Ses mains, lentement, se placèrent devant sa bouche, comme pour bloquer tout ce qui pouvait en sortir. Trop tard. Le monstre s'était déjà échappé, laissant derrière lui les traces de son carnage. Ses yeux écarquillés se mouillèrent, non pas d'un petit nuage de vapeur, mais d'un torrent trop longtemps retenu. Plongeant brusquement son visage entier dans ses mains, elle se laissa pleinement aller.

Pour eux deux, le temps s'était arrêté. Incapable de s'exprimer après ce qui venait de se produire, Olivier referma lentement la bouche. Encore sous le choc, il ne la quittait pas des yeux, espérant sans doute se réveiller dans quelques secondes et réaliser enfin que tout n'était qu'un rêve.

En face de lui, Emily retrouva un peu de voix et en fit un usage abondant. Tout en portant son regard sur les feuilles de papier désormais froissées, elle lui lança en vrac qu'elle ne pensait pas un mot de tous ces cris, qui pourtant résonnaient encore dans le pub, qu'elle ne savait pas ce qui lui était venu en tête, qu'elle n'était pas comme ça, que rien de ce qu'elle avait dit n'était vrai, qu'elle avait beaucoup de pression au travail, que le vin avait mal agit, et bien d'autres choses encore.

Elle osa enfin le regarder droit dans les yeux et lui avoua que, parfois, elle avait de tels accès, que c'était une part d'elle-même qu'elle ne savait pas contrôler et à laquelle il ne fallait pas prêter la moindre attention. C'était comme un symptôme qui s'exprimait indépendamment d'elle, les mots ne voulaient rien dire, ils n'étaient que bruits perdus. Elle était devenue la fille de *L'Exorciste*, c'était ça, sauf que sa tête ne tournait pas, bien sûr. Ha ! Ha ! Ha ! Enfin, tout ça n'était pas vraiment sa faute… comme une forme de possession, quelque chose en elle de plus puissant, d'incontrôlable.

Et puis la rivière de mots se tarit.

Olivier répondit d'une voix lente et monocorde qu'il comprenait. Les larmes s'accumulaient dans ses yeux, mais il ne les lâcha pas. Pourtant, il ne sut quoi dire, quoi faire. Allait-il exploser à son tour, répondre au feu par le feu ? Ce n'était pas son tempérament. Simplement, il fit une pause. Finalement, et après quelques longues secondes durant lesquelles il tenta de réfléchir, il lui demanda si elle était O.K. et plaça une main sur la sienne.

Elle accepta cette chaleur physique autant que celle de sa voix. Elle allait se remettre, ce ne serait rien. Mais pourrait-il oublier cet incident ? Elle le regardait pour trouver la réponse, mais rien ne transperçait dans ses yeux. Pour la première fois depuis leur rencontre, il était devenu impavide. Le livre s'était refermé, et elle ne sut le lire.

Rien en elle n'allait plus. Elle se sentait mal de partout, prête à s'effondrer à tout moment. Si seulement elle pouvait disparaître, juste à cet instant, whouch.

Elle déclara qu'il valait mieux qu'elle rentre chez elle. Il tenta de la dissuader mais avec assez peu de conviction. C'était sans doute mieux ainsi, en effet. Elle lui souhaita une bonne soirée, dit qu'elle avait besoin de repos, qu'elle irait mieux le lendemain. Elle ne voulait plus qu'une seule chose, se pelotonner sous sa couette, loin de tout, loin de tout le monde, loin de cet amour qu'elle venait de briser.

Arrivée à son appartement, elle claqua la porte et se rendit immédiatement au lit. L'état de choc commençait à s'estomper, et des bulles de conscience envahissaient ses esprits. Les maux de tête et d'estomac laissaient place au désespoir. Elle venait sans aucun doute de rejeter Olivier hors de sa vie. Pourquoi avait-elle fait ça ? Son monstre était souvent réveillé par ses craintes, ses doutes. Mais pourquoi était-il apparu si violent, ce soir ? La protégeait-il, comme bien souvent, ou au contraire l'empêchait-il d'accéder au bonheur ?

Autre chose s'agita en elle, et son ventre se barra de crampes. Elle eut tout juste le temps de rejoindre les toilettes. Elle se laissa aller une première fois, mais comme elle n'avait rien mangé, les contractions devinrent vite douloureuses. Assise sur le carrelage froid de la salle de bains, elle tenta de se calmer. Olivier était charmant, tendre, attentif, et il venait de l'inviter pour un week-end de rêve. Suite à quoi, en moins de deux minutes, elle venait de balayer tout cela hors de sa vie, par un simple accès de rage qu'elle ne pouvait toujours pas justifier. Quand pourrait-elle enfin vivre sa vie ? Y avait-elle seulement droit ?

Le pub était vibrant d'activité. En cette fin d'après midi, les clients entraient en flot régulier, au point que les places assises s'arrachaient désormais à prix d'or ! Une jeune femme pleine d'espoir avait posé les deux mains sur la seule chaise qui semblait libre. Elle l'avait tout d'abord observée, se disant qu'il n'y avait aucune chance. Il n'y avait bien qu'un seul homme assis à la table, mais deux verres étaient servis. Et puis après quelques minutes, personne n'était apparu, et la chaise s'obstinait à rester vide. Elle avait besoin de cette chaise, étant la seule personne de son groupe à rester debout. La jeune femme répéta sa question une fois de plus puis, devant l'absence de réponse, décida de secouer le bras de l'homme.

Olivier sursauta. C'était elle, elle était revenue ! Son sourire fut de courte durée. Il ne reconnaissait pas cette femme. L'espoir fugitif se dissipa totalement, et il comprit qu'elle était vraiment partie. Il n'avait que faire, maintenant, de cette chaise surnuméraire ; de toute façon, elle ne reviendrait pas. Il oublia de nouveau tous les mouvements qui l'entouraient et fixa son verre. Que s'était-il passé exactement ? Il ressassait sans cesse les événements récents.

C'est vrai qu'il avait regardé la fille du cinéma, mais pas plus d'une seconde. Après lui avoir rendu son manteau, il n'avait plus du tout pensé à elle. Il n'avait pas l'impression d'avoir fait ou dit quoi que ce soit de déplacé. Était-ce seulement la jalousie qui l'avait ainsi rendue si grossière, si injurieuse ? C'est vrai qu'elle avait déjà piqué une petite colère, et juste après avoir parlé de cette fille, à la soirée.

Elle avait réellement un problème. Mais est-ce que c'était lui qui le déclenchait ? Il y avait bien trop de questions sans réponses. Sa tête allait exploser. Il avait besoin d'air frais. Retrouvant conscience de son environnement, il fut envahi de honte. Tous ces gens autour de lui qui avaient assisté à la scène. Que pouvaient-il penser ? Il devait bouger, partir. Maintenant ! Et puis, Isabelle allait arriver. Elle allait sans doute pouvoir l'aider à décoder tout ça. Il en avait besoin. Penser à son amie lui redonna un peu d'énergie.

Elle débarqua à l'heure annoncée. Aussi discrète que toujours, elle s'annonça en gesticulant vivement du bras qu'elle avait libre et en criant son nom très fort, au milieu de la foule. Comme s'il n'avait pas reçu assez de cris dans la journée !

— Toujours aussi réservée, je vois.

— Bonjour toi-même !

Elle balaya le hall du regard perçant d'un animal en chasse.

— Tu es seul ?

Son visage donna la réponse.

— Qu'est-ce qu'il s'est passé ?

— Pour être honnête, je ne sais pas trop.

Ses yeux s'humidifièrent. Il lui proposa de prendre sa

188

valise et commença à marcher.

Il présenta à son amie sa propre version des événements.

— Elle est pas bien, de gueuler comme ça ?

— Écoute, je ne sais pas. Elle a des soucis avec son boulot, et puis je n'ai sans doute pas été très correct.

— Tu parles ! Si elle est folle, elle peut aller se faire soigner ailleurs. Elle n'a aucun droit de t'agresser comme ça.

Tout en discutant, il la conduisit au pub où ils avaient rencontré les amis d'Emily, l'autre soir. Sans y réfléchir vraiment. Ses pieds l'avaient juste conduit là. Elle s'assit, mit sa petite valise sur la banquette auprès d'elle et le laissa aller passer commande. Accoudé au bar, il se perdit rapidement dans ses pensées et ne vit pas la grande jeune femme qui vint la rejoindre.

— Alors, quand le chat n'est pas là, on danse ?

— Pardon ? Oh, c'est toi, Sarah, qu'est-ce que tu fais là ?

— Je vois que j'ai besoin de te surveiller ! C'est qui, celle-là ? dit-elle en indiquant une table du menton.

— Ce n'est pas ce que tu crois, c'est une amie d'enfance, en visite quelques jours. Viens, je vais te présenter.

Elle le regarda durement.

— Tu n'es pas avec Emily ?

— Elle…

Y repenser était trop lourd, et il baissa la tête.

— Eh bien, quoi ? Vas-y, accouche.

— Je crois qu'on est fâchés !

— Qu'est-ce que tu lui a fait ?

Toutes griffes dehors, elle lui donna trois secondes pour s'expliquer.

— Viens avec moi, je vais te raconter, peut être que t'y comprendras quelque chose.

Sarah accepta de le suivre, uniquement parce qu'elle voulait savoir ce qui s'était passé. Et puis, bien qu'elle ne pût identifier ce que c'était, il y avait quelque chose en lui qui l'innocentait. Et aussi, elle voulait comprendre qui était cette autre femme qui s'affichait tout sourire avec lui.

Les présentations furent glaciales. Les deux femmes se défièrent du regard comme deux entraîneurs de boxe juste avant le match qui oppose leurs poulains.

Une fois que tout le monde fut assis, Olivier s'épancha de nouveau, sans pouvoir retenir ses larmes, cette fois.

Lorsqu'il eut finit, très péniblement, de raconter ce qu'il savait, Isabelle ouvrit le match.

— Elle a vraiment un problème, cette fille.

— Parle pas de ce que tu connais pas, jappa Sarah.

— Ah, parce quoi toi tu trouves normal de gueuler ce genre de truc en public à un mec qui vient de t'inviter à un voyage romantique ?

— Ne juge pas trop vite !

Sarah s'étonnait presque de rester aussi calme. Elle connaissait les colères subites de son amie et n'acceptait jamais qu'on l'attaque sans savoir. Mais elle voyait bien la détresse d'Olivier et elle voulait l'aider.

— Et c'est quoi, selon toi, l'excuse ?

Isabelle n'en démordrait pas. Elle passa son bras autour d'Olivier et tenta de le réconforter.

— Qu'est-ce que je lui ai fait ? dit-il avant de lever les yeux vers Sarah.

— Tu la connais bien, toi, au moins dis-moi ce que j'ai

fait pour la rendre comme ça.

Sarah respira profondément. Elle vit ses yeux de chien battu, tourna la tête vers l'autre femme et fut presque transpercée par les flammes que lançait son regard. Elle décida qu'il valait mieux tout dire.

— Tu n'as sans doute rien fait de spécial.

— Ah, tu vois ! Elle est dingue, je te dis.

— Écoute, la mégère, soit tu me laisse expliquer, soit tu te casses d'ici. Tu te prends pour qui, à débarquer d'on ne sait où et te jeter au cou d'Olivier comme ça ? Y a quoi, entre vous, exactement ? Parce que si Emily vous a vus comme ça, je comprends mieux...

Olivier tapota la main d'Isabelle pour l'empêcher de sauter par-dessus la table. Il se dégagea de son embrassade, soudain conscient et gêné.

— Elle a raison, tu sais. C'est quand j'ai parlé de toi qu'Emily a réagi. Elle est peut-être juste jalouse.

– Elle a bon dos, la jalousie. Et toi, ça t'est jamais arrivé d'être amie avec un homme sans lui sauter dessus ? Y a rien, entre nous, comme tu dis, mais Olivier, c'est comme un petit frère, pour moi, et quand il souffre, je le protège. Tant pis si tu piges pas.

Trop d'émotions se bousculaient en Sarah, et elle combattit les plus violentes. Elle avait résisté à sauter par-dessus la table pour égorger cette effrontée, mais finalement elle se voyait comme dans un miroir. Tout ce qu'Isabelle faisait, ce qu'elle disait, ses réactions, tout n'était que le reflet exact d'elle-même. Si la situation avait été inversée, elle protégerait également sa petite sœur Emily, la défendant même contre ses propres faiblesses. Cette

Isabelle n'était autre qu'une version française d'elle-même. C'est sans doute pour cela qu'elle avait été capable d'une certaine retenue.

Olivier sentit la menace d'une déflagration entre les deux femmes et rompit le lourd silence.

— Moi je t'écoute, Sarah. Je ne veux pas de bagarre, je veux juste comprendre.

Sur les mots de son ami, la Française finit par se rasseoir. Elle se recula dans son siège et croisa les bras.

— D'accord, on t'écoute.

Sarah souffla comme pour reprendre un peu d'énergie, puis se décida à dévoiler ce qu'elle savait.

— Emily ne voudrait sans doute pas que j'en parle, mais ça vaut mieux. C'est vrai, parfois elle a des accès de colère comme ça, et ce n'est pas toujours facile de savoir d'où ça vient. Mais il y a une raison. Ça remonte à huit ans, quand… quelque chose s'est produit qui l'a profondément changée. Ça transformerait n'importe qui.

— Quoi, elle a été plaquée par un connard ?

De nouveau, Olivier essaya de calmer son amie.

— Est-ce que je peux savoir ce qu'il s'est passé ? Ou c'est un secret entre vous ?

Sarah amorça un petit sourire. Il était si gentil, c'en était presque anormal. L'opposé absolu du genre de mecs qu'elle attirait. Il inspirait tellement de sympathie, elle ne pouvait pas imaginer qu'il ait pu faire du mal à qui que ce soit. Elle regarda ce duo assis en face d'elle, et ça la frappa soudainement. C'était elle et Emily. La grande sœur protégeant la cadette ou bien le petit frère, finalement la même chose. Elle en conçut une affection renouvelée pour lui et en partie pour son amie. Elle eut confiance et continua d'expliquer.

— C'était pendant l'été, il y a huit ans. On était allées en boîte, avec un groupe de filles. La soirée s'est prolongé jusque très tard dans la nuit. Et puis on a fini par aller chercher des taxis pour rentrer. Le premier a été pour elle, et il la bien ramenée chez elle.

Elle s'arrêta pour boire une gorgée.

— Sauf que le salopard lui a fait payer en nature.

Isabelle était assise au bord du siège, les bras agrippant la table.

— Tu veux dire qu'il l'a… ?

Hochement de la tête. Deux fois.

— Le connard. Je l'aurais castré direct dans sa bagnole.

Sarah acquiesça d'un petit sourire en coin. Le visage d'Isabelle était crispé, mais pour une toute autre raison qu'il y avait deux minutes, une raison qu'elle reconnaissait bien.

— Je sais, moi aussi.

— Je suis désolée, je ne peux même pas imaginer ce que ça peut être de vivre un truc comme ça…

— Emily ne s'en est jamais vraiment remise. Elle a gardé une colère profonde, enfouie en elle. Et parfois cette colère explose. Essaie de ne pas lui en vouloir, Olivier. Elle ne se contrôle pas vraiment, quand ça se produit.

Il semblait en état de choc, livide et silencieux.

— Ça va, Olivier ?

Isabelle s'inquiéta de son manque de réaction.

— Je ne sais pas. Est-ce qu'elle a cru que j'allais la… pourquoi elle ne m'a rien dit ?

— Ce n'est facile de parler de ce genre de chose. Elle a

sans doute peur que tu la repousses.

— J'ai besoin d'air.

Il se leva brusquement. Isabelle se leva également, par réflexe.

— Tu veux que je vienne avec toi ?

— Non. Je vais faire un tour et je reviens. Cinq minutes, c'est tout.

Elles le regardèrent tituber vers la porte de sortie.

— Tu crois qu'on devrait le suivre ? demanda Sarah.

— Non, laisse-le. Il a besoin de cogiter, d'analyser tout ça. Il va revenir, t'inquiète pas.

— C'est dommage, ce qui s'est passé aujourd'hui. Ils ont l'air bien, ensemble.

Elle semblèrent toutes deux avoir compris ce qui les rapprochait. Une complicité naissait.

— Écoute, commença la Française, je m'excuse pour tout à l'heure, j'avais l'impression qu'elle avait déconné. Je voulais juste le protéger. C'est comme un petit frère, pour moi.

— Vous vous connaissez depuis longtemps ?

— Depuis qu'on a 5 ans. On était voisins et on a presque grandi ensemble.

— Vous êtes vraiment proches, alors.

Un grand sourire presque polisson se dessina sur le visage d'Isabelle, et elle s'abstint de répondre.

— Quoi, c'est ce que j'ai dit qui t'amuse comme ça ?

— C'est plutôt ce que tu n'oses pas demander.

Le regard posa la question que la voix hésita à formuler.

— Sarah, il n'y a jamais rien eu entre nous. Ce n'est pas possible, de toute façon.

— Pas possible ?

— Tu n'as rien remarqué ?

De nouveau, la tête donna une réponse silencieuse.

— Je n'aime pas les mecs.

— Hein ?

— Je suis homo, Sarah. Depuis toute petite, j'ai toujours préféré les filles.

Elle resta abasourdie quelque temps. Voilà bien quelque chose qui les différenciait.

— Bon, ben au moins, ça rassure sur un point.

— Je peux t'assurer qu'avec Olivier c'est vraiment une pure amitié. On est tous les deux enfants uniques, et puis il a eu besoin de beaucoup d'aide, plus jeune. Alors il m'a trouvée comme une grande sœur pour s'occuper de lui, et moi j'ai eu le petit frère qui me manquait.

— Pourquoi ? Tu l'as aidé comment ?

Isabelle regarda vers la porte et puis autour d'elle, comme pour s'assurer que personne ne pouvait entendre. Elle s'approcha de la table pour murmurer.

— Il ne veut pas en parler, mais il n'a pas eu une enfance très facile. Ses parents ne voulaient pas de lui. Il est né par accident, et ils le lui ont bien fait sentir. Au tout début, ça allait à peu près. Et puis, depuis chez nous, on les entendait s'engueuler entre eux de plus en plus souvent, la plupart du temps à cause de lui. Alors, dès qu'il le pouvait, il s'échappait, il venait se réfugier dans notre jardin. C'est comme ça qu'on s'est rencontrés. Il y a eu les services sociaux, même la police, une ou deux fois, mais ils n'ont rien pu faire. Il se faisait battre, mais pas assez violemment pour laisser des traces.

— Oh, mon dieu, c'est horrible.

— Il a grandi sans amour. Et puis finalement, une fois ado, il a été placé dans une autre famille. Mais c'était trop tard. De toute son enfance, je suis la seule personne qui lui ait montré de l'affection. Alors, bien sûr, on est très proches. Parfois, c'est dur pour les autres de comprendre comment un homme et une femme peuvent être si proches sans se sauter dessus. Mais c'est possible.

— Excuse moi, j'ai fait la même erreur...

— Ne t'en fait pas, j'ai l'habitude. J'ai bien peur qu'Emily l'ait aussi très mal pris. Le problème, avec Olivier, c'est qu'il ne voit pas comment les gens peuvent mal interpréter ce qu'il dit. Il est très naïf.

Sarah leva les yeux et se redressa.

— Le revoilà, il a l'air un peu mieux, moins pâle, en tout cas.

Il approcha de la table.

— Hey, comment ça va ? demanda Isabelle.

— Mieux. Je comprends, enfin, je crois. Vous voulez boire quelque chose d'autre ? Je crois que j'ai besoin d'un grand verre !

— Laisse, c'est ma tournée, proposa Sarah. Et puis je vais essayer de joindre Emily, voir si elle va bien.

Lorsqu'elle revint quelques minutes plus tard, Olivier avait repris des couleurs et semblait presque revenu à la normale. Il souriait à Isabelle, qui semblait lui avoir expliqué deux ou trois choses.

— Alors, tu l'as eue ?

— Non, répondeur, et pas de réponses aux messages.

— J'espère qu'elle est O.K.

— La connaissant, je dirais qu'elle s'est mise au lit et va sans doute y rester toute la journée demain. Et puis après, ça ira mieux.

— Je devrais essayer de l'appeler.

— Non, Olivier, soit juste patient. Si tu veux, envoie un SMS demain soir et attend. S'il n'y a pas de réponse, laisse-lui encore un jour ou deux.

Ils finirent la soirée ensemble, les filles avaient l'air de vraiment bien s'entendre. Elles se ressemblaient tellement. Physiquement, déjà, toutes les deux grandes, brunes et avec une maîtrise de l'art d'en dévoiler juste assez. Elles étaient également très protectrices de leurs amis et assez fines psychologues. Bien que toute deux très amatrices de chair fraîche, elles n'étaient pas en compétition, leurs goûts en ce domaine étant très divergents. Olivier se dit que ça ne pouvait qu'être positif, finalement. Tout cela généra une amitié qu'elles se promirent d'entretenir.

Elles devinrent à ce point complices qu'elles échafaudèrent un plan pour reconnecter Olivier et Emily. Reconstruire ce couple devint leur mission immédiate. Sarah allait parler à Emily dès le lendemain, même si pour cela elle devait s'inviter de force chez elle. Et Isabelle allait guider Olivier dans les prochains jours, surtout pour lui éviter les faux pas.

Il resta songeur, ne se préoccupant presque pas de ce complot qui s'ourdissait pour son bien. Toute son âme était tournée vers sa bien-aimée. À quoi pouvait elle penser ?

« Vous avez une capote ? »

Quelques mots à l'apparence très anodine qui résonnaient encore dans sa tête.

Un peu plus tôt, ça avait été une belle soirée. Les filles avaient été tellement excitées de se retrouver, et ce qui ne devait être qu'un verre entre amies s'était prolongé, de tournée en tournée, jusqu'à la piste de danse du Club 49, une institution en plein cœur de Soho, le quartier branché de Londres. Le club n'avait pas trop changé, depuis le temps de leurs escapades d'étudiantes. C'était bon, de se retrouver un vendredi soir, après une semaine horrible au boulot. Être ensemble, là, toutes les quatre, et se rappeler de bons souvenirs, ça ne pouvait que dégénérer en séries de shots de tequila et concours de danse.

Sur le coup de 2 heures, ou était-ce 3 heures, c'était Sarah qui, la première, leur avait conseillé de rentrer. Après une dernière tournée, elles avaient fini par se dire que leur week-end risquait de se passer au lit avec un mal de tête épouvantable. Sarah était une fois encore la plus sensée du groupe et elle proposa de trouver des taxis. Emily objecta un peu, mais quand elle annonça où elle habitait, les filles lui répondirent en chœur qu'à cette heure-là ce n'était pas la peine qu'elle essaye de compter sur le métro et qu'un bus prendrait bien trop longtemps. Par chance, une succession de taxis privés s'engouffra dans la rue, devant elles.

Les derniers mots qu'Emily entendit furent ceux de Sarah qui lui ordonna de s'asseoir sur le trottoir, pendant qu'elle lui ouvrait la portière. Le reste ne fut qu'un trou noir. Jusqu'à ce qu'elle en vienne à demander un préservatif, comme on demanderait un gilet de sauvetage sur un bateau

198

en perdition.

Tout venait de là. Elle le savait. Mais le savoir ne lui servait à rien. Ça ne stoppait pas le monstre. Ça ne la faisait pas se sentir mieux. Ça ne rendait pas ses colères acceptables.

Elle était cassée, brisée, fendue. Quelque part en elle, il y avait une source démoniaque, comme une possession. Bien qu'elle fût heureuse avec Olivier, elle ne pouvait pas complètement se contrôler. Qu'est-ce qui pouvait bien l'amener à lâcher une telle fureur ?

Et puis, quel homme allait bien vouloir d'elle, de ses colères, de son monstre ?

Dimanche matin, elle ne quitta pas son pyjama et resta au lit. Un petit repas léger, constitué d'un bol de céréales et de deux tranches de pain grillé, lui suffit. Elle attrapa son ordinateur portable ainsi qu'un vieux bouquin qu'elle avait commencé plusieurs semaines auparavant. Sur le coup de midi, un bloc de glace Häagen-Dazs qui s'ennuyait tout seul dans le congélateur vint la rejoindre. Il fut suivi par une boîte de chocolats. Il était important de toujours avoir, soit des chocolats, soit de la glace. Certains moments le commandaient.

Sa journée fut consacrée exactement à rien. L'art de ne rien faire se perdait, de nos jours. Les gens semblaient toujours occupés à quelque chose, comme si un petit instant de vide pouvait les faire basculer. Mais dans quoi ? On recherchait sans cesse de nouveaux exercices, un club à animer, une association à laquelle participer. Certains couraient simplement après un ballon, d'autres après de nouveaux amis d'un jour. L'important semblait que tous courent.

Parfois, Emily se croyait être la seule vraiment lucide, plus en harmonie avec elle-même que la plupart des gens. En ce moment de grand désespoir, elle savait ce que son être tout entier réclamait. Pour elle, c'était un peu comme se retrouver au milieu d'un grand lac. Au début, elle nageait, tout simplement. Et puis, quelque chose se produisait, et elle commençait à sombrer. Pendant quelque temps, elle se débattait pour essayer de rester à flot, de garder accès à l'oxygène. Et puis bientôt, elle se laissait aller. Peut-être par une certaine lassitude, se débattre n'ayant apporté aucun résultat. Ou peut-être par clairvoyance. En se laissant doucement couler, elle en atteindrait fatalement le fond. Alors, d'un simple coup de pied, elle pourrait se projeter et très vite revenir à la surface attraper un grand bol d'air.

Ce dimanche matin, elle en était à la phase de plongée. Elle savait que la journée ne serait que cela. Elle allait bien finir par atteindre le fond et, jusque-là, elle s'occuperait à ne rien faire. C'était là le secret. Les gens se noyaient par excès de mouvements. Pour survivre dans l'eau, il fallait, soit savoir flotter, soit attendre patiemment de toucher le fond. Elle y serait bientôt, sans aucun doute.

La sonnerie du portable la secoua hors de ses pensées. Sarah avait apparemment des nouvelles intéressantes à annoncer, elle devait lui parler au plus vite.

<< Ça peut attendre demain >>

<< Non. Je passe te voir ce soir. XXX >>

Elle réfléchit avant de répondre. La connaissant, il n'était pas possible de refuser. Dire non, c'était agiter un drapeau rouge en face d'un taureau. Et puis, elle avait l'air vraiment excitée. Les nouvelles devaient donc être plutôt bonnes. Enfin, elle s'avoua qu'elle voulait connaître ses dernières aventures, ça la détendrait un peu.

<< O.K., pas trop tard s'il te plaît. >>

Sarah arriva en fin d'après-midi et immédiatement promit de ne pas rester plus d'une heure. Emily devait apprendre plus tard qu'elle avait un rendez-vous. Étrangement, pas avec un homme ! Elle allait de surprise en surprise, ce week-end.

— Qu'est-ce qui était si urgent ?

— Tu ne t'es même pas habillée ?

— À quoi ça sert, je retourne au lit dès que tu es partie.

— Tout n'est pas perdu, tu sais.

— De quoi tu parles ?

— Je sais ce qui s'est passé, le cinéma, la crise au pub. J'ai rencontré Olivier et son amie Isabelle, hier soir, on a parlé…

Un simple haussement d'épaules fut sa réponse, et elle s'assit sur le sofa.

— De toute façon, c'est fini, tout ça.

— Justement, non. Arrête de t'apitoyer sur toi-même ou tu vas vraiment tout perdre, un jour. Elle avait décidé de rester debout en face d'elle, imposante figure d'autorité. Ainsi placée, elle la regardait de haut, tout en l'écoutant geindre.

— Il m'en veut sans doute à mort après ce que je lui ai dit. Et puis, maintenant, il est avec elle, de toute façon.

— Mais non, idiote ! Regarde-moi.

Elle obéit. Sarah savait comment la brusquer de manière efficace, sans la blesser, avec juste assez de force pour la remettre sur les rails.

— Isabelle n'est vraiment rien d'autre qu'une amie. En plus, elle est gay. Il n'y a jamais rien eu entre eux.

Elle attendit que cette information fasse son effet. Les pupilles se dilatèrent, l'attention était maintenant totale. C'est le moment que Sarah choisit pour s'accroupir et prendre les mains d'Emily dans les siennes.

— Olivier a été secoué, mais il t'aime. Tu ne l'as pas perdu. Je lui ai parlé du monstre. Il comprend.

Sur ces mots, les yeux d'Emily lancèrent des sabres, heureusement tous virtuels.

— T'occupe. J'ai eu raison de lui dire. Il a eu une très mauvaise enfance. C'est de là qu'il est un peu coincé avec les filles. Il n'a pas une grande expérience et il ne sait pas comment dire les choses. Il reconnaît qu'il aurait dû te parler d'Isabelle avant, te la présenter avant de te l'imposer. Il comprend pourquoi tu as craqué.

Cette fois, ce sont des larmes qui coulèrent.

— Je ne sais pas…

— Quoi ? S'il t'aime ?

Ce n'était pas la vraie question. Elle ne voulait pas mentir à son amie, et son silence masqua ses véritables pensées.

— Ne t'en fait pas, je t'assure qu'il est toujours là pour toi.

Sarah repartit peu après, convaincue d'avoir rassurée son amie. Elle irait mieux maintenant. Le temps allait les aider à passer outre cet incident. Ce n'était sans doute pas le dernier de ce genre, il valait donc mieux qu'ils apprennent à gérer ensemble.

Son rendez-vous du soir, qu'elle avait avoué à Emily du bout de la langue, était avec Isabelle. Les deux femmes avaient proprement sympathisé et avaient décidé de se revoir. Elles discutèrent de ce couple qui les unissait. Si toutes deux voulaient leur bonheur commun, elles n'avaient aucune confiance en leur poulain respectif pour faire ce qu'il fallait. Alors elles concoctèrent un plan d'action pour les remettre ensemble. Elles laissèrent passer deux jours avant d'organiser une conversation téléphonique.

L'appel avait été prévu, programmé, accepté. À l'heure dite, le téléphone sonna. Emily l'avait déjà en main et n'eut qu'à appuyer sur le petit voyant vert. C'était Isabelle qui avait pensé à ce plan. En fixant une heure précise, ils évitaient la surprise et pouvaient mieux se préparer.

Le cœur battant et les mains tremblantes, Emily essaya cependant de maintenir une voix normale.

Mais leur conversation devint rapidement émotionnelle. Ils s'excusèrent tour à tour.

— J'aurais dû te parler d'Isabelle plus tôt, excuse-moi, commença-t-il.

— J'ai mal réagi. Quand tu as dit qu'elle restait coucher chez toi, ça m'a vraiment énervée.

— Je comprends, maintenant, j'ai eu tort.

— Je t'ai dit des choses horribles.

— C'est vrai que ça m'a fait très mal. Tes mots étaient durs à entendre.

— J'aurais dû contrôler ma colère. C'est sorti comme ça. Je n'ai pas pu m'empêcher.

Et ils continuèrent encore un peu ainsi, avant d'accepter finalement de se revoir dès le lendemain.

— Tu me manques, dit-il d'une voix chargée.

— Toi aussi.

— À demain soir, alors ?

— D'accord. Bonne nuit, Olivier.

— Merci Emily. Bonne nuit. Je t'aime. À demain. Je peux à peine attendre…

Elle raccrocha, soulagée. Sarah avait eu raison, il était toujours aussi gentil, et toujours fou amoureux d'elle. Et puis elle ne pouvait s'empêcher de repenser à l'enfance qu'il avait eue, ce qu'il avait dû subir. Il avait besoin d'être aimé. Il allait tout lui pardonner en échange de son amour. Au fond, elle voulait qu'il soit heureux, il méritait un grand bonheur. Et puis elle l'aimait bien, elle aimait être avec lui, et cela comptait. Ses sentiments pour lui ne pouvaient que grandir, elle en était certaine. Surtout avec le voyage à Paris qui avait repris sa place dans le calendrier. Combien de couples se cristallisaient dans ce genre de séjour romantique ? Ils y avaient droit également. Tous les deux.

- 12 -

Olivier se remit bien vite de ses douleurs et de ses doutes. À la suite de leurs retrouvailles, il se concentra entièrement à la reconquête d'Emily, ne voulant plus la laisser seule. Isabelle repartit en milieu de semaine, après avoir promis de rester en contact avec Sarah et de prendre des nouvelles régulières du couple qu'elle avait aidé à reconstruire. Elle savait bien qu'Olivier resterait un éternel enfant, avec ses faiblesses, pour la plupart si adorables. Mais elle ne faisait pas plus confiance à Emily qu'il y avait quelques jours. Il l'avait accompagnée au terminal Eurostar, demandant et obtenant l'autorisation.

— Fait attention, Olivier, d'accord ?

— Attention à quoi ?

— Si elle te crie après, repousse-la. Tu ne mérites pas d'être blessé.

— Allons, ça va, je sais me défendre.

— Non. Mais ce n'est pas grave, je veille sur toi, même à distance.

Elle l'embrassa pour l'empêcher de réagir. Il la regarda partir au-delà des barrières et songea que, dans une dizaine de jours, il serait de nouveau à cet endroit, cette fois avec

Emily. Il avait hâte de ce voyage en amoureux. Quelle meilleure façon de renforcer leurs sentiments mutuels qu'un séjour romantique dans la capitale de l'amour ? Depuis des années, il faisait ce rêve. Quel bonheur et quelle fierté d'avoir enfin trouvé quelqu'un avec qui le concrétiser.

À son retour chez lui, il vint s'asseoir à côté d'Emily sur le sofa. Elle était absorbée dans un livre. Depuis quelques jours, elle semblait avoir repris goût à la lecture et, quand elle trouvait un instant, ce qui devenait de plus en plus rare, elle s'y plongeait. Invitée à les accompagner à la gare, elle avait décliné. Olivier avait pourtant bien tenté de la persuader.

— Viens dire au revoir à notre amie.

— C'est ton amie, pas la mienne.

— Sans elle, on ne serait peut-être plus ensemble.

Mais elle se dit que c'était son arrivée, au contraire, qui avait déclenché la crise. Et Sarah avait sa part de responsabilités dans les efforts de réparation.

— On se reverra bien un jour, de toute façon. Souhaite lui bon voyage de ma part.

Il n'y avait eu aucune place pour des négociations. Pour une fois, il le comprit et baissa les bras. Un peu plus tard, il s'étonna que son amie eût anticipé cette absence.

— Je ne m'attendais pas à ce qu'elle soit là, avait-elle répondu simplement mais fermement, lorsqu'il avait présenté les excuses de sa compagne.

Il voyait bien que ce que les deux femmes appréciaient le plus l'une chez l'autre était leur absence.

Il embrassa Emily et essaya de la distraire de son livre, mais sans grand succès. Alors il se mit à préparer le dîner.

Son évocation de l'Eurostar et de leur voyage imminent ne fut pas non plus accueillie avec l'enthousiasme qu'il avait souhaité. Arborant la même tête qu'un chien qui serait resté sous la pluie trop longtemps, il finit par lui demander si elle souhaitait toujours y aller.

Terrain dangereux. Emily sentit l'appel du vide et se mit à lui sourire.

— Mais bien sûr, gros bêta…

— Vraiment, vraiment sûre ?

Elle posa sa main sur son bras.

— Oui, vraiment sûre. Mais on a encore une semaine avant d'y être. Et d'ici là, j'ai la grande réunion d'information, demain, au boulot, et ça m'inquiète beaucoup, ce qu'ils vont nous annoncer.

La réponse le rassura. C'était le travail qui la rendait anxieuse. Rien d'autre. Tout allait donc pour le mieux ! Et puis un long week-end en amoureux allait lui libérer l'esprit et la rendre plus douce, plus gentille, plus sereine. Il nageait dans le bonheur.

Le lendemain après-midi, la réunion d'information du personnel eut lieu comme prévu, et Emily s'y rendit, très anxieuse comme tous ses collègues. Tout avait été bien orchestré, comme un show, et les directeurs se présentèrent à l'heure exacte. Leur ponctualité devait indiquer leur respect pour les employés. Peut-être avaient-ils besoin d'en engranger maintenant, avant de commencer leurs discours. Ils étaient les seuls à sourire. Les nouvelles furent aussi bonnes que les rumeurs les avaient anticipées. La banque devait faire des économies, et la méthode choisie passait par l'externalisation de certains services. Bien que les mots ne fussent jamais prononcés, il y aurait réduction de personnel. La DRH ayant préféré éviter les questions difficiles, dès les discours terminés, tout le monde fut invité à regagner son poste de travail.

Le visage de Marc était sombre, mais pas autant qu'elle l'aurait pensé. Elle lutta contre ses propres larmes, en le voyant s'approcher.

— C'est pire que ce que j'ai entendu l'autre jour, dit-il.

— On est foutu, en gros.

— Il faut que je te dise, j'ai trouvé un autre job, je m'en vais, de toute façon.

— Quoi ? Comment as-tu réussi ce coup-là ?

— Je connais du monde… enfin, j'ai surtout eu de la chance. Hey, donne-moi ton CV, je crois qu'ils cherchent à former une équipe, tu pourrais tenter ta chance.

— Je n'ai pas de CV.

Elle mentit. Elle savait très bien qu'Olivier avait déjà révisé son vieux brouillon et lui avait envoyé une version totalement nouvelle.

— Est-ce que tu veux que j'en parle ? Ce serait sympa si tu venais aussi, on pourrait continuer à bosser ensemble.

Oui se dit-elle, ce serait sympa. Mais elle était comme paralysée. Elle ne savait plus quoi faire. Comme si quelqu'un venait de tirer d'un coup sec le tapis sur lequel elle marchait, elle ne savait plus comment avancer. Elle avait besoin de réfléchir aux options possibles. Elle ne voulait rien promettre, pas encore. Et surtout, elle ne voulait rien devoir à personne.

— Alors, tu pars quand ?

— Dans trois semaines. J'ai des congés à prendre pour finir mon préavis.

Des collègues les rejoignirent, et elle le laissa assurer l'intégralité de la conversation. Marc avait été son amarre dans l'entreprise. Toujours là quand elle avait eu besoin. Et maintenant, il partait. Elle se retint de pleurer, mais une boule se forma dans sa gorge. Elle s'échappa vers les toilettes. Visiblement, elle n'était pas la seule à se sentir mal.

Olivier, lui, ne s'inquiéta pas du tout. Avait-elle tort de prendre ce changement si tragiquement ? Elle n'avait pas retrouvé son appétit et, bien qu'il ait, une fois encore, mitonné un excellent repas, elle dut s'excuser de ne pouvoir y faire honneur. C'est vrai que ces derniers jours il la choyait. Tout ce qu'elle aimait, il le préparait, jour après jour. Inlassablement. Elle avait beau lui dire qu'il n'avait pas besoin de l'impressionner, il ne lâchait pas le morceau. Il la traitait mieux encore qu'une princesse. C'était trop, mais elle se laissait faire. De l'avis même de Sarah, elle aurait eu tort de vouloir moins.

Mais elle se voyait sans emploi d'ici peu, et cela l'angoissait terriblement. Elle se voyait déjà obligée de lancer son CV sur le marché, de discuter avec des recruteurs, de décrire son travail, d'expliquer ce qu'elle savait faire, pourquoi elle cherchait un nouveau job. Et puis les entretiens viendraient. Elle passerait aux rayons X devant des gens qui se moqueraient bien de savoir qui elle était. Elle recevrait leurs questions insipides et inutiles, avant de fournir les réponses bateau qui la catalogueraient, lui donneraient une marque. Elle allait devoir être meilleure que les autres. Mais meilleure à quoi, au juste ?

— Tu n'as pas besoin de faire tout ça, tu sais. Si c'est une torture pour toi, prends un petit temps de repos. Tu peux rester ici, tout le temps que tu veux. Chez moi, c'est aussi chez toi, maintenant…

Elle le remercia comme elle put, c'est-à-dire avec des mots. Des mots simples qu'elle avait appris depuis longtemps. Mais elle n'avait su montrer sa reconnaissance en gestes ou en sourires. Son attitude restait fermée. Dire merci était facile, c'est le ressentir qui la gênait. Elle ne voulait pas être sans emploi. Et puis, quoi, dépendre de lui n'allait pas améliorer sa vie. Après huit ans, elle avait enfin eu le courage de quitter le havre parental. Et en tout juste trois petits mois, voilà qu'elle se voyait repartir au bagne.

Olivier essaya de lui expliquer la décision de la banque. Tout cela semblait si simple pour lui.

— Ils sont en train de reconfigurer leurs ressources pour mieux se concentrer sur leur corps de métier.

— Qu'est-ce que tu racontes ?

— Oui, j'imagine que la concurrence dans le secteur financier est vraiment rude. Alors ils canalisent les compétences clés pour se recentrer sur leur marché. C'est assez commun, en ce moment.

— Mais j'en rien à foutre que ce soit commun ! Je vais être virée, c'est tout ce qu'il faut comprendre.

— Ce n'est pas sûr. Et puis j'essaye de t'expliquer ce qu'ils font.

— Je m'en fous, de ton charabia.

— C'est juste pour te faire comprendre.

— Olivier, tu réfléchis comme un chef de service, comme un membre du management. J'ai pas besoin de ça, en ce moment, tu comprends ? Là, j'ai besoin de sympathie, de réconfort. Je m'en tape, que la boîte se restructure parce qu'un connard qui se tape un salaire à sept chiffres trouve ça marrant. Je n'ai pas besoin de ta logique de merde. Je ne veux pas de ton cerveau. J'ai juste besoin de ton cœur.

Elle avait réussi à ne pas hausser le ton et lui avait dit tout cela sans trop s'énerver. En contrôlant sa colère, l'impact s'en trouvait multiplié. Elle put le lire sur son visage.

— Excuse-moi, répondit-il comme si il avait été surpris en flagrant délit. Je comprends, maintenant.

Il la prit dans ses bras.

— Ne t'inquiète pas, tu vas rester ici avec moi. Je m'occuperai de toi.

— Chut !

Il valait bien mieux qu'il ne parle pas. Juste qu'il la berce. La tête posée contre son épaule, elle voulait se sentir aimée, confortée, protégée. Il pouvait lui donner tout ça, mais à condition qu'il se taise.

Et puis elle avait une demande à lui faire, et elle savait combien il aurait du mal à l'accepter. Mais ce n'était pas le moment. Pas encore. Pas ce soir. Elle se tut également et se laissa dorloter.

Olivier était là pour elle. À vrai dire, il était toujours là, omniprésent. Le matin, ils prenaient le métro ensemble, et le soir il proposait souvent de se retrouver à mi-chemin. Il lui avait même donné une clé de son appartement, mais elle ne s'en servait que très rarement, n'étant jamais réellement seule.

Le lendemain matin, en plein travail, elle reçut un SMS venant de sa mère, fait rarissime ! Celle-ci s'inquiétait de ne plus jamais pouvoir la joindre au téléphone, comme si elle avait décidé de ne plus lui parler. Emily étouffa sa colère naissante en replongeant dans une présentation urgente. Tout le monde semblait vouloir quelque chose d'elle, mais elle ne recevait rien en retour.

Peu après, elle vit Marc qui souriait chaque jour davantage. Heureux, ceux qui pouvaient prendre leur vie en main et agir comme bon leur semblait. Il allait partir, et elle se sentait encore plus piégée, incapable de la moindre initiative. Elle avait tellement de maîtres à satisfaire.

— Une semaine, chuchota Marc après s'être penché vers elle.

— Comment ? Mais je croyais que tu avais encore trois semaines à tirer !

— Mais non, je te parle de Paris.

Elle avait presque oublié. Bien sûr, pour lui, cela devait être terriblement excitant. Depuis qu'elle le lui avait annoncé, il était comme fou. Il y était allé avec son compagnon, mais tous les deux ne parlaient pas un mot de français, et ça avait été un peu difficile. Il lui avait assuré plusieurs fois qu'elle avait énormément de chance d'y être invitée par un natif.

— Oui, c'est vrai.

Elle lui décocha un sourire factice, mais qui fit l'affaire. D'autant plus qu'il ne la regardait pas directement.

— Tu dois être super excitée. Tu sais où il t'emmène, hôtel, restaurant, soirée spéciale ?

— Non, il garde la surprise.

— Moi je ne pourrais pas rester sans savoir…

Il repartit comme il était venu, discrètement et avec des papiers en main pour prétendre être occupé. Il avait de la chance, il avait peut-être encore 3 semaines à servir, mais la majorité de ses projets avaient été transférés à des collègues, elle y compris. Bah, au moins, pendant qu'elle était occupée, elle n'avait pas le temps de penser à autre chose.

La fin de semaine était pour la plupart des gens un moment de joie. Fin du travail et début du week-end. Elle avait été invitée par Sarah, d'une part, et par ses collègues, d'autres part, mais finalement elle avait dû accepter de retrouver Olivier pour un dîner intime. Il l'avait présenté comme l'arrosage de leur réconciliation. À peine une semaine plus tôt, ils avaient failli se séparer pour toujours. Elle lui dit qu'il n'avait pas vraiment besoin de le lui rappeler…

Elle regrettait toujours sa poussée de colère et s'en excusa à nouveau. Il ne voulut rien entendre, prétendit que tout était sa faute, que c'était sa propre insensibilité qui l'avait poussée à bout. Il était bien résigné à ne plus jamais affronter ce monstre. Et pour cela il se montrait super affectueux.

Dans de tels instants, elle l'aimait. Il était prêt à tout pour elle. Princesse gâtée, elle se laissait choyer par ses mots, bercer par sa délicatesse.

Ils passèrent le week-end ensemble, de nouveau réunis. Ils se reconnectèrent de différentes façons. Elle aurait voulu sortir un peu, mais il était si heureux de rester avec elle, passant du lit au sofa, puis retournant au lit.

Elle décida d'appeler ses parents, le dimanche en fin de journée. Sa mère lui reprocha de n'avoir rien à dire. Mais elle ne voulait pas leur avouer où elle était ni ce qu'elle y faisait. Elle n'était pas prête à se confronter à leurs interrogations. C'était comme si quelque chose d'invisible lui commandait de maintenir Olivier secret.

— Tu ne leur as pas parlé de Paris ? demanda-t-il avec une fausse naïveté.

Elle fit non de la tête.

— Est-ce qu'ils savent, pour nous deux ?

— Je ne leur ai pas encore dit.

— Pourquoi, ça te gêne ?

— Tu ne sais pas ce que c'est, d'avoir tes parents sur ton dos. Oh, pardon !

Trop tard. Il devint statue. Elle comprit qu'elle en avait trop dit.

— Oui, j'aurais dû me douter qu'Isa raconterait.

— Je te demande pardon.

Elle se sentit réellement gênée, ne sachant pas comment corriger son erreur.

— Non, c'est mieux que tu sois au courant. J'imagine que c'est Sarah qui t'a tout dit ?

— Oui…

— Donc elle est aussi au courant. Super.

Elle s'approcha et le prit dans ses bras. D'ordinaire, il était fragile, mais pas cette fois. Il semblait ferme, les muscles crispés et le visage d'apparence calme.

— C'est mieux qu'on sache tout l'un sur l'autre, tu ne trouves pas ?

— C'est ma faute, j'aurais dû t'en parler moi-même.

Comme elle comprenait ! Elle avait elle-même perdu une telle opportunité. Ils formaient un beau couple, tiens ! Qui se ressemble s'assemble, disaient souvent les enfants.

Elle prit l'initiative de l'embrasser puis commença à le déshabiller. Était-ce les émotions ? Alors qu'ils avaient été tous les deux prêts à pleurer dans les bras l'un de l'autre, ils en vinrent à une toute autre forme d'expression de ce qu'ils ressentaient. Pulsions animales, instinctives, puisées au plus profond de leur âme. Et pour cette fois, leurs actions furent couronnées de succès.

Lundi arriva. À trois jours du grand voyage, elle avait besoin de se retrouver avec elle-même. Elle s'en voulait un peu, mais plus Olivier se montrait proche, attentif et obligeant, et plus elle souhaitait s'éloigner. Ses intentions étaient bonnes, bien sûr, il lui offrait tout ce qu'elle pouvait souhaiter. Mais une cage, même dorée, restait une cage.

Elle choisit de lui parler au moment où il était le plus calme, apaisé par un bon repas.

— Olivier, il faut que je te demande quelque chose.

— Tout ce que tu voudras, ma chérie.

— Pas certain…

D'un regard il la pressa de continuer.

— On va passer pas mal de temps ensemble, à Paris

— J'ai hâte d'y être.

— J'ai besoin de passer chez moi avant qu'on parte. Remettre un peu d'ordre.

— D'accord, je comprends.

— C'est vrai ?

Le nœud dans son estomac commença à se relâcher

— Oui, on peut y aller demain soir, si tu veux.

Douche froide.

— Non, j'ai besoin d'une soirée à moi. Toute seule.

Son visage ressembla à ce qu'elle ressentait. Elle n'était pas loin d'être malade. Allaient-ils avoir une nouvelle dispute ?

— Mais tu as passé le dernier week-end toute seule.

— J'étais malade, et pas vraiment la plus heureuse au monde, je te rappelle.

— O.K. D'accord. Je ne veux pas que tu te mettes en colère. Si tu veux une soirée, je te l'accorde.

Elle se mordit les lèvres. Elle n'avait aucune permission à lui demander, elle était libre de vivre sa vie. Mais ce n'était pas le moment. Inutile de le relancer.

— C'est juste que j'ai besoin d'un peu de repos. Pour m'occuper de moi.

— Mais tu veux toujours aller à Paris ?

— Justement, c'est pour ça que j'ai besoin d'un peu de calme, pour mieux me consacrer à toi quand on sera à Paris.

Il accepta à contrecœur. Elle allait lui manquer. Elle le rassura tant que possible. Elle le retrouverait à la gare, jeudi soir. Il eut un nouveau sursaut quand il comprit qu'elle allait prendre deux nuits à l'écart, mais il finit par s'y résigner. Elle s'endormit facilement, ce soir-là, sans doute à cause d'une accumulation de fatigue.

Deux soirs de libre, comme elle avait hâte ! Elle y avait pensé toute la journée, réfléchissant même à ce qu'elle allait manger. Finis les petits plats, pour deux jours, elle allait pouvoir s'empiffrer de pizzas et de plats surgelés. En s'approchant de son bâtiment, elle passa faire quelques courses à l'épicerie du coin. Le patron la reconnut et lui dit bonjour comme si elle était une habituée, une cliente courante. Presque comme si elle y venait tous les jours, à l'instar de Martha. Au fait, que devenait sa chère voisine ? Avec une pensée émue, elle souhaita que tout aille bien pour elle. Le dîner au cours duquel elle avait tant appris lui paraissait si loin… Son appartement était devenu cette habitation que l'on ne visite que pendant les vacances. Elle payait un loyer pour une résidence secondaire, et très bientôt elle n'en aurait plus les moyens.

Elle pressa le pas, mais cette fois sa hâte d'être chez elle n'était pas née de la crainte de tomber sur le voisin. Elle voulait plutôt retrouver ce cocon qu'elle avait tant souhaité se construire. Olivier n'y était jamais venu ; et cela n'était sans doute pas par hasard. Un petit jardin secret, c'est tout ce qu'elle pouvait encore conserver qui la représentait elle, qui lui conférait son identité. Cet appartement choisi, loué par elle, c'était sa cachette.

En haut de l'escalier, elle aperçut une boîte de carton contre sa porte. Étrange, elle n'avait pourtant rien commandé récemment ; enfin, pas qu'elle se souvienne. Se pouvait-il que sa mère, lassée ou inquiète de son silence, ait fait déposer des vivres par son père ? Ça paraissait d'autant plus ridicule qu'elle en était tout à fait capable.

Le carton ne portait pas d'étiquette ; visiblement, ça ne venait pas de la poste. Il n'était pas scotché non plus, les pans en avaient simplement été rabaissés. Elle ouvrit la porte, de nouveau dut se battre contre une pile de courrier et pub diverses accumulées de l'autre côté, puis elle fit glisser le carton qui paraissait assez lourd.

Avant même de poser ses chaussures, elle l'ouvrit. Une fine couche de papier bulle en protégeait le contenu. Il se révéla être d'autres livres. Aucun doute, Martha avait encore fait du vide ! Elle en eut un peu honte, n'ayant pas lu grand-chose depuis qu'elle avait récupéré le dernier carton. Elle se promit de porter une majorité de ces livres à une œuvre de charité, car elle ne trouverait jamais le temps de les lire.

Elle se déshabilla et enfila sa robe de chambre. Quelle joie de pouvoir traîner chez elle ainsi, sans honte ou sans gêne. Pendant que la pizza qu'elle venait d'acheter chauffait, elle amena le carton près du sofa. Sa curiosité ayant raison d'elle, elle allait utiliser les dix minutes de cuisson à en explorer le contenu. Quelques titres intéressants, surtout des grands classiques tel que Dickens, Austen ou l'une des Brontë. Oh, et puis deux CD, également. Within Temptation. *Tiens, j'ignorais que Martha aimait cette musique,* se dit-elle, avant de constater que les disques étaient neufs, encore emballés sous plastique. *Je vois, on lui aura fait un cadeau qui n'était pas vraiment à son goût.* Continuant de fouiller, elle trouva cette fois une enveloppe. Un petit morceau de scotch restait attaché, mais visiblement, il s'était libéré en attendant qu'elle ne revienne enfin chez elle. Elle avait ensuite sans doute fait tomber l'enveloppe au fond du carton en commençant à en fouiller le contenu.

Alors qu'elle retirait la carte qui était à l'intérieur, elle se demanda depuis combien de jours tout cela était resté devant sa porte, comme un signe indiquant qu'elle n'était toujours pas rentrée chez elle. Un papier tomba de l'enveloppe, mais elle voulut tout d'abord lire la carte. « D'autres livres pour tes moments de détentes. Et puis des CD, que tu apprécieras, j'espère. Ils jouent à Londres dans deux mois, et tu pourras y emmener ton copain. M. »

Elle sourit à la gentillesse de sa voisine. Mais pourquoi cette allusion à son copain ? Ses yeux se portèrent alors sur ces papiers qui gisaient à ses pieds. Bien qu'ils fussent retournés, elle reconnut tout de suite le format et le style classiques de tickets de concerts. Son cœur passa à la vitesse supérieure, et avant même que ses yeux ne lisent les détails, elle sut ce que c'était. Et tout perdit sens.

Quel charabia. Que Martha lui donne plus de livres était normal et cohérent. Qu'elle achète le dernier album d'un de ses groupes préférés, un nom qu'elle avait dû mentionner une fois en passant, lors de leur dernière conversation, cela devenait étrange. Pourquoi ? C'était plutôt à elle de la remercier pour le repas. Et puis des tickets de concert ? Très bien placés, en plus, et donc certainement pas donnés. Non, ça ne concordait pas. Elle repassa de nouveau tous les faits dans sa tête. Puis encore une fois. Le puzzle restait embrouillé.

Et enfin, elle comprit. Ce M, sur la carte… Elle se leva, alla vers la pile de papiers entassés près de la télé et commença à chercher. La clé de l'énigme se trouvait là. Et voila, elle extirpa la note que la voisine lui avait laissée pour l'inviter à dîner. Une jolie écriture cursive courait sur le papier quadrillé. Elle était signée Martha, en toutes lettres liées. Elle revint au milieu des livres étalés sur le sol. Elle saisit la carte. Les caractères étaient serrés, anguleux, comme tracés trop rapidement. Ce M était fait de bâtons assemblés, pas d'une ligne coulée. Ce M, c'était lui, Matthew. Matt.

Au même instant, son téléphone vibra. Deux fois rapprochées. Son cœur en fit presque de même. Elle saisit vite le petit appareil et put lire le message qui s'affichait.
<< Bonne soirée ma princesse. Tu me manques déjà. Vivement jeudi. Je t'embrasse tout plein. Xxxxxxx >>
Curieux, comme les sens peuvent jouer des tours. Ce n'était pas exactement ce qu'elle avait anticipé. Elle répondit rapidement.
<< Toi aussi. À jeudi soir. X >>
Elle relut la carte. Inspecta les billets. Et enfin alla à sa chaîne pour écouter le premier CD, quand son nez donna l'alerte.
— Merde, la pizza, cria-t-elle à l'appartement vide.
Heureusement, elle en avait acheté deux… Elle n'était pas en colère de jeter la première, à moitié carbonisée. Finalement, il y avait ce soir quelque chose de vraiment romantique dans l'air. Le téléphone vibra de nouveau, mais elle savait qui c'était et attendit cette fois que la pizza soit cuite.

13

Paris, cité romantique entre toutes. Point de rencontre régulier des hédonistes. Destination privilégiée des amoureux. Ville dont la simple évocation redouble les sentiments et dont la visite, semble-t-il, les décuple.

Sarah était excitée pour son amie ; Marc était jaloux, et Olivier était… Olivier. Ce voyage était tout pour lui, la consécration de leur couple, l'exaltation de son amour pour elle, l'aboutissement de ses désirs les plus profonds, la fin définitive de ses années de célibat.

Ils s'étaient donné rendez-vous au terminal Eurostar, ce jeudi, juste après le travail. Elle arriva juste à l'heure et vit qu'il était déjà là qui attendait patiemment. Coquette, habillée comme il aimait, légèrement maquillée, elle avait multiplié les efforts pour lui plaire et rendre ce voyage le plus agréable possible.

— Tes cheveux. Tu as fait une coloration ? s'exclama-t-il.

— Oui. Tu aimes ?

— J'adore ! Il y a des petits reflets rouges, là, et là, et ça te va vraiment bien.

Il l'embrassa passionnément. Elle passa une main dans son dos pour mieux le serrer contre elle.

Il sortit les billets de sa veste et tenta de lui en offrir un. Le souvenir de la dernière fois qu'elle les avait vus repassa devant ses yeux et la fit hésiter avant de toucher le papier à nouveau.

Éternel galant, il prit sa valise et l'aida même à enfiler sa veste, après avoir passé le portique de sécurité.

Il semblait si heureux. Ce voyage était une sorte d'apothéose, l'aboutissement de tous ses rêves. Il avait décidé de l'impressionner. Elle qui n'avait encore jamais pris l'Eurostar se trouva ainsi en première classe. Ou plutôt en « business premium ». Folies des départements marketing, qui depuis quelques années appelaient un chat un chien pour masquer le vieux système de classe, sans pour autant le supprimer. D'ordinaire, ce genre d'hypocrisie l'aurait agacée, mais l'arrivée d'une coupe de champagne en décida autrement.

Le vin accompagnant le plateau repas la ravit également. L'alcool avait parfois cette vertu d'enrichir la joie. Et c'était tout ce qu'elle souhaitait en ce moment. Elle espérait vraiment que ce voyage allait ranimer la flamme initiale. Paris devait bien sa réputation à quelque chose, non ? Peut-être suffisait-il d'y croire pour que tout aille au mieux.

Olivier proposa un toast à leur amour et lui promit quelques surprises. Elle le remercia et ne put s'empêcher de demander ce qu'ils allaient faire, ces trois jours.

Il resta aussi obscur sur les détails du voyage. Il avait établi un plan, comme un programme de visites et d'activités, mais cela devait demeurer une surprise.

— Ne t'inquiète pas, je te promets que tu ne regretteras pas, ponctua-t-il d'un baiser.

— D'accord, je te fais confiance, lui murmura-t-elle dans l'oreille, avant d'enfouir la tête dans ses cheveux.

Elle sentait bien les efforts qu'il faisait pour lui plaire, et ça la réjouissait. Après tout, un homme qui était prêt à vous séduire une deuxième fois, il valait mieux le laisser faire.

Le parcours du tunnel fut long, de quoi rendre beaucoup de gens claustrophobes. De l'autre côté de la Manche, quand la lumière revint enfin, il lui souhaita la bienvenue en France. Elle répondit par un simple « merci » et leva son verre dans sa direction pour le saluer.

Olivier souriait avec cette insouciance des gens fondamentalement heureux. C'en était par ailleurs communicatif, et elle se mit à sourire à son tour. Mais rapidement, ses lèvres se resserrèrent.

— À quoi tu penses ?

— Oh non, rien, juste que…

Pouvait elle tout lui dire ? Oui, ils étaient ensemble, après tout.

— Je me disais juste que…

Elle s'interrompit de nouveau. Pourquoi cette gêne ?

— Hmm ?

— Enfin, tu m'offres ce voyage, on est en première classe, on boit du champagne et… enfin… ce n'est pas que je ne suis pas reconnaissante, mais… euh… je sais pas si je pourrais te faire le même cadeau. Je veux dire, ce n'est pas donné, tout ça, et j'ai pas les mêmes moyens. Enfin…

— Shhh ! Ça me fait plaisir de t'emmener à Paris. Tu es avec moi, et c'est tout ce que je demande.

Il passa un bras derrière ses épaules. Elle se laissa aller. Comme elle somnolait, Olivier la regarda passionnément.

Il admirait tout d'elle et se croyait très chanceux de l'avoir rencontrée. Bien sûr, elle avait un sacré caractère, mais elle était bien avec lui, non ? Il se sentait fort, puissant, capable. Il n'était pas certain d'avoir fait ce qu'il fallait pour la mériter, mais il allait tout faire durant ce séjour pour y remédier.

Le confort du fauteuil, le repas arrosé et les vibrations ferroviaires avaient eu raison d'elle. Elle se réveilla tout juste à l'approche de Paris.

— Hello, la Belle au bois dormant.

La voix douce marqua son retour à La réalité.

— On arrive ?

— Et oui, voilà Paris.

Puis il ajouta, en la regardant :

— Tu as bien dormi ?

— Oui, je crois que j'en avais besoin, après tout le champagne !

— Encore une petite demi-heure, et on sera à l'hôtel. Après, la soirée nous appartient.

Il sourit.

— On peut aller faire un tour, si tu veux, Paris, la nuit, est superbe.

La fatigue ne l'avait pas atteint du tout, bien au contraire, le voyage l'avait dopé.

Elle bâilla. Plusieurs fois de suite. Un bref trajet en taxi les amena à l'hôtel, et elle fut ravie de constater qu'il ne s'agissait pas d'un palace mais d'un petit bâtiment modeste. Il n'avait pas tout placé sous le signe du luxe, et elle lui en était reconnaissante.

La réceptionniste fut confuse de s'entendre parler en

224

deux langues à la fois et fini par répondre à Olivier en anglais, avant de parler français avec Emily, ce qui leur valu un franc fou rire, qui s'amplifia une fois qu'ils furent seuls dans l'ascenseur. Elle se sentait détendue. Ce séjour démarrait bien. En revanche, elle ne se voyait vraiment pas prête à battre le pavé en pleine nuit. Comment le convaincre gentiment de rester à l'hôtel ?

La chambre était parfaite et de bonne taille. Fidèle à lui-même, Olivier lui offrit la droite du lit, se souvenant qu'elle préférait être du côté de la salle de bains. Elle appréciait toutes ses petites attentions.

Elle saisit sa valise et commença à déballer quelques affaires. Il en profita et s'excusa quelques instants pour un besoin apparemment urgent.

À son retour, la chambre était plongée dans la pénombre.

— Tu es déjà au lit ?

— Tu m'as demandé ce que je voulais faire, dit-elle.

Puis, soulevant le coin du drap, elle ajouta :

— Voilà ma suggestion.

En moins de deux secondes, il l'avait rejointe. Elle se mit à califourchon sur lui.

— Tu ne voulais pas sortir ? demanda-t-il sans grande conviction. Paris, la nuit, est si romantique.

— Paris a été romantique pendant plusieurs siècles, elle peut bien attendre encore une nuit.

Elle scella sa boîte à paroles aves ses propres lèvres.

Ils firent l'amour. Doucement, délicatement, tendrement, élégamment. Sans prononcer un mot. Seule sa respiration indiqua qu'il parvenait au terme. Elle en fut satisfaite. Mais juste de cela. Il s'endormit paisiblement.

Le petit déjeuner fut le bienvenu. Olivier aurait préféré rester au lit un peu plus longtemps, mais elle l'avait convaincu. Puisque c'était déjà payé d'avance, il ne fallait pas le laisser passer. Et puis elle avait hâte de découvrir les pâtisseries fraîches annoncées sur le menu. Rien ne valait un bon fry-up – petit déjeuner britannique traditionnel –, mais puisqu'elle était en France elle devait bien déguster les spécialités locales. Et puis elle s'était détachée de cette tradition anglophone depuis la confrontation avec sa mère, et quelque chose d'instinctif lui conseillait d'attendre avant d'en consommer de nouveau.

La journée démarra très bien. Ils semblaient tous les deux heureux de passer ces quelques jours ensemble. Ce séjour allait les rapprocher, les rendre indissociables. Olivier l'observait désormais avec les yeux du cœur. La seconde cristallisation décrite par Stendhal avait commencé. Rien ne saurait l'arrêter, et même le soleil leur apporta son soutien, à travers un superbe ciel bleu. Merveilleux auspices, se dit-il, alors qu'elle reprenait un chausson aux pommes miniature.

— Ces mini-pâtisseries, c'est génial, comme idée. Je peux en manger une de chaque, et ça fait à peine plus de calories qu'un seul croissant.

Il se garda bien de répondre qu'après six ou sept – il avait perdu le compte – les calories s'empilaient tout de même en bon nombre.

Le programme du jour, qu'il avait prit soin de maintenir secret, incluait un parcours intelligent de la ville, destiné à en découvrir les lieux les plus intéressants. Il prit son rôle de cicérone très sérieusement, et pendant de longues heures, ils parcoururent de nombreuses rues, dont elle oublia aussitôt le nom. Seule la distance accumulée sous ses pas semblait exister. Il n'avait prévu aucune pose.

En fin d'après-midi, ils arrivèrent enfin à la tour Eiffel, l'une des promesses de ce voyage. Lorsqu'il lui avait demandé ce qu'elle voulait voir à Paris, elle avait simplement répondu la tour Eiffel, parce que cela semblait un passage obligé, et puis également Notre-Dame, ce choix sans doute plus inspiré par la comédie musicale que par ce brave Victor Hugo lui-même.

Au pied de la Dame de fer, ils joignirent la file d'attente, avant d'être enfin autorisés à se coincer dans l'ascenseur parmi tous les autres touristes. Une fois descendus de la première cage, ils leur fallu en joindre une autre, coincés de nouveau et contre les mêmes gens. Jusque-là, l'expérience n'offrait rien de plaisant. Après avoir marché pendant des heures, elle aurait préféré s'asseoir quelque part plutôt que devoir se serrer contre tous ces touristes dans une cage en fer.

Lorsqu'enfin ils arrivèrent tout en haut, elle fut soulagée d'avoir accès à l'air libre et respira un grand coup. Bon, il fallait y passer. L'une de ces obligations faites aux touristes, comme voir la Statue de la Liberté à New York ou Big Ben à Londres. Elle ne savait pas vraiment pourquoi elle avait demandé cette visite, mais il lui semblait qu'à son retour tout le monde lui demanderait invariablement si elle était allée au sommet de la tour. Voilà au moins une question qu'elle saurait résoudre rapidement.

À sa grande surprise, la plate-forme était bien plus grande qu'elle ne pensait. Elle s'était attendue à un tout petit espace à peine suffisant pour une dizaine de personnes. La plate-forme était en vérité assez vaste, surtout considérant qu'elle se situait à trois cents mètres de haut. Mais malgré tout, cela restait une cage. Et il n'y avait que deux sorties : l'ascenseur ou le vide. Ce fut cette pensée, plus que l'altitude, qui lui donna le vertige. Le choix humain réduit à sa plus grande simplicité : se conformer aux autres ou bien se libérer dans la mort.

— Il fait froid, remarqua-t-elle.

— On est beaucoup plus haut et ici on se prend le vent de plein fouet.

Il lui fit faire le tour pour mieux voir la ville sous tous les angles. Elle voulait redescendre. Elle avait faim, elle avait froid et elle entendait ses pieds crier à l'aide. Mais rien de cela ne sembla affecter son guide, qui entreprit de retracer avec son doigt dans le ciel leur parcours de la journée. Elle dut souffrir de cette seconde visite de tous les monuments déjà aperçus brièvement pendant leur marathon. Des Champs-Élysées aux Tuileries, le Louvre, l'Hôtel de ville puis le Châtelet, et puis ci et ça… S'était-elle endormie ? En tout cas, il ne semblait pas s'en être rendu-compte et continuait de parler. Il en était à lui présenter le Sacré-Cœur, quand elle fut attirée par un événement beaucoup plus proche.

Elle se plaça légèrement en retrait pour pouvoir tourner la tête sans qu'il s'en aperçoive. De cette façon, elle put tout observer. Une jeune femme déjà croisée dans l'ascenseur, sans nul doute américaine, se tenait la tête dans les mains. Debout, elle tournait cependant le dos au toit de la ville, le grand spectacle ayant soudain perdu tout intérêt pour elle. Elle tremblait, et il sembla un instant à Emily que des larmes légères perçaient sous ses doigts. Elles les serraient si fort contre sa mâchoire, désormais grande ouverte, que ses joues en rougissaient. Ou était-ce autre chose ? Comprendre ce qui arrivait à cette jeune femme était aisé, il suffisait de suivre son regard. À mi-chemin vers le sol se trouvait un homme, un genou à terre. Il portait les mains devant lui comme en offrande. Une petite boîte s'y trouvait lovée, et à juger par les reflets du soleil, c'était bien son contenu qui les faisait pleurer tous les deux.

Le spectacle, pourtant commun en ce lieu, frappa Emily de plein fouet. Et si Olivier avait d'autres intentions pour ce week-end ? Il était si romantique et romanesque qu'il était bien capable de mettre un genou à terre lui aussi. Et alors quoi ? Que ferait-elle s'il se lançait à ses pieds et lui faisait sa proposition ?

Elle eut comme un réflexe de survie, à la fois instinctif et décisif.

— Est-ce qu'on peut descendre ?

— Tu vas bien ?

Sa voix se chargea d'inquiétude.

— Ça me donne le vertige.

Elle se battait avec elle-même pour paraître normale, ne pas l'inquiéter, surtout qu'il ne lui pose aucunes questions.

— Oui, bien sûr, on est haut, ici. C'est vrai qu'ici il vaut mieux avoir l'habitude des grands bâtiments.

Son air condescendant l'énerva, mais elle voulait partir avant tout. Il accepta, et elle resta silencieuse. Elle s'en voulait de ne pas savoir quoi dire. Il semblait avoir accepté l'argument de la fatigue et ne lui demanda rien. De retour sur le sol, elle s'excusa et le remercia d'avoir inclus cette visite.

Reconnaissant que la journée avait été particulièrement fatigante, il arrêta un taxi pour se rendre au restaurant. Là, elle put enfin reposer ses pieds. Son corps lui confirma que la fatigue n'était pas simulée, elle était réellement incapable de tenir début.

— Tout va bien ? Tu à l'air toute pâle

Elle releva la tête pour lui faire face.

— Tu m'as vidée !

— C'est vrai, on n'a pas mal crapahuté. Mais comme ça, tu as eu une bonne visite de la capitale.

Il était joyeux, enivré avant même d'avoir bu. Ce voyage était spécial, pour lui, elle le savait. À mesure que le repas avançait, elle put constater combien les deux petites flammes dans ses yeux grandissaient. Elle ne voulait pas compromettre cette joie. Une bonne nuit de sommeil l'aiderait à se remettre, après tout, ce qu'elle ressentait n'était que de la fatigue.

De retour dans la chambre, il voulut commander deux autres verres de vin. Se fatiguait-il parfois ? Elle parvint à le dissuader, avant de se rendre à la salle de bains.

— Je suis vraiment fatiguée, et puis, demain, j'espère qu'on ne marche pas autant ? Je ne pourrai pas tenir, dit-elle sur le seuil de la porte.

Il la regarda avec affection et lui promit que cette journée avait été la plus active et que désormais leur séjour serait plus calme.

Après une toilette rapide, elle se mit au lit, espérant

bien retrouver quelques forces pour le lendemain, mais il ne l'entendait pas ainsi. Elle sentit combien il n'avait aucune envie de dormir. Elle voulut lui dire encore une fois combien elle était fatiguée, quand il la rendit muette par un baiser intense.

— C'est notre voyage d'amoureux.

Il insista, faisant également parler ses mains.

— Je te promets qu'au réveil ce sera mieux…

Mais il persista. À moitié endormie, elle resta allongée et le laissa aller. Il s'agita quelques instants avant de se laisser rouler sur le côté. Il s'endormit bien vite, sans doute éreinté lui-même et avec une conscience pure.

Elle s'endormit également, mais sans la moindre pensée. Ses esprits avaient déjà quitté la pièce il y avait quelques instants. Elle avait bien été semi-consciente durant le temps qu'il avait passé en elle, mais enfouie au plus profond de son âme, une flamme veillait.

Dans la nuit, elle se réveilla en sursaut. La chambre était sombre et silencieuse. Elle aurait pu être n'importe où. Il y avait quelqu'un à côté d'elle. Un corps que, tout d'abord, elle ne reconnut pas. Pourtant elle n'était pas effrayée, comme si… Mais oui, ça lui revenait. Les longues marches, le restaurant, le vin, le champagne… Toute cette journée à marcher sans cesse. En revanche, elle ignorait comment ils étaient revenus à l'hôtel, ce qu'ils avaient fait après. Elle attribua ce trou de mémoire aux abus d'alcool après une très longue journée. Rien de bien dramatique, se dit-elle, et elle s'abandonna de nouveau aux limbes.

14

— Hello, jolie princesse, dit Olivier d'une voix un peu rauque.

— Quelle heure est-il ? répondit-elle de la même façon.

— Tout juste 9 heures. Comme je sais que tu aimes le petit déjeuner, ici, je voulais être sûr qu'on ait assez de temps pour y descendre

— Neuf heures, déjà ! Tu as bien fait, je crois que je vais me faire un café, ce matin.

— Ouh ! la ! Au café, direct ? C'est sérieux, alors.

Il la regardait amoureusement. La fatigue de la veille n'avait rien enlevé à son sourire.

— Tu t'es vu, ce matin ? lui dit-elle en retour. On dirait que tu as dormi dehors.

— Non, j'étais bien au chaud avec ma petite fée.

Elle peina à s'asseoir dans le lit.

— Mais qu'est-ce que tu m'as fait, hier ?

Sa voix traîna sur les derniers mots…

— Qu'est-ce que tu veux dire ? Demanda-t-il en toute innocence, alors qu'il essayait également de se lever.

Il resta assis au bord du lit, le torse tourné pour mieux la regarder. Elle garda les yeux fermés. Elle sentit presque la force de son regard posé sur ses seins, et elle remonta le drap pour se couvrir.

— D'abord, tu me fais marcher cinquante kilomètres et après tu me saoules. Je vais aller me réfugier à l'ambassade d'Angleterre, moi.

Il était ravi de constater sa bonne humeur, ce matin. Il nageait en plein bonheur, persuadé qu'elle faisait de même.

— Pas de soucis, aujourd'hui, programme allégé si tu le souhaites. Pas de problème. Jusqu'à ce soir.

— Il y a quoi, ce soir ?

— Dîner spécial, départ à 6 heures et demie, bien habillés.

Elle se redressa davantage, tassa les oreillers derrière son dos et parvint à ouvrir les yeux à moitié pour le regarder. Son sourire s'était resserré.

— Oh, tu ne m'as pas dit où on allait, ce soir. Si c'est une soirée habillée, je n'ai rien à me mettre.

— J'avais pensé faire les boutiques, cet après-midi, et te trouver quelque chose.

— On va où, ce soir ? Insista-t-elle.

— Tu ne préfères pas la surprise ?

— Non, je veux savoir.

Son ton avait adopté une fermeté nouvelle qui le fit cesser le jeu des devinettes.

— Je t'invite à un dîner croisière sur la Seine.

— Oh ! fit-elle, cette fois les yeux grands ouvert.

— Eh oui, je pensais que tu aimerais voir la ville de nuit, autour d'un bon repas.

Il se pencha pour l'embrasser et, glissant une main assurée sous le drap, il enroba un sein.

Elle sursauta violemment. Il se recula, un peu surpris.

— Tu as la main froide, expliqua-t-elle.

Elle quitta le lit et alla se préparer dans la salle de bains. Olivier s'habilla vite, regrettant quelque peu que le petit déjeuner prenne préséance sur ce qu'il aurait souhaité faire, ce matin.

Il lui avait promis une journée plus calme, et elle insista pour qu'ils aient assez de temps pour se changer avant le dîner. Ils consacrèrent donc quelque temps à la recherche d'une robe. Elle protesta faiblement quand il lui annonça que la robe faisait partie du voyage. Il la lui offrait de bon cœur, et elle finit par accepter, spécialement car elle n'avait pas prévu une telle dépense. Mais elle se sentait divisée entre la joie d'un cadeau de plus et cette sensation de n'être qu'une poupée qu'il habillait pour ses propres désirs.

Il l'emmena vers ce qu'il avait appelé « les galeries ». À peine entrée, son cœur s'emballa. Mais ce n'était pas tant la magnificence du bâtiment ni la profusion de boutiques qui stimulèrent son pouls et firent battre ses tempes que la grande crainte de la veille qui venait de se manifester de nouveau. Le cadre ultra romantique d'une croisière, une robe offerte, leur dernier soir à Paris… tout y conjurait. Il allait lui faire sa proposition. Pourquoi n'en était-elle pas ravie ? N'était-ce pas inscrit quelque part dans son patrimoine génétique, que là, ici, maintenant, elle devrait être la plus heureuse du monde ? Si sa mère avait été là, elle aurait sans doute déjà été en train de rédiger les faire-part. Et que dirait Sarah ? Elle n'avait pas eu de nouvelles et ne pouvait lui demander conseil, puisque son forfait ne lui permettait pas de communiquer depuis la

France. Dans l'immensité de ce grand magasin, elle se sentit seule. Totalement isolée dans un pays étranger et sans avoir aucun ami pour la conseiller, elle décida d'attaquer la première. Cela semblait la meilleure défense disponible, peut-être même la seule.

Elle se plaça délibérément en face de lui et planta son regard intense droit dans le sien.

— Écoute, Olivier, j'ai quelque chose à te demander. S'il te plaît, réponds honnêtement.

Sa voix était calme, mais déterminée. Olivier fut parcouru d'un grand frisson. On ne jouait plus. Quelle question pouvait donc être si importante ?

— Je te le promets, déclara-t-il, solennel.

Comme ce silence était long...

— C'est quoi, ce soir ?

La question le déboussola quelque peu. Elle insista.

— Est-ce qu'il y a quelque chose de spécial que tu veux me demander ?

— Euh, non, enfin, comment ça ?

Il balbutiait.

— C'est juste, enfin, une soirée pour célébrer notre voyage ensemble.

— Tu es sûr ? Tu n'as pas prévu de me poser une certaine question, tu sais...

Elle fit mine de mettre un genou à terre. Elle ne le quittait pas des yeux, ne souriait pas et ne parlait plus. Tout son corps semblait crispé. Elle attendait simplement sa réponse.

Les rouages internes d'Olivier étaient bloqués sur panique, et il lui fallut quelques instants pour comprendre.

Et puis le flash de compréhension illumina son visage entier.

— Oh, ça ! Tu veux dire…

Il se frotta l'annulaire. Elle ne le quittait pas des yeux. N'avait pas respiré depuis la question. Tout entière à l'écoute de ce qu'il allait dire.

— Non, rien de ce genre. Promis ! Pour être tout à fait honnête, ça ne m'était même pas venu à l'esprit.

Il se sentit étrangement soulagé. Et pourtant il venait d'annoncer à sa compagne qu'il ne souhaitait pas l'épouser. Il y avait quelque chose de bizarre dans tout cela. Mais il la vit souffler et constata sur son visage, dans le relâchement de sa posture, combien elle était rassurée.

— Ouf, merci. Ne le prend pas mal, mais ce n'est vraiment pas pour moi. Je ne sais même pas ce que j'aurais répondu.

Sa transformation fut remarquable. La sévérité des traits avait disparu. Elle était redevenue gaie et heureuse, comme si de rien n'était. À tout prendre, il la préférait ainsi.

— Pas de soucis, je ne suis pas prêt pour ce genre de chose moi non plus. Pour l'instant, je veux juste profiter d'être ensemble.

— Moi aussi.

Son sourire et sa voix semblaient sincères. Il eut l'impression d'avoir échappé à une crise.

Ils laissèrent tous les deux le silence s'installer pour leur permettre à chacun d'évacuer le trop-plein d'émotions. Quelques minutes passèrent, durant lesquelles ils parcoururent le magasin de manière totalement aléatoire, ce qui permit à leur pouls de reprendre un rythme normal. Le choix de la robe redevint leur objectif, et ils finirent par s'arrêter devant un plan pour mieux se diriger. Ayant appris qu'il porterait un costume noir, Emily se décidé pour une petite robe bleue, avec dentelle aux bras, et se dit que ce serait en harmonie avec lui, surtout avec ses yeux.

Elle ferma le rideau de la cabine d'essayage et ôta ses chaussures. Alors qu'elle venait juste de faire glisser son pantalon sur ses chevilles, un faisceau de lumière l'envahit. Il fut rapidement suivi du visage d'Olivier.

Son premier réflexe fut de cacher son corps mais elle ne trouva rien pour l'y aider. Alors elle le dévisagea franchement.

— Qu'est-ce que tu fous, là ?

— Je viens voir comment la robe te va.

— Laisse-moi aux moins le temps de l'enfiler.

Et d'une main ferme, elle repoussa l'intrusion en tirant le rideau sur son nez.

Quand elle sortit de la cabine, elle était de nouveau en jean. Il lui demanda d'un mot :

— Alors ?

Elle répondit que la robe était parfaite.

Il exprima sa déception de ne pas l'avoir vue sur elle, mais elle répliqua qu'il pourrait la voir de près le soir même.

La journée continua calmement. Il lui avait promis du repos et ils retournèrent à l'hôtel assez tôt. Elle avait pris son temps pour se préparer avant de lui dévoiler enfin sa tenue. Il ne cacha pas son excitation. Il la trouvait superbe, vraiment très belle, et lui servit assez de compliments pour la faire rougir. Il s'habilla beaucoup plus rapidement et commanda un taxi pour rejoindre le ponton d'embarquement.

Ils furent placés à l'avant du bateau, d'où la vue était parfaite. Le champagne leur fut servi juste après le départ, et Ils portèrent un toast, un de plus, à leur amour. Durant la croisière, le commentaire historique défilait dans les haut-parleurs, Elle n'y prêtait guère attention, mais Olivier, toujours aussi attentif, lui traduisit les détails qu'il jugeait intéressants. Elle l'écoutait par bribes seulement. Une troisième visite guidée en deux jours, cela commençait à transformer ce voyage en séjour scolaire et à en éroder le caractère romantique. Pour couper le flot éducatif, elle finit par demander d'où venait le nom de bateau-mouche.

— Je crois que ça vient du lieu où les premiers ont été fabriqués. L'inventeur ne devait pas avoir trop d'imagination !

— Un peu comme le Stade de France, s'amusa-t-elle.

— Exactement, si on construit un stade en France, pourquoi l'appeler autrement ?

— Et s'il y en a deux ?

Un petit rire ingénu ponctua la question.

— Facile : Stade de France numéro 2.

— C'est logique ! Un peu bête mais logique.

Il s'en amusa également.

— Donc les bateaux n'ont rien avoir avec la mouche.

— Pourquoi, tu voulais les voir déployer leurs ailes et s'envoler ?

— En cas d'accident, ce ne serait pas mal, ça les empêcherait de couler.

Il prit un air pensif.

— Avoue que tu n'y avais jamais pensé.

— Non, je dois bien le dire.

Il souriait. Détente, humour et bon repas ; elle avait l'air de s'amuser. Pour lui, la soirée se déroulait parfaitement.

Le dessert leur fut servi au moment ou le bateau faisait demi-tour et revenait sur ses traces. Elle reprit sa contemplation de l'extérieur, ponctuée par les commentaires, dont Olivier assura la traduction. Comblant un moment de silence, il lui demanda ce qu'elle avait préféré des deux jours. Elle savait déjà quoi lui répondre.

— La place du tertre.

Ce petit îlot créatif l'avait émue. Bien que situé à moins d'une minute du Sacré-Cœur, l'un des endroits les plus ultra-touristiques de la ville, cette place ne vibrait pas de l'agitation ordinaire des grandes capitales mais d'une véritable âme artistique. Les arts l'avaient toujours attirée, et elle avait été fascinée de découvrir tous les noms d'artistes passés qui s'étaient épanouis ou perdus à cet endroit. Si seulement elle avait pu tout abandonner de sa vie londonienne et venir habiter ici…

— Et la tour Eiffel ?

— Oui, c'était bien, mais un peu froid quand même, une fois en haut !

Pour elle, ce grand symbole du tourisme parisien n'était rien d'autre qu'une grande cage métallique sur pieds. Elle représentait une limitation de liberté. L'étourdissement que le visiteur ressentait ne venait pas de l'altitude mais de la captivité. Comment se sentir réellement libre, là-haut ? Ça lui rappela la cabine d'essayage, cette forteresse futile, construite pour vous abriter des regards indiscrets mais dont le rideau était si facilement assailli. La comparaison la rendit taciturne. Trop souvent, ce qui prétendait offrir protection ou liberté se révélait trop tard n'être qu'un leurre qui ne garantissait jamais vraiment ni l'une ni l'autre.

Et maintenant, elle se trouvait sur un bateau-mouche. Coincée jusqu'au retour à l'embarcadère. Quelle image appropriée. Son imagination lui fit entrevoir un pauvre insecte dont les pattes étaient collées dans du miel. L'animal se débattait, essayant vainement de se libérer de cette emprise. L'image devint plus nette, c'était comme si elle voyait un film dans son esprit. La pauvre mouche battait des ailes de plus en fort, mais ses pattes s'enfonçaient inéluctablement dans le miel, rendant sa fuite de plus en plus impossible. Une mouche dont la tête n'était pas normale. Elle se concentra pour essayer de la voir de près, quelque chose l'intriguait. Soudain, elle étouffa un cri. Cette tête, elle venait de l'apercevoir quand la mouche s'était tournée, à force de s'ébattre. Cette tête, c'était la sienne.

Olivier fut surpris de ce cri et lui demanda si ça allait. Elle répondit que oui, mais son visage pâle contredit sa parole. Il lui offrit un verre d'eau avant de demander si elle voulait aller se rafraîchir. Elle accepta l'invitation et, lançant sa serviette sur la table, se précipita aux toilettes. Elle ne fut pas malade, mais eut tout de même des haut-le-cœur. Cette vision d'elle-même sur le corps d'une mouche l'avait profondément troublée. Elle rêvait rarement éveillée, mais cette image avait été si vive, presque réelle. Le miroir des toilettes la rassura, elle était bien elle-même, humaine, des cheveux aux orteils. Il était désormais certain que quelque chose de profond la contrariait. Quelque chose dont elle n'avait pas encore pleinement conscience. Olivier était adorable, le plus parfait compagnon dont une jeune femme puisse rêver : aimable, serviable, fou amoureux et prêt à tout pour elle. Elle s'accrocha à cette pensée pour reprendre un peu d'énergie. Elle se passa de l'eau sur le visage et retourna à sa place, retourna près de lui.

— Tout va bien ? lui demanda-t-il, avant même qu'elle ne puisse s'asseoir.

— Oui, ne t'inquiète pas. Je crois que c'est le mouvement du bateau qui m'a donné une petite nausée, mais ça va mieux.

— Je n'aurais pas dû choisir une croisière, je ne savais pas que tu étais malade en bateau

Elle lui prit la main et força un sourire rassurant.

— Non, ne t'inquiète pas, vraiment, c'était parfait. Je suis un peu fatiguée, c'est tout. Tu as fait un bon choix, merci. C'était vraiment une bonne surprise.

Il sourit à son tour, convaincu par sa voix emplie de sincérité.

Elle resta silencieuse et finit son dessert sans appétit. La simplicité d'Olivier, et sans doute aussi son manque d'expérience, le rendait facile à convaincre, mais elle ne se dupait pas elle-même. Quelque chose n'allait pas, elle le sentait. Mais quoi ?

De retour sur la terre ferme, Olivier proposa de rentrer directement à l'hôtel. Sans même attendre sa réponse, il héla un taxi.

Emily était fatiguée, à la fois physiquement et mentalement, et son visage le communiquait. Il l'aida à retirer sa robe puis l'allongea sur le lit et dégrafa son soutien-gorge. Ses intentions étaient claires, mais elle n'avait aucun désir de les satisfaire.

— Je savais bien que tout ce que tu voulais, en m'achetant une robe, c'était me l'enlever.

— C'est parce que ce qu'il y a en dessous est tellement plus joli.

Il s'était complètement allongé sur elle, bloquant ses mouvements. Tout ce qu'elle pouvait espérer, désormais, était de le convaincre avec quelques mots.

— Écoute, Olivier, je suis vraiment désolée, mais je suis crevée et puis je ne me sens pas très bien.

Et elle ajouta, de la voix douce d'une écolière qui vient d'être prise en flagrant délit de triche :

— Tu ne m'en veux pas ?

Il resta quelques secondes planté entre ses cuisses puis se releva légèrement pour lui répondre affectueusement.

— Non, ce n'est pas grave. Et puis je vois bien que tu n'es pas en forme. Laisse-moi simplement t'aider à aller au lit.

— Mais j'y suis déjà…

Sa voix traîna, pendant qu'il entreprit de faire glisser son collant tout doucement le long de ses jambes. Elle le laissa faire et ferma les yeux. Elle n'avait pas assez d'énergie pour le repousser complètement. Il prodigua des gestes très lents et délicats, et elle reconnut malgré elle combien ses mains offraient une caresse apaisante. Il remonta tendrement le long de ses cuisses pour finir son travail d'effeuillage. Puis il remonta de nouveau. Et encore une fois. Et encore. À croire qu'elle s'était trompée en s'habillant et avait enfilé une série de sous-vêtements les uns par-dessus les autres.

Dans sa somnolence, elle comprit qu'elle était maintenant nue et qu'il lui prodiguait quelques massages particuliers. De ses doigts, il frôlait son intimité, comme essayant de trouver un trésor là où les cuisses se rejoignent, là où les hommes se perdent.

Elle frissonna. Elle ne pouvait pas, ne voulait pas le regarder. Quelque chose en elle lui faisait presque honte de toutes ses sensations qui montaient en elle. Elle se revit engluée dans le miel. Tête de femme sur corps de mouche. Il l'avait attrapée et ne la lâcherait désormais plus jamais. Elle était devenue sa chose, simple poupée pour le plaisir mâle. Plus tôt, il l'avait habillée exactement comme il le souhaitait, et maintenant, après l'avoir dénudée, il allait la posséder pour son plaisir égoïste, ignorant qu'elle venait de dire non.

La pensée d'être ainsi pénétrée la figea de peur. Elle se mit à trembler et eut même quelques nausées, avant de perdre toute sensation. Elle flottait dans l'éther, sans aucune conscience matérielle, ni de son corps, ni de l'endroit où elle se trouvait, ni du temps qui passait. Mais qu'est-ce qu'il lui arrivait exactement ?

Était-ce peu après, ou beaucoup plus tard ? Elle l'entendit aller vers la salle de bains. Un robinet coula puis s'arrêta et fut suivi par un bruit d'eau déferlante. Entendre ces petits sons ordinaires la ramena dans son lit. À son retour, il se coucha à côté d'elle et se mit rapidement à ronfler doucement.

Elle était maintenant devenue la proie de la honte, de la culpabilité et de grands doutes. Elle regrettait de l'avoir repoussé. C'était leur dernière nuit à Paris, et il n'avait été rien d'autre que tendre et aux petits soins. Elle s'en voulait de s'être refusée à lui. Le pire est qu'elle ignorait pourquoi son corps avait réagi ainsi.

De nouvelles images se formèrent dans son esprit. Elles apparurent tout d'abord floues, avant de se préciser. Elle était de retour sur la plate-forme de la tour Eiffel, mais cette fois entourée d'eau. Il n'y avait pas de sorties, rien pour s'échapper, pas d'escales à espérer. Elle était véritablement bloquée. Son seul salut était de continuer de monter tout là-haut, dans l'inconnu.

À son réveil, elle sut que désormais Olivier possédait la clé de sa liberté. Son indépendance lui avait été retirée. Ce qu'elle avait désiré si fort ces derniers mois, c'était de devenir le guide de sa propre vie, de décider par elle-même tout ce qu'il lui arrivait. À peine avait-elle quitté ses parents, qu'elle s'était mise à vivre avec un homme. Comme si une force invisible lui interdisait d'être libre. La vie semblait être ainsi pour tout le monde, les gens se mettaient ensemble en couple et ainsi perdait volontairement une partie de leur liberté. Ce qu'elle ignorait, c'était si elle rejetait cette idée tout entière ou s'il y avait quelque chose de plus particulier, de plus personnel dans sa relation avec Olivier. Cette incertitude la dévorait, et elle se sentait survivre plutôt qu'elle ne vivait.

La piscine de l'hôtel fut le théâtre de leur dernière journée. Bien grand mot pour le petit bassin. Intimiste et plaisant pour les couples amoureux, il plut immédiatement à Olivier. Emily s'y sentit à l'étroit. Une fois encore, on lui restreignait son espace.

Assise sur l'un des deux seuls transats présents, elle attendit qu'il vienne la rejoindre pour le remercier d'avoir organisé ce voyage.

— C'est vrai, ça t'a plu ?

— Bien sûr, c'était parfait.

— Tu es contente de rentrer ce soir ?

Il se doutait déjà de sa réponse.

— Oui.

— C'est un peu ce que je pensais.

Elle se releva pour mieux le regarder.

— Ne le prends pas mal, c'est juste que je n'ai pas l'habitude de marcher autant en vacances. On aurait pu rester ici les trois jours, ça aurait été tout aussi bien.

— Tu veux dire au spa ?

— Pourquoi pas, j'aime les vacances relaxantes où je ne fais rien du tout.

— Je vois, dit-il, la voix empreinte d'une certaine tristesse.

Elle s'allongea de nouveau et croisa les mains sur son ventre, comme par protection.

— Et puis je n'ai pas l'habitude de dépendre tant que ça d'un homme. Sans toi, ici, je serais perdue. Je ne saurais même pas comment acheter du pain ou retourner à la gare.

Il s'assit sur la chaise contiguë et la regarda.

— Tu peux toujours compter sur moi, ici ou ailleurs, je serai là pour toi.

Elle sourit et le remercia pour bonne mesure. Sa tête résonnait de mots qu'elle n'osa pas prononcer. C'était pourtant bien là le problème, elle dépendait tout le temps de quelqu'un et elle détestait ça. Il ne comprendrait pas, de toute façon, et elle n'avait aucune envie de lui faire de la peine. Pas en ce moment.

Dans l'Eurostar, ils furent assis de nouveau en première classe. Olivier dit au revoir à la ville d'une voix solennelle et triste.

— Tu vas sans doute y revenir d'ici un mois, se moqua-t-elle.

— Seulement pour le boulot. Ce n'est pas pareil qu'être en vacances avec toi.

Ce disant, il se jeta sur elle pour l'embrasser d'autorité, comme perdant toute retenue. Il plaça une main entre ses cuisses et la remonta lentement sous sa jupe. Elle fut saisie par sa fougue. Lorsque ses doigts arrivèrent à destination et effleurèrent le point sensible, elle repoussa son bras vivement et s'écria :

— Hey !

Il se redressa et s'écarta d'elle, comme un cambrioleur surpris en plein délit.

— Excuse-moi, mais… il y a du monde autour, balbutia-t-elle.

— Pardon, répondit-il, laconique et froissé.

Elle se retourna pour regarder le paysage défiler. Pendant le repas, il afficha sur son téléphone portable les nombreuses photos qu'il avait prises. Puisant dans toutes ses réserves d'énergie, elle participa à son excitation tant bien que mal. Elle s'en voulait de ne pas s'être jetée plus entière dans un voyage que des millions de jeunes femmes formulaient dans leurs rêves. Le trajet lui sembla beaucoup plus long dans ce sens. Elle ne rêvait plus que d'une chose, retrouver son lit douillet. Son propre lit, chez elle. Et elle s'y voyait seule. Encore un point sur lequel ils ne seraient pas d'accord.

Elle avait accepté de venir pour être avec lui, bien sûr, mais aussi pour se retrouver en elle-même. Le voyage devait cristalliser ses sentiments pour lui, les souder, lui démontrer combien elle l'aimait. Mais rien n'avait fonctionné comme prévu. Elle venait une fois de plus de le repousser comme un malpropre, et il ne réagissait même pas. Leur intimité était devenue fade. Elle ne se donnait plus que par devoir. Au cours de ce séjour romantique, elle avait affronté l'idée de ses propres fiançailles, et cela lui avait paru insurmontable. À vrai dire, la virulence de ses propres peurs la troublait. Ce qu'elle avait aimé chez lui dès le premier soir lui semblait maintenant dérisoire. Ses caresses la brûlaient, ses mots la blessaient, sa gentillesse l'ennuyait. Pourtant, elle s'en voulait également de ne pas pouvoir lui offrir cette romance à laquelle il croyait si fort.

Elle n'eut pas besoin de réfléchir beaucoup. Ses pensées lui indiquaient qu'il était un très bon compagnon, un amoureux adorable dont de nombreuses femmes aimeraient s'entourer, un chevalier qui la protégerait toujours, un fidèle serviteur. Malheureusement, son corps tout entier le rejetait. Être touchée par lui était devenu presque douloureux, comme une violation. En outre, et au-delà de ces simples réactions physiques, ce à quoi elle aspirait le plus, son indépendance, paraissait désormais inaccessible. Homme jaloux et possessif, il était, aujourd'hui et à jamais, incapable de la lui donner. Paris avait bel et bien rempli sa mission : elle s'était retrouvée. Elle savait désormais ce qu'elle voulait dans sa vie. Ce soir, elle était assise à côté d'un étranger.

La traversée sous la Manche scella sa décision par une

dernière pensée fortuite qui la fit sourire. Son tunnel à elle aussi approchait du bout. Après huit ans, pourrait-elle enfin voir la lumière ?

C'est sur le quai qu'elle voulut le lui annoncer. Mais elle n'y parvint pas. Il vivait dans son nuage cotonneux et ne voyait même pas à quel point elle était agitée. Elle trouva des arguments pour rentrer seule chez elle dans la fatigue accumulée, le retour au travail dès le lendemain et le besoin de ramener sa valise chez elle. Sans gaieté de cœur, il finit par accepter de la laisser partir seule. C'était ça aussi, avec Olivier : même mécontent, même blessé, il acceptait. Tout. Sans jamais rechigner. Comme si, finalement, il n'existait pas vraiment lui-même.

Elle l'embrassa et le quitta ainsi, au milieu de la foule de voyageurs. De son côté, elle ne rentrerait pas tout à fait seule chez elle, la culpabilité venait de la rejoindre. Comme un alter ego qui lui reprochait d'être trop froide, sa conscience lui remémora tous les cadeaux qu'il lui avait offerts depuis le début, comment il était attentif, plutôt obéissant, ne prononçant jamais de mots trop hauts, toujours prêt à la protéger. N'était-il pas le compagnon adorable dont les contes de fées raffolaient ? Peut-être, en définitive, qu'elle ne souhaitait pas le quitter. Peut-être était-ce pour cela qu'elle n'avait rien dit.

Ses pieds la sortirent du métro et la menèrent chez elle par pur automatisme. Elle s'était plongée si profondément dans ses pensées qu'elle ne refit surface qu'à l'approche de sa rue. Pas fâchée de retrouver son lit très bientôt, elle secoua la tête comme pour en chasser les idées qui s'y étaient formées. La nuit était sombre et silencieuse. Le ciel couvert voilait les étoiles et les empêchait de briller. Elle marcha seule, sans rencontrer personne. Seul un petit couinement continu perçait, celui de la valise qu'elle traînait sur le trottoir.

Au loin, pourtant, elle perçut comme une étrange lueur bleue diffusée par les nuages, tel un phare dans la noirceur nocturne. L'effet était très joli et il la sortit quelque peu des sombres réflexions dans lesquelles elle s'était enfermée. En tournant à l'angle de sa rue, elle comprit qu'il ne s'agissait que du gyrophare d'une ambulance et n'y fit plus attention, impatiente qu'elle était d'arriver à son immeuble. Son immeuble. N'était-ce pas justement là que l'ambulance se trouvait ? Mais oui, elle était garée sur le trottoir, juste devant l'entrée. En se concentrant, elle put même discerner un homme debout, appuyé contre la porte arrière du véhicule. Étrange, il y avait quelque chose en lui qui lui semblait familier.

Et la réalité la frappa. Elle comprit, et d'un cri rompit le silence.

— Oh Non !

Sa valise tomba, inanimée, sur le trottoir, pendant qu'elle courut droit à l'ambulance.

15

Tout ce qu'elle voyait en face d'elle était ce véhicule jaune aux portes béantes. Quelle terrible réalité abritait-il ? Mais que ces derniers deux cent mètres étaient longs à parcourir...

Matt la regarda approcher et força un léger sourire sur ses lèvres. Elle arriva à sa hauteur mais n'osa rien lui demander. Haletante, elle se contenta de jeter un coup d'œil à l'intérieur. C'était bien Martha. Elle était assise sur une civière. Une femme en blouse blanche était penchée sur elle et passait une sorte de gaine autour de son bras. Elle semblait lui prendre la tension. Il y avait quelque chose de rassurant dans cette scène. Si elle était assise, peut-être que ce n'était pas grave ?

Attirant le regard du médecin par sa simple présence, elle demanda sans un mot comment allait son amie. La femme en blanc eut un petit geste réconfortant. Martha aperçut cette conversation silencieuse et se retourna doucement. Il y eut comme un délai, une fraction de seconde passa avant qu'elle ne reconnaisse Emily, mais cela lui parut une éternité.

— Oh, Emily, que tu es gentille d'être là.

— Qu'est-ce qu'il s'est passé, Martha ?

— Ce n'est rien, rien du tout, ne t'en fait pas.

Mais ses mots eurent l'effet inverse. Emily se retourna et vit Matt juste là, près d'elle. Il avait les yeux bouffis, les paupières gonflées. Ses joues étaient à peine sèches des larmes qui y avaient coulé.

— Qu'est qu'il s'est passé ? répéta-t-elle d'une voix tremblante.

Elle posa son regard sur lui, mais il ne put le lui rendre.

Il fixait sa mère avec un sourire qui se voulait rassurant, pourtant, tout dans son visage indiquait une angoisse réelle.

— Elle a fait un malaise, dans la soirée. On ne sait pas encore pourquoi. Elle s'est sentie mal, la tête lui tournait, et puis elle a dû s'asseoir. Elle s'est mise à trembler. Elle ne pouvait plus se lever. Elle disait qu'elle avait un voile devant les yeux…

Il dut combattre des larmes fraîches, sur ces derniers mots.

Le médecin l'invita à rentrer dans l'ambulance, si elle le souhaitait.

— Vous pouvez venir vous asseoir auprès de votre maman quelques instants, si vous le souhaitez.

Elle ne la contredit pas. En de tels moments, elle accepta le rôle de la fille.

— Allez, Emily, ne t'occupe pas de moi. Raconte-moi Paris.

Sa voix traînait plus que d'habitude, comme si elle venait de courir un marathon et essayait de recouvrer son souffle. Emily n'avait aucune envie de parler, et surtout pas de ce voyage, mais elle comprit que ça ferait du bien à Martha, alors elle se força.

— Ça s'est bien passé, on a visité des tas de monuments. J'ai même été en haut de la tour Eiffel.

— Oooh.

— Et puis, hier soir, on a dîné en croisière sur la Seine.

— Si romantique.

La vieille dame voulut adopter un sourire espiègle mais n'en accomplit que la moitié, laissant son visage défiguré. Emily ressentit beaucoup de peine à la voir ainsi. Il lui était si difficile de parler de son voyage, dans de telles circonstances. Elle aurait souhaité n'être jamais partie et avoir passé le week-end ici, chez elle. Elle aurait été là. Peut-être que Matt serait venu la chercher pour qu'elle l'aide, pour qu'elle assiste. Elle aurait voulu être aux côtés de Martha en attendant les secours. Elle finit même par se dire que si elle avait été là, avec eux, partageant leur repas, rien de tout cela ne se serait produit. Mais ses regrets ne servaient à rien, c'était trop tard. Elle devait être plus forte que ça, pour elle, pour cette femme qui l'avait adoptée comme sa fille. Alors elle sourit, et elle raconta.

— Il m'a acheté une robe pour la croisière.

— Dis-moi tout, raconte voir comment il est romantique.

Elle mit une main sur la cuisse d'Emily et se pencha autant qu'elle put.

— C'est si beau, un jeune couple comme ça.

Emily regarda sa main, symbole de sa fragilité, puis elle la serra dans la sienne. Elle eut du mal à trouver les mots. Ceux qui lui venaient en tête n'avaient pas leur place en cet instant. Olivier était-il vraiment romantique ? Elle n'en était plus certaine. Bien sûr, ses gestes le semblaient, mais ils étaient avant tout calculés. Peut-être était-ce inconscient, mais tout ce qu'il donnait, c'était pour mieux recevoir en retour. Il était avide d'attentions et de compliments. Il n'offrait des fleurs que pour s'entendre dire merci. Il ne tenait la porte ouverte que pour indiquer au monde qu'il avait une copine. Il lui offrait une robe comme pour mieux habiller sa poupée. Finalement, il l'aimait comme l'une de ses peluches. Était-ce vraiment ça, être romantique ? Elle pensait plutôt à un acte gratuit, qui venait du cœur, sans espérance particulière, sans rien attendre en retour. Elle essaya en vain de trouver dans ses souvenirs un tel geste de la part d'Olivier, quand elle perçut la présence de Matt.

— Je vais porter ta valise sur ton palier.

— Comment, tu… quoi ?

Elle vit en effet sa valise debout près de lui, la poignée dans sa main.

— Il vaut mieux ne pas la laisser sur le trottoir à cette heure. Je te la pose en haut.

Il fit demi-tour.

Elle n'eut pas le temps de lui dire merci. Pourquoi avait-il fait ça ? Elle se rendit compte qu'elle avait complètement oublié ses affaires et qu'elle aurait certainement paniqué en s'en apercevant plus tard. C'était vraiment gentil de sa part. Surtout qu'il devait avoir ses esprits dans tous les sens. Quel geste attentionné ! Ce n'était vraiment plus le Matt des débuts.

Martha observait son fils avec ce regard maternel qui mêle joie et fierté.

— Il s'occupe bien de moi. Je lui ai vraiment fait peur, ce soir.

— Vous nous avez fait peur à tous, Martha.

Elle sourit.

— Tu as dit « nous »…

Le médecin vint les interrompre et regarda Emily directement. Sa voix se voulait sympathique, réconfortante. Mais cela eut l'effet de l'angoisser davantage. Matt était déjà revenu et se tenait debout, tendu, la tête penchée à l'intérieur de l'ambulance pour mieux entendre. Le médecin restait convaincu qu'ils étaient frère et sœur et, sans doute par expérience, préféra s'adresser à la femme. Matt ne lui en tint pas rigueur, avait-il seulement remarqué ?

— Votre maman a fait un malaise vagal. Ce n'est a priori pas très sérieux, et sa tension est déjà revenue à la normale, mais je conseille quand même de la surveiller régulièrement. Et puis j'aimerais qu'elle passe à l'hôpital faire quelques tests, dans la semaine. D'ici là, qu'elle se ménage. Pas d'efforts brusques, pas d'émotions fortes.

— Vous ne l'emmenez pas à l'hôpital ?

Quelque chose semblait rassurer Matt. Le médecin se tourna vers lui.

— Non, elle a repris des forces, et ça ne mérite pas. Prévenez-son médecin traitant, qu'il la suive dans les prochaines semaines.

— Vous pensez que ça peut être lié à son AVC d'il y a deux ans ?

Emily comprenait l'inquiétude de Matt et elle se sentait gênée de s'imposer au milieu de cette conversation privée avec le médecin. Mais elle eut aussi l'impression qu'il appréciait sa présence.

— C'est ce qui m'inquiète le plus, et c'est pourquoi je

prescris d'autres tests et vous recommande de prévenir son médecin. Il n'y a aucune indication de risque en ce moment, mais il vaut mieux être prudent.

Pendant que le médecin continuait de remplir un formulaire, Matt se tourna vers Emily. Elle mit sa main sur son épaule, et sans trop y penser, il lui sourit. Martha était prête à retourner chez elle. Déjà, elle s'excusait auprès du personnel médical de les avoir déplacés en pleine nuit. Matt lui demanda de ne pas s'impatienter et tenta de se rassurer lui-même en lui affirmant que tout irait bien mais qu'elle devait rester calme. Il murmura quelque chose qui ressembla à un soulagement de ne pas devoir passer la nuit à l'hôpital.

Après en avoir reçu l'autorisation, il aida sa mère à descendre très doucement de l'ambulance. Emily lui donna également son bras comme appui. Il prit les papiers, signa ce qu'il dut et remercia les ambulanciers d'être venus si vite. Martha était désormais flanquée de Matt à sa droite et d'Emily à sa gauche. Lorsqu'ils arrivèrent en bas de l'escalier elle s'exclama :

— Ah mes enfants ! J'ai bien de la chance de vous avoir tous les deux.

Aucun ne réagit. Emily se demanda s'il avait entendu ou s'il préférait ignorer. Il se contenta d'indiquer la rambarde d'escalier à sa mère, avant de se retourner.

— Merci, Emily. Il n'y a pas assez de place pour nous trois dans l'escalier, mais ça va aller. Elle va se tenir à la rampe, et on va monter doucement. Je m'occupe d'elle, ne t'inquiète pas. Je sais que tu rentres à peine de voyage, tu as sans doute envie d'aller te coucher maintenant.

Elle s'apprêta à argumenter, quand Martha lui recommanda à son tour de rentrer chez elle.

— Il a raison. C'est gentil de t'être arrêtée, mais ne t'inquiète pas, je vais beaucoup mieux. Et Matt veille sur moi mieux qu'un docteur.

Elle voulut lui dire qu'elle savait, qu'elle le voyait bien, mais ne sut comment exprimer toutes les émotions qui l'envahissaient. À la place, elle les remercia et dit qu'elle allait monter l'escalier derrière eux, juste au cas où ils auraient encore besoin de son aide. Elle n'était pas à cinq minutes près, de toute façon.

Ils se dirent au revoir de nouveau sur le palier. Apercevant sa valise, appuyée bien droite contre le coin de sa porte, elle remercia Matt de l'avoir récupérée.

— C'est nous qui te remercions. Allez, va te coucher, maintenant, tu as l'air extenuée.

— Je passerai prendre des nouvelles demain.

Au moment de fermer la porte, elle les vit franchir leur palier. Matt se retourna, et ses lèvres formèrent un merci silencieux.

La valise lui sembla lourde, encombrante. Il n'y avait pourtant pas grand-chose dedans. Le week-end parisien lui paraissait si loin, comme s'il y avait déjà plusieurs jours qu'elle était revenue. Un coup d'œil rapide au réveil sur sa table de nuit lui indiqua minuit passé. Choc ! Elle était sortie du métro peu après 22 h 30 ! Le réveil allait être dur.

Étrangement, elle ne sentit aucune fatigue. Sans doute l'adrénaline qui continuait à agir. Son portable vibra. À cette heure, vraiment ? Mais elle reconnut vite la signature.

Bien sûr, c'était lui, qui d'autre ? L'écran indiquait qu'il avait envoyé sept messages en tout dans la soirée. De plus en plus inquiet à chaque fois… Elle les relut dans l'ordre, du premier, écrit peu après leur séparation sur le quai, jusqu'au plus récent, qui venait d'arriver. Et à mesure qu'il dévoilait son inquiétude, elle sentait son sang bouillir davantage. Il commençait par la remercier d'être venue à Paris et lui souhaitait une bonne nuit. Puis, n'ayant eu aucune réponse, il demandait s'il avait fait quelque chose pour la mettre en colère. Son silence l'angoissait, et il avait fini par lui demander au moins de répondre, même si c'était pour l'envoyer paître.

Elle fut tentée de le faire à l'instant, de lui crier après, par message interposé. Mais elle se dit que ça ne servirait à rien, alors elle répondit simplement d'un message laconique.

<< Tout va bien, juste fatiguée, à plus tard >>

Son sang bouillait, et s'il avait été dans la pièce en ce moment, elle l'aurait giflé. Moins d'une minute après, la vibration recommença.

<< Merci, je suis rassuré. Bonne nuit. Je t'aime xxx >>

Le pauvre portable innocent voltigea à travers la chambre, avant de terminer par une pirouette sur l'oreiller. Elle fulminait. Tout le sommeil qu'elle avait pu ressentir depuis son retour avait disparu. Son poing serré aurait frappé n'importe quoi. Tout, tout était constamment ramené à lui. Elle avait passé plus d'une heure à l'intérieur d'une ambulance à s'inquiéter pour son amie, mais non, tout ce qui importait, c'était de rassurer le petit bébé, de lui confirmer qu'il était bien, toujours placé au centre de l'Univers. Elle sentit en cet instant combien les doutes qu'elle abritait depuis des jours s'étaient volatilisés. Cet égocentrisme, ce besoin constant d'être aimé, ce manque crucial d'empathie, elle n'en pouvait vraiment plus.

Elle se calma avec un grand verre d'eau. Son appartement était vide, froid, sans âme. Un regard circulaire confirma combien son salon, dans cette semi-obscurité, revêtait un aspect clinique. Penser ce mot lui donna un frisson.

Son regard fut attiré par une petite lumière clignotante. Le répondeur automatique avait enregistré deux messages ! Et voilà, après Olivier, les parents, soupira-t-elle. Jamais tranquille, jamais seule. Sans surprise, un appel enregistré jeudi dernier pour prendre de ses nouvelles et un autre samedi pour s'inquiéter de son silence.

Elle entreprit de trouver quelque apaisement en vidant sa valise puis se mit à repasser ses vêtements pour la semaine. Elle ne dormirait pas beaucoup cette nuit.

Après une bonne heure, elle se força à enfin aller se coucher. Le réveil sonnerait dans moins de quatre heures, et elle savait déjà combien il lui serait difficile de se lever. Cependant, avant de trouver le sommeil, elle repensa à ce qui l'avait énervée ce soir. Elle en avait assez, d'être surveillée. Ses parents et son copain semblaient faits pour s'entendre. Il n'y avait que leur petit monde qui comptait, à leurs yeux. Leurs mots n'étaient qu'apparence, que mensonges. Ils s'inquiétaient, oui, bien sûr, elle le comprenait. Mais ce n'était pas vraiment pour elle, ils angoissaient essentielle- ment pour leur propre bien-être, leur statut.

Le calme lui revint peu à peu, et elle reconnut qu'elle n'avait pas été si honnête que ça avec ses parents. Elle ne leur avait pas parlé d'Olivier ni annoncé qu'elle serait à

Paris. Et s'il lui était arrivé quelque chose, là-bas ? Elle finit par accepter ses torts et, pleine de remords, elle se promit de les appeler dès demain. *Enfin, dès ce soir*, se dit-elle.

Elle essaya de toute son âme de poursuivre avec les pardons. Mais elle n'y parvint pas. Il avait franchi la ligne. C'est vrai, Olivier avait de nombreuses qualités, mais elle ne pouvait pas passer outre ses défauts. Au lieu de compter les moutons pour s'endormir, elle commença à rejeter ses gestes sympathiques un à un. En définitive, il était incroyablement dépendant et semblait incapable de penser aux autres. Pourrait-il se dévouer à aider les autres comme Matt le faisait avec sa mère ? Et si elle tombait malade, comment se comporterait-il ?

Un peu plus tard, ce fut le mouvement qui éveilla Emily. Ou était-ce le bruit ? Elle ne savait pas très bien. Encore à moitié endormie, elle peinait à ouvrir les yeux. Où était-elle ? Les rires semblaient venir de devant. Elle essaya de se redresser. Curieusement, elle ne sentait rien. Ce n'est pas juste qu'elle n'avait pas mal, elle n'éprouvait vraiment aucune sensation. Ses bras et ses jambes bougeaient. Elle avait même réussi à s'asseoir, enfin, du moins c'est ce qu'elle croyait. Mais elle n'éprouvait rien. L'absence de douleur était une bonne chose en soi ; mais pourquoi aussi n'avait-elle aucune sensation dans ses membres ? Elle voulut se frapper le visage pour sentir quelque chose, mais elle n'y parvint pas. Était-elle attachée ?

Les rires amplifièrent. Elle regarda devant elle, mais l'image était brouillée. Ni ses bras ni ses jambes ne répondaient, et pourtant quelque chose bougeait, elle était en mouvement. Comme dans un véhicule. Oui, c'était ça ! Elle venait de trouver. Elle se situait à l'arrière d'une voiture qui roulait. Pourquoi souriait-elle ? Si elle avait identifié sa position correctement, cela ne lui apporta pas plus d'indications sur ce qui se passait. Sa situation n'avait rien de positif. Elle n'avait aucune idée d'où elle était ni de ce qui se passait.

Elle n'eut plus aucun doute, elle était bien assise sur la banquette arrière d'une voiture, mais qui conduisait ? Elle essaya de se concentrer. Ses yeux peinaient à s'ouvrir. Petit à petit, il lui sembla que des formes se dégageaient. Ils étaient deux. Deux hommes. Comment le savait-elle ? Peu importe, elle le savait. La lumière se fit plus intense, presque trop, maintenant. Rapidement, elle fut éblouie, comme si un camion se trouvait juste en face d'eux. Allaient-ils le voir et stopper à temps ? Elle se recroquevilla, attendit le choc. Mais rien ne se produisit.

La lumière redevint normale. Les hommes la regardaient. Elle percevait leur présence, leur chaleur l'irradiait. Elle voulut les repousser, mais où étaient donc ses bras ? Elle ne les sentait plus. Elle ne pouvait pas bouger. Figée telle une statue. Pourtant, ce n'était pas des liens qui la restreignaient, elle avait dû être aspergée avec une sorte de colle. Rien en elle ne bougeait plus.

Les hommes se rapprochèrent d'elle. Ils rigolaient. Elle s'attendait d'une minute à l'autre à sentir leur haleine fétide. Elle renifla. Mais non, elle ne sentit rien non plus par-là. Son odorat et son toucher étaient également éteints. Où pouvait-elle donc se trouver ? Que lui voulaient ces deux hommes ? Et comment savait-elle qu'ils étaient deux ? Elle ne pouvait deviner leur visage. Ils étaient sans doute masqués. Non, pas de masques… Elle essaya de les voir, mais c'était comme si leur visage était fait de toile tendue. À l'instant même où elle se disait qu'ils n'avaient pas d'yeux, ils apparurent. Rouges, larges, brillants. Ça ne la surprit pas. Elle voulut leur crier de s'identifier, mais aucun son ne sortit. C'est faux, elle était bien en train de crier, sa bouche était grande ouverte, et pourtant elle n'entendait rien. Pas même leurs rires. Plus aucun son.

Et soudain, l'homme de gauche se pencha vers elle. Venue de nulle part, sa main apparue brusquement, tenant un couteau. La lame plongea dans le ventre d'Emily. Elle ne souffrit d'aucune douleur, il avait dû la manquer. Mais lorsque le métal réapparu, étincelant dans son champ de vision, il était rouge. Le sang gouttait par la pointe. Maintenant, l'homme riait plus fort. Elle entendit le rire, cette fois. Il résonnait si fort dans sa tête que ça lui faisait mal. L'homme de droite riait aussi, et elle vit ses dents jaunies. Toutes acérées, tels des pieux prêts à trancher dans sa chair. Elle ne criait plus. Peut-être était-elle trop paniquée. Le temps n'existait plus. Ses douleurs s'amplifièrent, devenant intolérables. L'homme de gauche se projeta de nouveau sur elle, son visage grossit. Il venait vers elle, de si loin qu'il lui fallut très longtemps. Seule sa tête avançait, mais elle voyait clairement ses dents, ses lèvres, son nez, ses yeux. Elle reconnut son rire. Olivier avançait vers elle et la fixait avec les yeux sadiques d'un fou. Son visage était si gros qu'elle ne voyait rien d'autre ; puis soudain, plus rien. Le noir. Le vide.

Un son aigu et répété la sortit de sa torpeur. Elle était assise au milieu de son lit. Elle respirait fort. Son cœur battait à deux cents. Elle avait froid. Passant une main dans ses cheveux, elle se rendit compte qu'elle était absolument trempée. Pas une simple sueur, elle semblait réellement avoir reçu un seau d'eau en pleine figure. Le réveil indiquait 6 h 35. C'était lui qui sonnait l'alarme.

Quel horrible rêve. Jamais elle n'en avait eu d'aussi intense, d'aussi réel. Qu'est-ce qu'il voulait dire ? Elle se souvenait très bien. De tout. Même les petits détails lui revenaient. Elle était assise à l'arrière d'une voiture. Prisonnière des intentions d'un homme. Olivier. Il la poignardait. Qu'est-ce que ça voulait dire ? Qui était l'autre avec lui ? Dans un soubresaut, elle se rappela que, vers la fin, tout à la fin, même, elle avait cru apercevoir une queue-de-cheval. L'autre était une femme.

16

Une douche rapide acheva de la réveiller. Cet horrible rêve avait également déposé une pellicule moite de sueur dont elle souhaitait se débarrasser au plus vite. Cette fois-ci, elle ne ressentit pas le besoin de rester longtemps dans la salle de bains. Bien au contraire, c'était comme si, après avoir percuté le fond du bassin, elle venait de se propulser, tête la première, hors de l'eau. Il était enfin temps d'en sortir. Bien que ce cauchemar fût vraiment douloureux, dur à effacer de sa mémoire, elle ressentait une énergie nouvelle monter en son sein.

De retour à son bureau, elle fut ravie de pouvoir se replonger dans les dossiers d'investissement pour libérer ses esprits en les emplissant de chiffres et données diverses. Quelques projets s'étaient accumulés depuis son départ, et elle s'y absorba toute la matinée. La nuit avait été très courte, et deux larges tasses de café l'aidèrent à se maintenir éveillée. Elle craignait de s'endormir, moins à cause d'éventuelles conséquences disciplinaires que du risque de replonger dans le cauchemar.

Elle aurait dû s'attendre à ce que Marc vienne la voir. Il était impatient d'entendre les détails de son week-end, surtout les plus croustillants. Bien sûr, il interpréta sa fatigue comme le résultat positif et attendu d'un long week-end en amoureux. Mais elle avait déjà rangé ces trois derniers jours dans un repli de sa mémoire. Il lui fallut quelque temps avant de comprendre ce que son collègue lui demandait.

— Oh, excuse-moi, j'étais complètement absorbée par le boulot. Oui, c'était génial, on a visité la ville, et puis il m'a emmenée dîner en croisière. C'était vraiment chouette.

Qu'il était donc difficile de maintenir un ton enjoué !

— Waouh, une croisière romantique en tête à tête, t'en as, de la chance !

Sa voix indiquait qu'il voulait vraiment tout savoir... Ça la mit encore plus mal à l'aise de penser à la même chose que lui.

— Oui, enfin, tu sais, il y avait sans doute plus de cent personnes à bord, alors pour le tête-à-tête...

— Et alors, c'est quand même génial, comme plan, ça. Et après ?

Elle se contenta de hocher la tête. Il ancra son regard en elle, et ce furent deux lasers qui la traversaient. Elle dut tourner la tête rapidement avant qu'ils ne la brûlent.

— Emily, qu'est-ce qu'il y a ?

— Qu'est-ce que tu veux dire ?

Elle ne put toujours pas le regarder.

— Il y a un truc qui coince. C'est pas très clair, mais tu n'as pas l'attitude de quelqu'un qui revient d'un premier voyage avec son grand amour.

Silence.

Que lui dire ? Combien de temps pourrait-elle continuer cette mascarade ? Et puis, à quoi bon ? C'était un ami, il l'avait toujours aidée dans son travail et parfois en dehors. En outre, il savait prodiguer de bons conseils, et en ce moment, elle avait vraiment besoin d'avis pondérés pour balancer ses propres idées.

Elle finit par parler, juste avant que les larmes ne démarrent.

— Je ne sais plus si je veux être avec lui.

Il se contenta d'un petit mouvement de tête indiquant tout à la fois qu'il comprenait et qu'il la laissait parler.

— Il est toujours adorable et charmant. Mais je ne sais plus si c'est pour de vrai. Est-ce qu'il est vraiment romantique ou est-ce qu'il est égoïste ? Et tous ces gestes sympas, c'est juste pour s'abreuver de compliments et de remerciements ? Je n'arrive plus à y croire. Je m'en veux de penser ça… mais il me fait même peur, maintenant…

Marc s'assit sur un coin du bureau et se figea en parfait modèle pour Rodin. Il laissa quelques larmes s'écouler sur la joue d'Emily, lui donna un peu de temps pour elle. Puis, d'une voix douce et cependant grave, il lui prodigua ce précepte :

— Suis ton cœur, suis tes instincts.

Et comme pour l'aider à recomposer ses pensées, il lui raconta sa propre histoire.

— Avant David, j'ai été fou amoureux d'un mec superbe. Il était beau et il m'avait dit oui. Ce fut mon premier. Tout a bien été pendant un temps, et puis c'est devenu banal, monotone. Je ne connaissais rien d'autre, alors je me disais que c'était normal. Il m'a fallu quelque temps, mais j'ai fini par me rendre compte qu'on n'avait rien en commun. En fait, c'est quand David est entré dans ma vie.

Il m'a fait comprendre que j'étais tombé dans le piège de la beauté. J'ai quitté l'autre et je me suis mis avec David. Maintenant, ça fait plus de cinq ans qu'on est ensemble, et je n'ai jamais regretté.

— D'accord, mais qu'est-ce que tu me conseilles ?

— D'être forte. Sois courageuse et fais le bon choix.

— Mais c'est quoi, le bon choix ?

— C'est à toi de décider. Mais fait attention, le courage, ça ne consiste pas toujours à se forcer. Ça peut aussi être de laisser tomber ce qui ne peut pas être réparé.

L'allusion était claire, servant de morale à l'histoire qu'il venait de raconter. Pourtant, cette discussion la laissa encore plus troublée qu'avant. Marc avait été assez limpide. Elle craignait que les problèmes viennent d'elle. Peut-être qu'elle n'était pas capable de vivre en couple, après tout ?

De nouveaux scrupules l'envahirent et refoulèrent sa certitude. Il lui fallait absolument en finir avec tous ses doutes, une fois pour toutes. Ils jouaient au yo-yo avec ses sentiments, et elle ne le supportait plus. Sarah saurait sûrement l'aider à en sortir. Elle s'en voulait de ne pas avoir été plus proche, depuis quelques temps. Elle démarra un chat, espérant que son amie serait, comme bien souvent, prompte à répondre.

<< Tu es chez toi ce soir, je peux passer ? >>

Le retour fut rapide et la fit sourire pour la première fois de la journée. Ce sont souvent les petites choses qui, en s'accumulant, rendent les gens heureux.

<< Hey je pensais à toi ! Alors, ton voyage en amoureux… raconte ! >>

<< C'est pour ça que je veux te voir. J'ai besoin de

268

parler. >>

<< Oh mon Dieu, ça va, t'es O.K. ? >>

<< Ça va, j'ai juste besoin de conseils. O.K. ? >>

<< Qu'est-ce qui se passe ? Tu veux que je t'appelle ? >>

<< Non, t'inquiète. Ce soir O.K. ? >>

<< Bien sûr, passe quand tu veux après 6 heures. XXX >>

<< Merci XXX >>

Lorsqu'elle arriva juste un peu avant 18 heures, Sarah l'attendait déjà. Son regard était empli d'anxiété. Elle agrippa Emily par le bras, la fit entrer rapidement et repoussa la porte derrière elle. Elle n'avait pas de temps à perdre en mondanités. Elle ne lui offrit ni les blagues habituelles ni un verre. Tout de suite, elle voulut savoir ce qui se passait.

— Tu m'as inquiétée, tout à l'heure, est-ce que ça va ?

— Je vais bien, ne t'en fait pas.

— Tu n'as pas le visage d'une jeune femme qui vient de passer trois jours avec son copain dans la ville la plus romantique du monde. Dis-moi tout.

Elle ne put retenir son semblant de contrôle plus longtemps. Venir ici était la dernière étape avant la rupture du barrage, le maximum de retenue qu'elle pouvait tolérer venait d'être atteint, et elle lâcha tout. Elle s'écroula en pleurs sur le canapé qui l'avait vue si souvent s'amuser et s'enivrer. Ce soir, il n'y aurait pas de bonne humeur.

Sarah s'approcha, profondément émue, et la prit dans ses bras. Elle la berça quelques instants.

— Allez, dis-moi tout, qu'est-ce qui s'est passé ? Est-ce qu'il t'a fait du mal ?

— Non, il a été parfait.

— Alors quoi, c'est le monstre ?

— Même pas.

Elle renifla violemment, et ses larmes se tarirent quelque peu.

Sarah s'écarta pour la laisser respirer et pour mieux la regarder. Elle ne cachait pas sa perplexité.

— Tu crois que je suis une salope ? Demanda Emily brusquement.

— Ça va pas, non ? T'as pêché ça où ? C'est lui qui te l'a dit ?

— Non, non, il a été sympa tout du long. Il m'a offert une robe, m'a invitée à dîner en croisière… C'est moi… Je l'ai repoussé tout le temps. Je n'arrivais pas à…

Les mots retenus portaient plus de sens que ceux exprimés.

— Ça ne peut pas être que toi. Quoi qu'il se soit passé, c'est forcément partagé. Raconte-moi, donne-moi des exemples, que je comprenne mieux.

Emily s'exécuta. Elle raconta tout depuis le début. Les attentions multipliées d'Olivier. Les longues marches, les visites, son angoisse à la tour Eiffel, la mouche, les difficultés croissantes au lit depuis déjà quelque temps, ses sentiments avant même de partir, son corps qui réagissait si mal aux attouchements, tout. Elle ne cacha rien à sa presque sœur. Elle n'espérait même pas être comprise. À vrai dire, tout ce qu'elle voulait était sortir de cette boucle incessante de doutes. Elle voulait la solution, rien de moins. Aucun prix n'était trop élevé pour en sortir. La colère monta dans sa voix, et les picotements du ventre la reprirent.

Sarah l'écouta avec sollicitude et gravité. Elle avait bien perçu combien Emily était fragilisée et voulait l'aider par des conseils justifiés, valables et bien-fondés. La narration de son amie avait calmé ses propres nerfs. Olivier n'avait a priori rien fait de mal, et cela la rassurait plutôt. Elle l'avait bien jugé. Mais cela rendait aussi le problème plus mordant. Finalement, ça aurait été plus facile s'il avait mal agi, plus noir et blanc. Il était facile de voir pourquoi Emily s'en prenait à elle-même, les fautes existaient, mais elle étaient subtiles, difficiles à identifier derrière les sentiments. Elle décida d'attaquer fort et à revers.

— Est-ce que tu l'aimes ?

— Franchement, je ne sais plus…

— Tu es consciente que ça veut dire non, ce genre de réponse ?

— Peut-Être. J'essaye de me dire que c'est un type bien. Il a même accepté mon monstre… Mais il a aussi le sien. Et c'est bien pire.

— Il t'en a parlé ?

— Non, mais tu sais bien que c'est vrai. Sauf que lui, ça le rend tout mou, prêt à accepter n'importe quoi. Il ne râle jamais, il ne s'oppose à rien, ou alors pas longtemps, il ne gueule même pas quand je le pousse à bout.

— C'est un problème, ça ?

— Au moins, moi je gueule un bon coup, tout le monde est au courant et puis voila. Lui, c'est pernicieux. Il fait des cadeaux, alors tout le monde dit qu'il est gentil, mais en fait, il manipule pour obtenir ce qu'il veut.

Cette fois, elle lâcha complètement la colère accumulée. Comme un abcès qu'il était temps de crever.

— Et puis il est collant. Il me fait chier. Il ne peut pas vivre cinq minutes sans moi. J'ai un mal de chien à passer une soirée toute seule chez moi, maintenant. Merde, il faut presque que je demande la permission pour aller pisser ! Et il est jaloux en plus, possessif, je ne peux pas parler à un mec sans qu'il vienne vite me prendre par le bras. C'est comme si j'avais un garde du corps sur le dos en permanence qui surveille ce que je fais. Tu pourrais accepter, toi ?

— Ça ne collerait jamais avec moi.

— Avec moi non plus. Parfois, c'est comme si j'étais sa maman, et d'autre fois juste une poupée. Et je te parle pas du reste… On peut pas dire que ce soit un vrai mec, je t'assure !

Mais ce sujet restait encore délicat, et elle marqua une petite pause. Sarah l'écoutait. Elle savait que le moment d'interrompre le flot n'était pas encore venu.

— Je n'arrive même plus à croire qu'il soit romantique. Est-ce que ses gestes sont vraiment gratuits ? Ou juste pour recevoir quelque chose en retour ? En fait, il ne donne rien gratuitement, la vérité c'est qu'il achète des bons sentiments. Tu vois, l'autre soir, Matt est allé chercher ma valise, que j'avais laissée tomber sur le trottoir, juste pour m'aider. Ça, c'est romantique.

— Holà, pause ! Attends un peu, là, c'est qui, ce Matt ?

— Le voisin.

— Hein ? Le gros connard qui te pourrit la vie depuis que t'as emménagé ? Tu déconnes, là ?

— Il n'est pas aussi mal que je croyais, il protégeait sa mère, c'est tout.

Elle se rendit compte qu'elles n'avaient pas vraiment

parlé depuis quelque temps, et Sarah avait des raisons d'être paumée. Et puis d'où était venu qu'elle repense à Matt, juste en ce moment ? Elle entreprit de raconter le repas chez les voisins et puis l'incident de la veille au soir, sa frousse quand elle avait vu l'ambulance, et enfin les appels égoïstes d'Olivier qui ne pouvait même pas imaginer que d'autres personnes puissent avoir des soucis.

Sarah la prit dans ses bras, alors que de nouvelles larmes commencèrent à se former.

— C'est un narcissique typique. Tu crois qu'il peut changer ?

— Non, je ne pense pas.

— Alors, à ton avis, c'est quoi la solution ?

— Rompre ?

Sa voix tremblait.

— Qu'est-ce que ça te fait ?

— Je ne sais pas si je peux. Et puis, me retrouver seule à nouveau… C'est comme si tout ça ne valait pas le coup, une grosse erreur, et c'est tout.

— Mais non. Et puis tu ne seras pas seule longtemps.

— Je ne me vois pas recommencer avec des annonces, la plupart des messages étaient horribles. Le meilleur de tous venait d'Olivier, et regarde sur quoi je suis tombée.

— Je crois que la solution est beaucoup plus proche.

— Qu'est-ce que tu veux dire ?

— On dirait bien qu'il te suffit de traverser le palier.

Emily en resta pensive. Sarah la laissa réfléchir quelques secondes puis décida de ne pas poursuivre sur ce terrain, pas maintenant. Il semblait que son amie n'était pas prête, et puis il y avait un problème à résoudre avant tout.

— Tu devrais parler à Olivier au plus vite. Finis-en rapidement, mais fait le bien, ne laisse aucun doute ou sinon tu vas continuer de te le coltiner toute la vie. Il doit comprendre que c'est vraiment terminé.

— Je sais.

— Il me semble que tu as fait ton choix, tu as simplement un peu peur de l'appliquer. Regarde-moi, Emily.

Les yeux encore rouges d'avoir été tant frottés se plantèrent dans les siens.

— Si c'est fini dans ton cœur, si tes instincts te disent de partir, si même ton corps n'en peut plus, alors tu dois lui parler et tout arrêter. Le plus longtemps tu traînes, le plus tu te fais du mal. S'il est collant comme ça, il va jamais te lâcher.

Emily acquiesça et resta pensive. Elle repartit peu après avec ce qu'elle était venue chercher : de la détermination.

Elle remercia Sarah de l'avoir écoutée sans la juger ni la houspiller.

— Pourquoi j'aurais fait ça ? Je serai toujours là pour toi, tu sais bien.

Sur une dernière embrassade prolongée, elles se séparèrent.

En une heure, les messages s'étaient de nouveau accumulés sur son portable. Olivier, comme à son habitude, générait sa propre inquiétude. Elle ne voulut pas s'engager dans un long chat puéril autant que stérile et, fortifiée par sa discussion avec Sarah, elle décida de l'appeler. En peu de mots, elle lui asséna qu'ils devaient se retrouver le lendemain après le boulot. Elle n'avait pas le temps de parler maintenant, mais il fallait absolument qu'ils discutent rapidement. Bien sûr, il s'apprêtait à lui poser deux mille questions, mais elle fut catégorique et lui souhaita une bonne nuit. Les bruits ambiants de la rue l'aidèrent à le convaincre qu'elle n'avait pas le temps de lui parler ce soir. Suite à cet appel, elle alla s'enfermer dans le métro. Là, hors de tout signal téléphonique, hors de toute tentative de manipulation, elle profita enfin de quelques minutes de paix.

Une fois chez elle, et avant de faire quoi que ce soit d'autre, elle s'assit sur le sofa pour accomplir ce qu'elle venait de se promettre durant son trajet de retour. Il y avait longtemps qu'elle aurait dû le faire, mais elle s'était laissé dominer par son couple. Désormais, sa vie allait lui appartenir. À elle et personne d'autre. Après avoir retiré le téléphone de sa base, elle le regarda pendant quelques secondes sans bouger. Puis elle absorba une grande bouffée d'air et composa le seul numéro qu'elle y avait jamais enregistré.

— Bonsoir, maman.

— Oh, c'est toi ?

La voix sonnait plus soulagée que fâchée, c'était un bon signe.

— Je sais, ça fait longtemps que je ne vous ai pas appelés… Je m'excuse, j'ai vraiment été débordée.

— Comment est ton nouvel appartement ?

— Très bien.

Elle sentit l'ironie et préféra changer de terrain.

— Ça vous dirait que je passe ce week-end ?

— Oui, si tu veux bien, ce serait gentil.

— Peut-être aussi, enfin, si ça ne vous dérange pas, je pourrais venir samedi et rester dormir ?

— Oh, ma chérie, mais bien sûr, que tu peux.

Et voilà, tout sarcasme éventuel était dissous avant même de se former. Le reste de la conversation fut empreint de banalités, comme si elles s'étaient parlé il y avait à peine deux jours. Elle avait ranimé les instincts maternels de sa mère et elle ne s'en sentait que mieux. Il ne lui restait que la soirée de demain à passer. Si elle avait pu faire sans… mais Sarah avait raison, elle devait fermer la parenthèse proprement. Et au fond, elle n'en voulait pas tant que ça à Olivier. Au début, il avait éveillé en elle des désirs mais aussi des dispositions qu'elle croyait défunts. Il s'était présenté au bon moment dans sa vie, et elle lui en était reconnaissante. Mais il fallait que cette page se tourne. Et aussi douloureux que cela serait, il n'y avait qu'une méthode acceptable. Elle essaierait de le lui faire comprendre gentiment, doucement. Mais aussi fermement, vigoureusement si cela se révélait nécessaire. De toute façon, et quoi qu'il lui dise, demain soir elle serait célibataire.

Plusieurs fois durant la journée, elle avait souhaité rentrer chez elle. Tout serait plus simple, elle annulerait le rendez-vous avec Olivier et puis elle prendrait l'après-midi en congé maladie. Elle ne se sentait pas très bien, de toute façon, et il ne lui faudrait pas grand-chose pour être convaincante qu'elle était vraiment malade. À l'abri chez elle, il lui suffirait d'envoyer un SMS pour annoncer que c'était fini entre eux. Ça se faisait souvent, de nos jours, où était le problème ?

Elle se reprit cependant et accepta ses responsabilités. Après tant d'hésitations, elle était enfin déterminée à le quitter. L'agonie de ces derniers jours, ses doutes depuis le départ pour Paris, tout cela devait cesser. Il devait lui aussi être en pleine phase d'inquiétude. Ils ne s'étaient pas revus depuis leur retour, depuis ce dernier mot sur le quai, lorsqu'elle l'avait quitté sans vraiment lui donner beaucoup d'explications. Oui, il fallait en finir avec tout ça, une bonne fois pour toutes.

Une dizaine de brouillons emplissaient la corbeille du bureau. Elle avait essayé d'écrire ce qu'elle pourrait lui dire mais n'avait pas trouvé de formule qui rendrait la rupture plus facile. Le remord la gagna, à mesure que les heures s'égrenaient. Il avait tant fait pour elle, méritait-il un tel traitement ? Mais elle pensa qu'il serait également mieux sans elle. Cette jolie aventure leur avait ouvert des horizons à tous les deux. Il ne le savait pas encore, mais il pourrait également aller de l'avant, dorénavant. Ils s'occuperaient chacun de leurs problèmes séparément ; ça valait mieux. Tout ce qu'elle pouvait se dire pour se convaincre et augmenter sa confiance en elle était bon. Marc avait répété son histoire de la veille pour l'aider à voir le positif de la rupture, à envisager tout ce qui pouvait se passer après.

Le rendez-vous était dans vingt minutes. Elle sortit du bureau et se dirigea à pas très lents vers leur pub habituel. Tant de fois, ils y avaient partagé une bouteille. Ce soir serait sans aucun doute la dernière fois qu'elle s'y rendrait. Après ce qui allait s'y passer, elle ne voudrait plus y mettre les pieds. Tant pis pour Sarah, qui y avait également ses habitudes.

Elle arriva à l'heure et constata qu'Il était déjà là. Peut-être était-ce mieux ainsi. *Faire vite et partir d'ici*, se dit-elle.

Il lui fit signe.

— J'ai commandé une bouteille, comme d'habitude.

Serviable et souriant, toujours. La lame du cauchemar lui apparut, plongeant dans son ventre. Ne se doutait-il vraiment de rien ?

— C'est gentil, mais je ne vais pas rester très longtemps.

Son regard indiqua combien il était tendu. Il s'attendait à une mauvaise nouvelle, alors il projetait un front solide et joyeux pour se protéger. Il était temps d'y aller, elle ne pouvait plus reculer.

— Olivier, il faut qu'on parle.

— Je suis là. Qu'est-ce qui se passe ? Dis-moi ce que j'ai fait, et je vais le corriger.

Elle sentit une boule de colère se former, mais elle la ravala et pris sur elle.

— Non, ce n'est pas ça.

— Alors quoi ?

— C'est que…

Elle goba un peu d'air pour absorber du courage dans l'air ambiant.

— Entre nous, on a des problèmes.

— Tu veux dire… au lit ? Je sais, je ne suis pas…

— Chut, laisse-moi parler.

La moue du petit teckel battu réapparut. Elle ne se dégonfla pas et le regarda bien en face.

— On a des problèmes tous les deux. Ce n'est pas seulement toi, et ce n'est pas seulement au lit. Écoute, je suis vraiment désolée de t'avoir gueulé après dans le pub, l'autre jour. Tu as vu mon monstre, ce n'est pas beau. Mais c'est une part de moi, et il ne vient pas sans raison.

— Ça ne me dérange pas.

— Mais c'est bien ça qui ne va pas. Tu acceptes tout de moi. Tu es serviable, gentil, très attentionné. Mais tout ça, ce n'est pas vrai.

— Si, c'est vrai, c'est parce que je t'aime, Emily.

Ses yeux, qui jusqu'à présent s'étaient comportés en adultes, lâchèrent tout et il se mit à pleurer dans ses mains comme un petit garçon, avec un petit hoquet pour ponctuer ses reniflements.

— Olivier, je suis sincèrement désolée. Je sais que je te fais de la peine, mais je ne crois pas que tu m'aimes vraiment.

— Comment peux-tu dire ça ? dit-il en reniflant tant bien que mal.

Elle combattit ses propres larmes avec une force qu'elle ignorait posséder. Sa résolution était totale, elle devait désormais aller au bout.

— Tu aimes aimer, Olivier. C'est ça qui est vrai. Tu as ton propre monstre. Le mien, il se manifeste par des colères abruptes et violentes, c'est visible, c'est clair. Le tien, il est caché, il ne fait pas de vagues, et c'est presque pire. Ton monstre à toi, c'est ça, ce besoin constant d'aimer, ta peur d'être seul, d'être rejeté. Quand je passe juste une nuit chez moi, tu paniques, tu te sens abandonné. Est-ce vraiment moi que tu aimes, Olivier, ou l'image que je représente ?

— Je peux changer…

— Non !

279

Il la regarda à travers un voile de brouillard épais. Il était choqué mais pas irrité. Il ne lui en voulait pas, elle pouvait le lire sur son visage.

— Je veux dire pas avec moi. On doit tous les deux combattre nos monstres. C'est dur, ça demande beaucoup d'énergie. Et moi, tu vois, j'ai juste assez d'énergie pour une personne seulement. Parce que, sans pouvoir l'exprimer, ce que tu me demandes, c'est de régenter ton monstre aussi, et c'est trop pour moi. Tu as besoin d'une femme qui vienne sans bagages, qui puisse s'occuper de toi comme tu as besoin. Moi je ne peux pas.

— Peut-être, murmura-t-il avant de se moucher bruyamment.

— C'est mieux comme ça, Olivier. Je te remercie d'être venu dans ma vie. J'avais besoin de quelqu'un comme toi pour me montrer le chemin. Merci. J'espère que tu comprends que c'est mieux comme ça pour nous. On ne se serait pas supportés très longtemps.

Elle plaça une main sur son bras.

— Je crois que tu vas rencontrer quelqu'un de bien, et alors tu seras vraiment heureux.

— Je croyais l'avoir déjà rencontrée.

— Ne soit pas cynique, ça ne te va pas.

Il la regarda droit dans les yeux, presque défiant, puis il força un petit sourire. Et en pointant du menton vers la bouteille de vin à peine entamée, lui dit :

— On ne va pas la finir, hein ?

— Non, je ne crois pas. Peut-être qu'on peut la donner à la table à côté.

Elle se leva et il en fit autant.

— Est-ce qu'on reste amis ?

— On est amis, mais je ne crois pas que ce soit une bonne idée de se revoir.

— Peut-être un jour futur.

— Peut-être. Au revoir, Olivier. Merci pour ta gentillesse. Ne m'en veux pas trop, tu vas vite t'apercevoir que c'est mieux ainsi.

Elle commença à s'éloigner, mais il l'interpella.

— Emily ! On peut s'embrasser, une dernière fois ?

— Il ne vaut mieux pas.

Mais elle fit deux pas et lui donna une accolade avant de repartir, cette fois sans se retourner.

Il resta debout quelques instants, la regarda passer la porte, puis quand elle fut hors de vue, il se laissa tomber sur la chaise et s'abîma dans ses pensées, tout en se perdant dans la contemplation du sol à ses pieds.

Tout cela n'avait pas été aussi difficile qu'elle l'avait anticipé. Bien sûr, qu'il était triste. Elle le comprenait. Mais elle restait convaincue d'avoir agi pour le mieux. Il allait s'en remettre. Sans doute plus vite qu'il ne le pensait en ce moment. Il réfléchirait à tout, à leur relation, au monstre, à ses propres handicaps. Il finirait par s'apercevoir que leurs meilleurs moments appartenaient au passé. Ils n'avaient pas de futur ensemble. Et alors il serait à nouveau libre.

Tout en marchant seule dans la rue, Emily se rejouait la scène dans sa tête. Elle ne regrettait rien. Elle ne lui en voulait plus. Il avait été un important catalyseur dans sa régénération. Sans lui, elle n'aurait peut-être pas su se renouveler. Mais il était temps d'avancer. Elle ne voulait pas de souvenirs. Elle n'avait aucune photo de lui, à part sur son téléphone. Alors elle agrippa son portable, fouilla dans les paramètres et, sans le moindre état d'âme, changea le fond d'écran puis plaça la photo dans la corbeille. Elle vida la corbeille pour être sûre. Puis elle effaça le numéro des contacts et aussi la longue liste de messages. Voilà, il était parti.

Le téléphone repris place dans son sac, juste comme elle s'engouffrait dans la station de métro. Le train était moins bondé que d'habitude, et elle avait même réussi à se trouver une place assise. Tout allait bien, ce soir. Tous ces gens qui rentraient du boulot lui rappelaient que rien n'avait changé. Elle avait évolué, petite chenille devenant papillon, mais le monde autour d'elle restait le même. Et pourtant, en cet instant, elle s'y trouvait mieux à sa place qu'auparavant. Elle leva les yeux et accrocha le regard d'un jeune homme assis en face d'elle. Il lui sourit et hocha la tête, comme pour la saluer. Elle fit de même. Leurs regards se tournèrent de différents côtés. Il descendit à la station suivante. À peine sorti du wagon, il se retourna et lui décocha un sourire, qu'elle reçut avec une petite satisfaction non cachée.

Oui, la vie valait le coup d'être vécue. Et elle allait s'en tirer très bien. Elle venait de se réveiller d'un long sommeil.

17

Si quelqu'un lui avait dit qu'elle semblait heureuse, elle l'aurait sans aucun doute renié. Ce qu'elle ressentait n'était pas de la joie. Elle en aurait eu honte, après avoir rompu avec l'un des hommes les plus serviables de la planète. Non, en réalité, elle était soulagée. Elle avait réussi à ne pas trop le blesser, du moins le croyait-elle. Il avait été triste, bien sûr, c'était normal. Elle aussi, après tout. Mais elle était certaine que, très vite, il allait comprendre, et que dorénavant son avenir, comme le sien, serait plus étincelant.

Ce qui lui conférait cette paix intérieure, c'est qu'elle avait trouvé sa propre réponse. Après des semaines d'incertitude, d'oscillation entre différentes possibilités, elle avait fait un choix, elle s'y était tenue avec une force et une détermination nouvelles et elle était allée au bout de sa résolution. Elle était fière d'elle-même. Peut-être avait-elle franchi l'un des obstacles les plus importants de ces dernières années, et même de sa vie entière. Elle en arriva finalement à croire que son monstre, si souvent destructeur, avait fini par se révéler créateur. Et il n'allait pas revenir de sitôt.

C'était une jeune femme sereine, libre et indépendante

qui rentra chez elle, ce soir-là. Quelque chose se trouvait sur son paillasson. Il sembla qu'elle avait de nouveau reçu une livraison. En gravissant les dernières marches de l'escalier, elle vit que c'était une bouteille de vin. Un blanc sec, comme elle aimait. Le petit mot attaché la remerciait tendrement de sa sollicitude de dimanche soir. Il lui disait qu'elle avait été un baume apaisant pour Martha, pendant cette horrible soirée, et qu'elle devait être remerciée de tout cœur pour être aussi dévouée à des gens qui n'étaient après tout que ses voisins. La carte était signée Martha, mais elle sut dès les premiers mots qui l'avait réellement écrite. Elle écrasa une larme au coin de sa paupière. C'était bien assez d'émotions pour une nuit.

Elle fut tentée d'aller frapper pour proposer de partager la bouteille, mais il était peut-être trop tard, et elle ne voulait pas importuner sa voisine. Le médecin avait bien dit de la ménager et de la laisser se reposer. Tenant en main à la fois la bouteille et la carte en plus de son sac, elle eut du mal à ouvrir sa porte, ce qui la fit sourire, puis enfin elle entra chez elle. Quelle paix. Elle repensa qu'Olivier n'avait jamais eu droit à la visite. Pourquoi ? Elle se dit, bien sûr, que c'était à cause de Matt. *Vraiment ?* lui demanda la petite voix de sa conscience. Elle s'en voulut de penser qu'au moins ainsi il n'y avait pas de risques de voir un jour débarquer Olivier avec un bouquet de fleurs à la main, mais elle savait qu'il en aurait été capable.

Elle admira la bouteille. Ce n'était pas de la piquette. Sans doute pas donné non plus, comme les billets de concert. Oh, mais qu'est-ce que Matt était en train de lui dire ? La petite voix intérieure s'agita, décidément elle avait beaucoup à raconter, ce soir.

Au début, d'accord, elle avait préféré vivre chez Olivier pour se protéger du dragon d'en face. Mais quand elle avait découvert que le dragon avait une mère adorable, plus encore, quand il s'était lui-même révélé être un jeune homme charmant, avec les mêmes goûts qu'elle, si semblable en de nombreux points… Pourquoi avait-elle continué de tenir Olivier à l'écart ?

Très bien, et alors ? Emily se concentra sur son cœur, elle savait bien ce que la voix lui murmurait, et depuis quelque temps déjà. Mais elle ne se sentait pas prête. Pas encore. Elle ne voulait pas en blesser un autre. Surtout, elle venait d'effectuer un grand pas dans sa vie et elle ne voulait pas se faire de mal à elle-même.

Le lendemain matin, elle fut ravie de reprendre sa routine du petit déjeuner chez elle. Elle s'était même levée un peu plus tôt que la normale pour en profiter pleinement. Soulagée d'avoir su gérer une décision difficile, elle se fit la promesse de désormais prendre sa vie en main. Il y avait tant d'influences dans son entourage, et pas toutes positives. Elle ne voulait plus les suivre aveuglément. Les récentes expériences avaient renforcé cette hypothèse que la vie valait le coup, mais cette réalisation était encore fragile.

L'heure de partir travailler arriva bien vite, et elle n'en fut pas déçue. Le boulot avait aussi généré sa dose de stress, récemment, mais là encore elle avait décidé de ne pas se laisser déborder. Quoi qu'il puisse bien se passer, elle trouverait une solution. Par elle-même. Il le fallait.

Comme elle atteignit le deuxième étage de l'immeuble,

une porte se fit entendre au-dessus d'elle. Il n'y avait qu'une possibilité, c'était chez eux. Elle attendit quelques secondes dans l'escalier, pensant peut-être apercevoir Martha. Elle ne sut contenir un grand sourire, lorsqu'elle reconnut Matt.

— Oh ! fit-il, surpris. Bonjour, Emily, ça va ?

— Bonjour, Matt, j'ai entendu la porte, j'espérais te voir.

— Vraiment ? Il entra à son tour dans le concours du plus grand sourire.

— Je voulais te remercier pour la bouteille et la carte, c'est vraiment très gentil.

— Oh, tu les as trouvées ? Non, c'est moi qui te remercie, c'était vraiment très sympa de ta part de rester avec ma mère, dimanche. Ça n'a pas vraiment été la soirée tranquille qu'on avait envisagée !

— Comment va-t-elle, au fait ?

— Bien mieux. J'essaye de la garder au calme autant que possible. Elle voit le docteur lundi prochain, on attend ce qu'il va dire.

— Je suis contente qu'elle aille mieux. J'ai failli venir demander des nouvelles en rentrant, hier soir, mais je me suis dit que c'était sans doute trop tard. Sinon, je serais passée.

— C'est très délicat d'avoir pensé à ne pas la déranger. J'apprécie ta sollicitude.

Avait-il rougi en disant cela ? Non, ce qu'elle avait vu n'était sans doute qu'un effet de l'éclairage particulier de la cage d'escalier.

— C'est normal. Oh, et puis je voulais te dire merci aussi pour les billets de concert… je sais que c'est toi.

— Ah, oui, humm, il faut que je t'avoue quelque chose,

là-dessus.

Elle voulut tout savoir mais s'inquiéta de l'heure. Autant elle aurait aisément pu passer cette journée à discuter avec Matt, autant il valait mieux pour elle faire acte de présence au bureau.

— Ça te dérange de marcher un peu avec moi, je ne peux pas me permettre d'être en retard, surtout pas en ce moment !

— Bien sûr, passe devant. Tu as des problèmes, au boulot ?

— Je ne sais pas vraiment… La boîte va externaliser, et il y a des chances que mon équipe soit démantelée.

— Je suis désolé. Ça veut dire quoi pour toi, qu'est-ce qui peut se passer ?

— Je vais perdre mon job.

— Merde ! Excuse moi…

— Pas de soucis, c'est exactement ce que j'en pense aussi.

Ils rigolèrent ensemble. Il marchait en regardant droit devant lui, même lorsqu'il lui parlait, il n'arrivait pas à poser ses yeux sur elle.

— C'est vraiment dur de perdre son job. Je veux dire, d'accord, il y a le manque d'argent qui peut créer des problèmes, mais c'est aussi se sentir rejeté, presque sale. Même si tu n'as rien fait de mal. C'est parfois dur de s'en remettre. J'espère sincèrement que ça ne va pas en arriver là pour toi.

Elle perdit le sens de la conversation et se mit à rêver, tout en s'approchant de la station de métro.

— Tu es songeuse, tout à coup…

— Humm ? Oh, pardon, je… je pensais.

— Je peux te demander à quoi ou c'est trop personnel ?

— Non, je pensais juste que… enfin, tu ne m'as pas servi le sermon habituel que tout va bien aller, que je vais trouver un autre job, tout ce charabia. T'as compris tout de suite que l'argent n'était pas le plus gros problème.

— Je n'aime pas la fausse sympathie, les gens qui disent ce qu'il faut dire, juste pour se sortir au plus vite de la discussion. J'aime mieux être honnête, même si des fois ça peut blesser.

Pourquoi est-ce que son cœur s'était emballé tout à coup ? Elle le regarda. Il semblait sincère. Si différent du premier soir, et pourtant c'était le même homme, aussi mal rasé, l'air aussi bougon.

— Alors, cet aveu, c'est quoi ?

— Comment ?

— Quand j'ai parlé des billets, tu m'as dit que tu avais un aveu à faire…

— Oh, oui, les billets. C'est que, tu vois, je bosse souvent pour des compagnies d'événementiels. Je leur fais des graphiques, des affiches, par exemple. Comme ils savent que j'aime la musique, ils me contactent souvent pour des concerts. Alors des fois, j'obtiens des tickets gratuits… donc, en fait, mon cadeau, ce n'est pas vraiment un cadeau, parce que je ne l'ai pas acheté.

— C'est quand même gentil de penser à moi. Je ne sais même pas ce que tu fais…

— Je suis graphiste, designer.

— Oh, c'est proprement artistique, ça.

— En partie. Souvent, les gens pensent que je ne travaille pas, parce que je n'ai pas de vrai bureau et que je dessine.

— Et moi qui t'avais pris pour un fils à maman.

— Ah, sympa, merci !

Il rigola, mais une ombre flottait derrière lui, malgré tout. Il ne semblait pas complètement heureux. Elle regrettait de ne pas pouvoir poursuivre. C'était finalement leur première vraie conversation, et malheureusement, ses obligations professionnelles l'appelaient.

— Écoute, c'est sympa de parler, mais je dois prendre le métro pour aller au centre. Tu vas dans quelle direction, peut-être qu'on peut voyager ensemble ?

— Oh, non, je dois retourner chez moi.

— Comment ? Pourquoi t'es venu là, alors ?

— Hey, tu m'as demandé de t'accompagner… et puis on parlait bien, je n'avais aucune raison d'arrêter. Allez, bonne journée, Emily.

Il s'en retourna sans un mot de plus.

Elle arriva au bureau, toujours troublée. Avait-il marché avec elle uniquement pour pouvoir lui parler ? Elle n'entendit même pas Marc qui demandait de lui passer une copie de son CV. Elle repensa à Matt toute la journée. L'impatience grandissait, elle avait hâte de reprendre cette discussion, peut-être dès le soir, en rentrant ?

En fin de journée, à la même station, les portes du métro s'ouvrirent et laissèrent une cohorte de gens plus pressés les uns que les autres s'échapper au plus vite. Emily était parmi cette foule et, pour une fois, fut tout aussi prompte à sortir. Durant le trajet, elle s'était mise à rêver. Et s'il était là, à l'attendre ? Elle repensait à Olivier et entendit sa conscience qui voulait lui faire honte. *Si vite ? Déjà ? Voilà donc pourquoi tu voulais te débarrasser de lui.* Mais elle n'avait rien demandé et elle repoussa toutes ces accusations. Matt était sympa, et elle avait appris à mieux le connaître récemment, voilà tout. Cela c'était déroulé en parallèle de son histoire avec Olivier. Elle ne voulait rien de spécial. Pourtant, la frousse lui nouait l'estomac. Elle se sentait bien avec Matt et elle avait envie de tout savoir de lui, mais elle ne pouvait pas se lancer dans une nouvelle relation, pas si vite. Et puis rien ne disait qu'il en aurait envie.

Il n'était pas à la sortie du métro. *Voilà*, se dit-elle, *je le savais, de toute façon*. Au tournant de la rue, en approchant de leur bâtiment, elle l'aperçut de loin, il était auprès de sa voiture. Elle s'approcha dans sa direction jusqu'à ce qu'il lève la tête et croise son regard. Alors il la salua d'un simple mouvement de tête puis ferma la portière et se mit à marcher dans un sens opposé. Elle freina, le voyant ainsi s'éloigner. Fuyait-il ? *Pas possible, voilà qu'il redevient comme au début*, se dit-elle. *Mais c'est pas vrai, tous les mecs que je rencontre sont cinglés ou quoi ?*

Elle décida d'aller prendre des nouvelles de Martha, puisque finalement il ne serait pas chez lui… Quel dommage de devoir reprendre ses vieilles habitudes et chercher à l'éviter. La voisine fut ravie de la revoir. Elle la remercia chaudement de l'avoir soutenue dans l'ambulance. Elle s'excusa même de lui avoir ruiné son retour de voyage, mais Emily lui assura que rien n'avait été ruiné, enfin pas à cause d'elle, en tout cas.

Elle s'était dit, en franchissant les dernières marches, que si le fils était un ours, elle ne devait pas en punir la mère, son amie. Elle fut invitée à boire un petit porto. Il lui sembla qu'elle avait démarré quelque nouvelle tradition en acceptant le premier et comprit combien elle comptait pour Martha.

La vieille femme se remettait de son épreuve. Elle semblait très en forme, à vrai dire, et répétait souvent combien elle était honteuse d'avoir créé tant de soucis. Emily lui répéta de nombreuses fois qu'il n'en était rien. Lorsque Martha commença à complimenter son fils, la retenue finit par céder, et elle se mit à lui parler.

— Écoutez, Martha, je viens de le voir dehors, et... il est bizarre, avec moi.

Alors elle lui raconta le premier soir, les différentes confrontations et puis le changement. Elle finit par le plaisir de la discussion du matin, contrasté avec la froideur reçue juste à l'instant. Ça la réconforta de s'être vidée comme ça. Bien qu'elle imposât des questions à son amie, elle se sentait libérée d'un grand poids. Le temps était venu de lui en parler pour mieux comprendre.

Quand elle eut fini, elle s'attendit à des mots réconfortants, ou bien à être contredite parce que Matt était la gentillesse incarnée, même à être grondée pour s'être ainsi permise d'insulter le fils merveilleux. Tout, sauf ce qui se produisit.

Martha se rapprocha d'elle, prit sa main libre et l'enferma dans les siennes.

— Oh, Emily...

Sa voix devenue mielleuse était emplie d'une grande tendresse. Ses yeux se mouillèrent, et ses joues s'empourprèrent. Emily resta stoïque, elle voulait entendre la suite.

— Matt a beaucoup d'affection pour toi. Quand il parle

de toi, il est comme transformé. Mais il sait qu'il n'a pas le droit. Et puis il a promis de s'occuper de moi, et il ne veut pas me laisser seule.

— Mais il a l'air de me fuir, maintenant.

— C'est normal.

— Je ne comprends pas.

Martha sourit encore plus. Ce n'était plus seulement ses lèvres, mais également ses yeux, ses joues, la façon dont elle venait légèrement d'incliner la tête. C'est son visage tout entier qui souriait désormais à Emily.

— Il ne s'interposera jamais dans ton couple. Il trouve qu'il est allé trop loin déjà en t'offrant ces billets, il regrette.

Emily en resta bouche bée. Cette fois, enfin, elle comprenait. Tout. C'était vrai, pour se défendre, elle lui avait annoncé rapidement qu'elle avait un copain. Il n'avait sans doute pas cru à l'officier musclé… mais comment ne pas croire qu'elle était effectivement en couple, vu qu'elle n'habitait jamais chez elle ?

— Martha, je…

Elle ne sut qu'ajouter.

Sans rien perdre de son sourire, la vieille dame poursuivit.

— Essaie de ne pas lui en vouloir. Quand il t'a entendue parler de tes plans de voyage à Paris, combien tout était si beau avec ton copain, il a compris qu'il n'avait aucune chance. Alors il s'est enfermé dans sa chambre. Il me disait qu'il avait reçu une grosse commande, mais je ne l'ai pas cru.

Quelle ironie. Elle avait insisté sur la solidité de son couple, à la fois pour se convaincre elle-même et pour repousser le gorille, sans s'apercevoir que le gorille n'était autre qu'un animal blessé.

— J'ai rompu, Martha !

Elle avait presque crié ces mots, comme une boule de feu qu'elle devait recracher.

— Comment ?

— C'est fini, avec mon copain. Terminé. Je suis célibataire, maintenant.

— Mais pourquoi est-ce que ?...

Elle préféra répondre avant que la question ne fût posée entièrement.

— Ce n'est pas pour ça. Mais on n'était pas très compatibles, en fin de compte. Le voyage à Paris me l'a démontré. Je me suis rendu compte qu'on avait très peu de choses en commun, ou plutôt que ce qui nous rapprochait était en réalité toxique pour nous deux.

— Je suis désolée que ça n'ait pas réussi entre vous.

Emily la remercia, mais elle avait bien perçu cette petite intonation de joie dans la voix. Les yeux de Martha clignotaient d'espoir.

— Martha, je ne suis pas prête pour une autre relation. Pas tout de suite. Il me faut un peu de temps.

— Ne t'en fais pas, je comprends très bien.

Elle lui tapota la main, qu'elle garda cependant enfermée dans les siennes.

— Merci.

— Ces choses-là, il ne faut jamais les brusquer, ça vient quand il est temps.

Leur complicité venait de s'amplifier. Elles échangèrent un regard qui scella comme un pacte. Emily avait bien compris que Martha la gardait en réserve pour son fils ;

elle y croyait fort. Mais elle ne lui en voulait pas. Après tout, d'ici quelque temps… pourquoi pas ?

C'est à ce moment que la porte s'ouvrit, et elles levèrent toutes deux leur regard simultanément. Matt s'était figé dans l'encadrement de la porte, comme en choc. Ses yeux oscillaient entre Emily et sa mère. Il reprit ses esprits et, leur lançant un rapide bonsoir, s'avança rapidement pour aller s'enfermer dans son bureau.

— Vous voyez ce que je disais, Martha, pas très engageant, quand vous le voyez comme ça.

— Je comprends, oui. Tu veux que j'aille lui parler ?

Elle lui rendit ses mains et commença les mouvements pour se lever du fauteuil.

— Non, c'est à moi de faire. Restez là, ça ne devrait pas être long.

Réalisant que ses mots pouvaient être mal interprétés, elle se retourna pour la rassurer.

— Ne vous inquiétez pas, ça va très bien aller.

Le bureau-chambre était composé d'un simple lit le long du mur et de deux tables configurées en L sur lesquelles s'exhibait tout un matériel électronique. Outre un écran gigantesque et deux ordinateurs – rien que ça, se dit-elle –, elle compta une table de mixage audio, deux cameras sur pied et tout un tas d'équipement qu'elle n'aurait su nommer. Elle ne se serait jamais attendue à ça. Décidément, elle naviguait de surprise en surprise, avec lui.

— Hey, on frappe avant d'entrer, tu n'as jamais appris la politesse ?

— Et toi, gros mufle ?

Sa voix était forte, elle n'avait plus l'intention de se

laisser rabrouer.

Il s'apprêta à réagir mais s'abstint et resta là, assis dans son fauteuil, et il se contenta de la regarder. Ses yeux s'embrumèrent.

Elle s'accroupit en face de lui et posa la main sur son bras.

— Tu ne crois pas que ce serait bien d'arrêter ce manège ? Je sais tout.

— Tout quoi ?

Mais il comprit vite en croisant son regard, et alors il baissa les yeux.

— Excuse-moi, je n'ai pas le droit.

— C'est O.K. Ne t'en fait pas. Donne-moi du temps, c'est tout ce que je te demande. Et puis, s'il te plaît, promets-moi de rester le gentil Matt, celui de la bouteille de vin, celui qui signe les cartes, celui qui ramasse ma valise et m'accompagne au métro.

Il la regarda et sourit.

— Tu as apprécié ?

— Évidemment, gros bêta.

— Non, non !

Il hocha la tête violemment, plusieurs fois.

— Je ne peux pas m'interposer. Tu as déjà quelqu'un…

— Tu vois, tu es venu trop tard. Quand j'ai emménagé, j'étais encore libre. Peut-être que si tu n'avais pas été cet ogre odieux…

— Ah, çà ! Je sais vraiment m'y prendre, avec les femmes.

Il tourna la tête de côté.

— Tu es meilleur que tu ne crois.

Cette fois, une larme trouva son chemin sur sa joue.

Il murmura bien quelques paroles, mais qu'elle ne put reconnaître.

— Regarde-moi, gros balourd. C'est fini, avec mon copain, j'ai rompu.

Il releva la tête vivement. La larme avait disparu.

— Vraiment ?

— Oui, je suis libre.

— C'est pour ça que tu me demandes du temps ?

— Je ne suis pas prête pour plonger de nouveau. J'ai besoin de me retrouver avec moi-même, de m'occuper de moi d'abord. C'est juste ça. Je suis émotionnellement épuisée, et puis je te ferais sans doute du mal.

— Comment peux-tu dire ça ?

— Crois moi… Je peux être vraiment horrible moi aussi.

Il ne parut pas la croire. Comment le lui faire comprendre sans le faire fuir ? Elle continua sans parler de tout ça.

— Écoute, je ne te promets rien, mais j'aimerais apprendre à te connaître davantage. Tu sais, aller doucement, sans foncer trop vite. Tiens, j'aimerais aller à un concert avec toi. Tu sais que j'ai réussi à récupérer deux billets récemment ?

Elle parvint enfin à déclencher son rire, et ils en vinrent à se donner une grande embrassade. Finalement, elle se redressa et déposa un baiser sur son front avant de quitter son bureau. Elle voulait tout savoir sur les groupes pour lesquels il avait travaillé, ce qu'il faisait réellement, comment il créait une affiche. Mais il y aurait d'autres occasions pour ça, elle le savait. Elle le regarda une dernière fois et comprit qu'il le savait aussi.

Martha se tenait debout entre le salon et le couloir. Avait-elle tout entendu ? Toujours est-il qu'elle lui sourit, dès qu'elle la vit sortir de la chambre de Matt. Emily retourna dans le salon en silence. Elle prit ses affaires et déclara qu'il était temps de rentrer chez elle. Martha lui ouvrit la porte. Elles n'échangèrent aucun mot supplémentaire. Emily voulut la saluer avant de quitter l'appartement, mais la vieille dame l'enveloppa de ses bras et la serra très fort. Elle susurra un merci chargé d'émotion, avant de la laisser partir. Quelle soirée !

Enfin revenue chez elle, Emily se laissa tomber sur son lit. Son cœur battait très fort, et ses jambes ne la portaient plus. Elle était vraiment fatiguée, mais elle était libre et elle était heureuse. Tant de choses s'étaient éclaircies en vingt-quatre heures.

18

Les jours suivants furent tranquilles. Une petite fin de semaine, côté travail. C'était la saison des vacances, et les écoles étaient fermées pendant cinq jours. De nombreux parents en profitaient pour prendre leurs congés, et cela résultait en un peu moins d'activités en général. Pour ceux qui restaient au boulot, c'était une bonne occasion de rattraper les retards ou de s'occuper de ces dossiers laissés de côté par toutes les urgences ordinaires. Pour Emily, cela voulait dire des journées moins remplies, des collègues plus souriants et des contacts plus chaleureux avec ses clients.

Le soir, elle appréciait également tout le temps libre qu'elle avait désormais pour elle. Elle avait dévoré un livre en tout juste trois jours et planifiait un petit tour en ville, samedi après-midi, pour aller dévaliser les rayonnages de sa librairie préférée. Elle se demandait depuis combien de temps elle n'y était pas allée. Des mois. Pourtant, elle aimait lire. Elle aimait cette interaction avec des gens qui n'existaient que sur papier, qui ne l'accusaient de rien, qui ne la jugeaient pas.

Le samedi en question arriva bien assez vite, et comme prévu, après sa balade en ville, elle se rendit chez ses parents. Elle s'était habillée assez coquette et féminine et s'était appliqué un maquillage léger. Elle s'était attaché les cheveux pour qu'ils paraissent moins sauvages et avait renouvelé le vernis de ses ongles. Bien qu'elle en eût tout d'abord douté, elle avait réellement envie de passer quelque temps avec eux. Ils lui manquaient, finalement.

Vers 18 heures, elle sonna à la porte, et c'est son père qui la fit entrer. L'odeur familière qui l'accueillit dès le vestibule indiqua que son plat préféré, un curry de poulet, était en préparation. Manifestement, elle était attendue. Que c'était agréable.

Quand sa mère sortit de la cuisine pour venir l'embrasser, elle se sentit également bienvenue, et c'est cela, plus que tout, qui lui réchauffa le cœur.

— C'est gentil de passer nous voir, tu te faisais trop rare.

Emily les regarda tous les deux avec une tendresse récemment découverte.

— Je m'excuse, c'est vrai que j'ai été vraiment occupée, ces derniers temps, je suis vraiment désolée de ne pas être venue plus tôt.

— Ne t'excuse pas, tu es ici, maintenant. Ta chambre est prête, si tu veux aller poser tes affaires.

— Oh, tu sais, pour une nuit, je n'ai pas tant de choses que ça.

— Je n'ai rien touché, tout est là comme quand tu es partie.

Elle remercia sa mère, qui était déjà repartie en cuisine vérifier que rien ne brûlait. Sa chambre était en effet telle qu'elle l'avait laissée. Juste un peu mieux rangée. En un sens, ça la réconfortait, elle retrouvait une attache. Mais quelque chose la chiffonnait un peu, dans cet aspect musée qu'avaient pris les meubles. Elle ne comptait pas revenir ici plus que de temps en temps, les week-ends, et elle aurait préféré que ses parents ne se préparent pas à l'héberger de nouveau, comme s'ils s'attendaient à ce qu'un jour elle en ait besoin. Ils pouvaient désormais disposer d'une pièce supplémentaire. Sa chambre pouvait très bien devenir un coin de lecture, un bureau, n'importe quoi qui leur soit utile à eux !

Le repas fut annoncé, et elle descendit prendre sa place à la bonne vieille table familiale. Cette fois, elle appréciait de se replonger dans les rituels familiaux. Bien qu'elle ne regrettât pas de les avoir fuis, ils la ramenaient à sa réalité, lui rappelaient d'où elle venait. Ils participaient à son identité, et elle était désormais assez mature pour s'en rendre compte et l'accepter.

La bonne odeur s'échappant de la cuisine emplissait le petit escalier et lui amena immédiatement un grand réconfort. À table, cependant, la discussion commença un peu tendue, comme si personne n'osait vraiment parler, chacun presque effrayé de prononcer un mot qu'il ne fallait pas. Emily parla de son travail, pour combler le silence. Son père lui demanda comment était l'appartement, et elle répondit qu'il était bien. Puis elle remercia sa mère d'avoir pensé à préparer son curry préféré. Enfin, elle se décida à aborder un sujet plus délicat. Elle souhaitait leur en faire part. Elle leur devait au moins cette vérité.

— Au fait, je ne vous ai pas dit, mais j'ai eu une petite affaire avec un homme.

C'est sa mère qui réagit la première.

— Quelle affaire ?

— On a été ensemble quelques semaines, mais c'est tout, c'est fini, maintenant.

— Mais, tu ne nous as rien dit ?

— Non, je ne savais pas si ça allait durer. C'était juste comme ça.

Elle planta sa fourchette dans un morceau de poulet et le porta à sa bouche, comme pour signaler la fin de cette conversation.

Son père la regardait avec inquiétude.

— Il n'a pas…

— Non, papa, ne t'inquiète pas, c'était un vrai gentleman. C'est moi qui ai arrêté, de toute façon.

— Alors là, tu es… commença sa mère devenue quelque peu timide.

— Oui, de nouveau célibataire. Encore pour quelque temps, je crois. Je profite de ma liberté retrouvée.

Mais devant le visage fermé qui l'observait, elle décida de leur avouer les sentiments qui l'habitaient désormais. C'était la première fois qu'elle allait prononcer ces mots, et elle ne savait même pas quel effet ils auraient sur elle.

— C'était juste une aventure comme ça, mais ça m'a fait réfléchir. Je crois que… enfin… ce que je veux dire c'est que…

Une bonne gorgée de vin l'aida à libérer les mots.

— Enfin, voilà, je crois que je suis prête, maintenant, à trouver quelqu'un et puis, je ne sais pas, peut-être même fonder une famille, un jour…

La fourchette de sa mère tomba et heurta bruyamment le bord de l'assiette, alors qu'elle porta les deux mains à son visage et lâcha un petit cri. Il lui fallut quelque temps pour se recomposer, durant lequel elle ne put de toute façon pas parler. L'émotion l'étouffait. Une joie nouvelle transperçait ses yeux.

Le père s'exprima donc le premier, d'une voix dans laquelle perçait une émotion qu'elle n'avait encore jamais entendue.

— Le bonheur, c'est tout ce qu'on te souhaite, ma chérie. Prends ton temps, ne le cherche pas trop vite. Il viendra à toi bien assez vite, ne t'en fait pas.

Allait-il pleurer ? Non, cependant, il avala quelques larges gorgées d'air avant de continuer.

— Prend soin de trouver un jeune homme bien, un qui te mérite. Tout ce qu'on te demande, c'est que tu nous le présentes quand tu es sûre. Ne nous fait pas trop attendre après l'avoir trouvé.

Il conclut par un large sourire dans lequel elle retrouva toute l'affection et la tendresse qu'il lui avait données quand elle était jeune et qui avait bercé son enfance.

Tous les hommes n'étaient pas mauvais, s'il y en avait d'autres comme son père. Elle le remercia vivement et promit, en les regardant alternativement, qu'elle leur emmènerait cet homme quand elle l'aurait trouvé.

Le repas se prolongea dans une grande gaieté, une joie qu'ils n'avaient pas partagée tous les trois depuis trop longtemps. Après le dessert, et comme à leur accoutumée, Emily et son père passèrent tous les deux au salon. Il demanda du thé. Certaines traditions ne disparaîtraient jamais. Elle en accepta également, par politesse, et puis parce qu'elle se sentait suffisamment détendue pour profiter pleinement de ce moment de quiétude familiale.

Là, de nouveau assis dans son fauteuil, il lui confia qu'elle semblait vraiment changée. Elle était devenue mûre – ses propres mots. Une vraie adulte, prête à tout ce que la vie pouvait lui lancer.

— Tu sembles en paix avec toi-même, ajouta-t-il.

Elle le regarda avec beaucoup d'affection et sourit, avant de lui prendre la main.

— Oui, je crois que je vois la lumière au bout du long tunnel.

Elle sentit la pression des doigts qui se resserraient sur les siens.

Lorsque la vaisselle fut terminée, ils passèrent la soirée ensemble, tous les trois, à regarder la télé comme ils ne l'avaient pas fait depuis longtemps. Elle alla se coucher en même temps qu'eux, profitant d'une longue nuit de sommeil réparateur.

C'est le parfum aguichant du petit déjeuner préparé par sa mère qui la réveilla. L'odeur de la joie de vivre, du bonheur retrouvé. Elle n'en avait pas mangé depuis cette matinée douloureuse au cours de laquelle elle s'était disputée avec sa mère. *Comme le temps passe*, se dit-elle. Elle n'avait jamais développé de grande ferveur religieuse, mais l'odeur du bacon grillé l'amena presque à croire que quelque part un plan avait été établi pour elle, qu'elle avait inconsciemment suivi. Quelques mois auparavant, elle avait explosé, face à sa mère, ce qui l'avait enfin conduite à voler de ses propres ailes. Puis elle s'était presque brûlée avec Olivier, avant de découvrir qu'en définitive elle n'avait eu aucun besoin d'aller chercher l'amour en ligne puisqu'il était déjà apparu de lui-même à sa porte. L'épisode Olivier était terminé, mais il lui avait apporté énormément. Et aujourd'hui, elle était de retour chez ses parents, réveillée par le petit déjeuner, comme le jour où toute cette aventure avait démarré. La boucle venait de se boucler, et c'était comme si tous les événements de ces derniers mois n'avaient existé que pour servir un objectif précis : lui faire ouvrir les yeux, la révéler à elle-même, lui permettre enfin, après huit ans, de grandir, d'être elle-même. Aujourd'hui était son épiphanie.

Elle revint sur terre. Elle avait hâte de percer les œufs et d'en faire couler le jaune pour y plonger un toast. Avant de se lever, toutefois, elle attrapa le téléphone portable posé sur la table de chevet et envoya un message à Sarah. Il lui restait un tout dernier jalon pour tout valider, clore la boucle pour toujours. Elle proposa de la retrouver comme au bon vieux temps, en début d'après-midi.

Toujours collée à son téléphone, Sarah répondit presque immédiatement.

<< Ça roule. Où et quand ? >>

<< Vers 4 heures au pub où on allait. >>

<< Tu veux retourner près du bureau un dimanche ? >>

<< Mais non, le pub comme dans le temps. >>

<< Hein ? Quand ? >>

Emily s'amusa de la candeur de son amie. Elle se sentait tellement solide, ce matin.

<< Souviens-toi du pub où on passait presque tous nos dimanches, celui vers le petit canal, avec un grand parc derrière. >>

<< Tu veux dire où tu habitais, avant ? >>

La confusion, la crainte de faire une bourde et la surprise se mêlaient dans les mots de Sarah.

<< Exactement. 4 heures là-bas >>

<< Tu es vraiment sûre ? >>

<< Oui, ça me laisse le temps de finir un truc. >>

<< Non, je veux dire, t'es sûre de vouloir aller là-bas ? >>

Éternelle sœur, toujours inquiète, Sarah serait toujours là pour la protéger. Ça la confortait, plus encore qu'elle ne le lui avait jamais avoué.

<< Certaine. A+ XXX >>

En vérité, elle ne l'était pas entièrement, certaine. Mais elle voulait, elle devait savoir. Et il n'y avait plus qu'une chose à faire pour ça.

Les grognements de son estomac la rappelèrent à l'ordre. Elle se leva, enfila une robe de chambre et descendit.

— Bonjour, maman, qu'est-ce que ça sent bon.

— Bonjour ma chérie. Tu as bien dormi ? Qu'est-ce que je te prépare ?

— Super bien dormi, merci. Je prendrais un petit déjeuner normal, comme d'habitude, maman, ce sera parfait.

Sa mère flottait sur un petit nuage. Le repas de la veille, sa fille qui était resté dormir et qui se réveillait toute gracieuse, elle en avait rêvé tant de fois, ces derniers mois. Elle se tourna vers le four pour s'assurer qu'il était assez chaud et commença à assembler les divers ingrédients sur un plat.

Emily s'approcha de la théière et appuya sur le bouton

qui la mit en fonction.

— Oh, laisse, je prépare tout. Va t'asseoir, si tu veux.

— Ne t'en fais pas, tu es déjà bien occupée avec tout le reste.

Elle ouvrit la jarre sur laquelle était inscrit « Thé » et en sortit deux sachets. Elle en disposa un dans sa tasse habituelle puis se retourna vers sa mère.

— Tu crois que papa en veux un ?

— Oh, oui, c'est son heure, et il sera ravi si tu le lui apportes. Elle semblait toujours plongée dans son rêve.

Emily versa l'eau bouillante, ajouta le petit nuage de lait indispensable et le sucre approprié avant de quitter la cuisine pour aller porter ce thé à son père. En revenant, elle s'assit à la table où sa mère avait déjà placé sa tasse, au côté des bouteilles de sauces habituelles.

— Encore cinq minutes, et ce sera prêt, dit-elle, presque en s'excusant.

— C'est parfait. Qu'est-ce que j'ai faim, aujourd'hui.

— Tu veux combien de toasts ?

— Deux. Oh, non, quatre, ça ira encore mieux.

— D'accord, je te prépare tout ça.

— Ne te dépêche pas, j'ai le temps.

Elle plaça la serviette en travers de ses cuisses, sirota un peu de thé, mais il était encore un peu trop chaud pour être bu.

— Tu as des nouvelles de ma cousine ? C'est quand, le mariage ?

La mère eut un petit haussement d'épaules, mais peut-être était-ce juste un geste de cuisine.

— Ça va, les préparatifs sont presque terminés. Rose est

débordée. Je lui ai proposé de l'aider, mais tu sais comment elle est, elle veut tout contrôler.

— Ça c'est vrai, elle devrait bosser pour une banque, ils sont un peu comme ça, chez nous. Elle rigola de sa boutade puis ajouta toujours sur un ton très enjoué :

— Alors, c'est pour quand, déjà ?

— Le mariage est dans trois semaines, le samedi. Une sorte de fatalité résonnait dans sa voix.

— Trois semaines. Humm, c'est bon.

— Oui, c'est bientôt prêt. Elle venait de vérifier le four une nouvelle fois.

— Non, je veux dire, trois semaines, ça me laisse le temps d'acheter une robe. Peut-être des chaussures aussi, tiens.

Elle but une petite gorgée de thé. Sa mère faillit faire tomber la casserole de haricots. Elle la reposa in extremis sur le gaz et se retourna. Ses yeux marquaient son hésitation, avait-elle bien compris ?

— Qu'est-ce que tu veux dire ?

— Je viens avec vous. Enfin, si c'est encore possible. Rose a peut-être un nombre maximum ?

— Oh, Emily !

Avant qu'elle ne puisse répondre quoi que ce soit, sa mère s'était jetée à son cou. Au travers des baisers, Emily put sentir des larmes chaudes.

— Tu ne peux pas savoir combien tu me fais plaisir.

Emily lui sourit en retour, avant de faire honneur au petit déjeuner. Juste après l'avoir servi, sa mère partit dans le salon annoncer la grande nouvelle au père. Il en fut ravi également, mais curieusement, il ne fut pas trop surpris.

Un tel repas lui fournit largement assez d'énergie pour la journée, voire pour la semaine. A la fin, elle demanda à son père de lui ouvrir la porte du garage pour qu'elle puisse accéder à ses vieux cartons. Elle passa ainsi la fin de matinée à fouiller dans ses souvenirs. Ses parents gardaient tout. Absolument tout. C'était à la fois un défaut et une qualité de son père, il ne savait pas jeter. Alors les choses s'empilaient. Tant et si bien que le garage était devenu une remise, la voiture n'y entrait plus. Mais quels trésors pour elle ! De carton en carton, elle voyagea dans son passé. Elle revivait les bons souvenirs, ceux de son adolescence. Ainsi, elle retrouva les vieux livres qui lui étaient revenus à l'esprit, ces derniers jours. Quelle joie ce serait de les relire, de toucher à nouveau ce vieux papier qui avait déjà été caressé par ses doigts, il y avait plus de dix ans.

Après deux heures de cette exploration passionnée, elle sortit enfin du garage avec un petit carton rempli de bouquins dans les bras. En entrant ainsi chargée dans le séjour, elle croisa ses parents, leur dit qu'elle montait ce carton dans sa chambre et qu'elle passerait le récupérer très prochainement.

— Tu reviens bientôt ? demanda sa mère avec une note d'appréhension.

— Oui, peut-être dimanche prochain ou celui d'après. Il faudra bien que je te montre la robe que j'aurais achetée pour le mariage de Sophie, des fois qu'il y ait des retouches à faire. Elle monta l'escalier, autant pour se débarrasser de son fardeau que pour éviter une nouvelle pluie de larmes.

Au moment de partir, elle les embrassa et les remercia

chaleureusement. De tout. Du repas, de la nuit calme, d'avoir gardé sa chambre et ses affaires, d'être là pour elle, de ne jamais trop lui en vouloir pour ses erreurs. Elle leur promit de les appeler dans la semaine pour mettre au point sa prochaine visite. Ce serait très bientôt. Promis. Puis elle les quitta et les laissa fermer la porte derrière elle. Ils étaient enlacés comme deux jeunes amoureux et la regardaient partir avec cette fierté qu'ont les parents qui comprennent que leur enfant va s'en sortir très bien dans la vie.

Elle avait tout juste une heure devant elle avant de retrouver Sarah. Si les transports publics fonctionnaient correctement, il lui faudrait à peine trente-cinq minutes pour se rendre au rendez-vous. Ça lui donnait un peu de battement, un peu de temps pour elle.

Parce qu'elle avait une dernière chose à faire. Pour être sûre. Pour tout confirmer.

Arrivée à l'angle de la rue, elle pouvait tourner et prendre le métro qui la ramènerait chez elle, mais aujourd'hui elle prit le chemin de gauche. Elle n'hésita pas un instant, ne ralentit pas ses pas. Elle était déterminée et elle irait au bout. Le bus était plutôt rempli pour un dimanche, mais après deux arrêts, elle trouva une place assise à une fenêtre. Les rues qui défilaient devant son regard formaient comme un film qui défilait à l'envers, une descente en mémoire plongeant de plus en plus dans le passé. Elle retrouvait les bâtiments de son enfance, les écoles, les magasins devant lesquels elle était passée si souvent pendant des années. Si peu de choses avaient changé, en définitive. Elle finit par se dire que, finalement, Londres, en dehors du centre, était une capsule dans le temps. Il n'y avait que très peu de choses qui évoluaient vraiment.

Son vieil arrêt était toujours là, au même endroit, pas très loin de la gare. Cette gare de banlieue qu'elle avait fréquentée matin et soir pour son premier job. En traversant le parking adjacent, elle revit en esprit ses vieux collègues et le bureau paysager où elle avait découvert la différence entre les cours de fac et la réalité du monde du travail. Plongée ainsi dans ce passé qui semblait si lointain, elle avança machinalement dans la rue qui longeait les rails. Pour se rendre au pub où elle avait donné rendez-vous à Sarah, elle aurait dû tourner de l'autre côté. Mais elle avait encore vingt minutes devant elle et quelque chose d'important à faire.

Elle avait cru qu'elle serait tendue, s'était attendue à des émotions fortes, sans doute quelques larmes. Irait-elle jusqu'au bout ? Le vieux restaurant indien était toujours là. Même nom, même enseigne, mêmes photos trompeuses sur le menu étalé sur la vitrine. Que les plats étaient jolis et semblaient appétissants ; quelle tromperie, une fois servis… Et pourtant, qu'est-ce qu'elle avait pu en consommer, des currys, souvent accompagnés de vin acheté à l'épicerie voisine.

Les pensées gastronomiques firent place à d'autres, un peu moins délectables. À l'embranchement, elle continua dans la rue qu'elle recherchait. Le bâtiment serait-il toujours là ? Plus que quelques mètres, et derrière la courbe, elle le verrait. Oui, tout était là, pareil au passé, pareil à ses souvenirs. Rien n'avait changé, à part sans doute les voitures garées sur les petits parkings propres à chaque immeuble.

Elle ralentit sa marche. Peut-être par quelque crainte ou bien juste pour mieux tout absorber de son environnement. Un peu comme lorsqu'on visite un musée et que l'on arrive à la salle que l'on voulait voir absolument. Elle remonta lentement le long de cette rue. Son ancien appartement était un tout petit peu plus loin, dans ce bâtiment qui formait un angle droit avec la route. Juste devant se trouvait un petit renfoncement qui marquait l'entrée du parking. C'est là que le taxi s'était arrêté, là qu'elle en était descendue, de là qu'elle avait titubé jusqu'à la porte de l'immeuble.

Finalement, elle s'arrêta à l'endroit exact où huit ans plus tôt elle avait tant perdu. Ce qui s'était déroulé sur ce trottoir, au milieu de la nuit, ne subsistait que dans sa mémoire. Elle regarda l'herbe, le trottoir, la rue, puis retraça avec les yeux le chemin qu'elle avait emprunté pour rentrer chez elle. Et puis… rien.

Rien. Ça ne lui fit aucun effet. Rien du tout. Elle était là, à cet endroit où elle n'aurait pas réussi à mettre les pieds pendant toutes ces années, et elle ne ressentait rien. À peine un lointain souvenir, l'évocation d'un moment difficile qui la pinça légèrement. En cet instant, elle pouvait regarder la réalité en face. Elle respirait normalement. Pas de sueur, pas de tremblements, pas de larmes. Elle aurait aussi bien pu se trouver à n'importe quel autre endroit de Londres. Elle allait bien.

Elle regarda sa montre, il lui restait cinq minutes pour rejoindre le pub.

— Très bien, dit-elle à voix haute, comme pour défier ce lieu et reprendre ses droits, il est temps. Pivotant sur elle-même, sans offrir un dernier regard à quoi que ce soit, elle retourna sur ses pas.

Elle s'était imposé ce test ultime pour vérifier où elle en était exactement dans sa vie. La réponse était sans appel. Elle s'était réalignée comme il le fallait. Elle se sentait libre de tout, absolument de tout. Le monstre qui avait pris naissance ici, huit ans auparavant, l'avait quittée. Peut-être reviendrait-il la visiter de temps à autre, mais elle se sentait dorénavant capable de le maîtriser. Il était apprivoisé. La boucle était belle et bien bouclée.

Il n'existe pas de meilleure, de plus grande liberté que celle qui vous rend à vous-même. Emily était redevenue Emily, et toutes les émotions qu'elle ressentait maintenant pouvaient se résumer en une seule : elle se sentait normale.

Au pub, Sarah était là, fidèle au rendez-vous. Que de temps avait coulé, depuis que les deux jeunes femmes s'étaient retrouvées à cet endroit précis. Elles l'avaient pourtant fréquenté assidûment pendant deux ans.

Emily la salua en finissant les derniers mètres qui les séparaient.

— Hello, tu as retrouvé le chemin ?

— Je l'ai emprunté assez souvent. Tu vas bien ?

Sarah la regardait comme une infirmière observant un malade prétendant être guéri. Il y avait une réelle lueur d'inquiétude, dans ce regard. Emily voulut la rassurer tout de suite.

— Oui, ne t'en fais pas, je vais très bien.

Elle lui indiqua la porte pour rentrer.

— Ça te dit de rester dehors, si on trouve une table ?

— Comme on faisait tout le temps…

Surprises de constater que leur vin habituel était toujours disponible à la carte, elles ne purent s'empêcher d'en commander une bouteille. Quelques paquets de chips furent ajoutées pour la pousser, et elles se retrouvèrent dans le petit jardin ensoleillé.

— Regarde, notre vieille table est libre, s'enthousiasma Emily.

Sarah la suivit, pas encore entièrement rassurée de se trouver là.

Il faisait un temps splendide. Emily commença à parler météo et de la chance d'avoir autant de soleil un dimanche. Elle étala ses jambes au-delà de la zone d'ombre laissée par le parasol de la table.

— Oui, on a de la chance, reprit Sarah en écho.

— Bon, alors qu'est-ce que tu attends pour servir ?

— Oui, bien sûr.

Elle s'exécuta. Après avoir trinqué, elle demanda :

— Tu étais chez tes parents ?

— Je suis passée chez eux, hier soir. Ils étaient contents de me voir. Je les avais un peu laissé tomber, ces derniers temps.

— Et avec ta mère, ça s'est passé comment ?

— Très bien, elle m'avait même préparé un curry de poulet.

— Oh, ton plat préféré ! Ça va mieux, entre vous, alors ?

— Oui, on a fait la paix, je crois.

Elle sourit.

— Et là, tu arrives de chez eux ?

— Presque, je suis passée revisiter ma rue, avant de

venir ici.

Petit instant de choc.

— Tu veux dire... tu es allée à ton ancienne adresse ?

Elle répondit par un simple hochement de tête affirmatif. Ce contrôle qu'elle exerçait sur son aînée était nouveau pour elle, un autre signe qu'elle avait bien grandi, mûri, comme disait son père. Quelle sensation agréable.

— Je vois. Et ça t'a fait quoi, de revenir comme ça, après toutes ces années ?

— Rien.

Deuxième choc, plus grand encore.

— Comment ça, rien ? Qu'est-ce que tu veux dire ?

Elle n'était pas sûre de ce que ça voulait dire. Comment interpréter ce simple mot ?

Emily se retourna pour la regarder droit dans les yeux.

— Exactement ça. Je ne savais pas ce que j'allais ressentir sur place, je savais juste que je devais absolument y aller. Et puis, en fait, il n'y a rien eu. C'était comme visiter n'importe quelle autre rue de la ville.

— Tu n'as pas eu de flash ?

Sarah restait sur le qui-vive.

— Pas vraiment. Tout ça, ce ne sont désormais que des souvenirs enfouis dans le passé.

— Tu veux oublier ?

— Non. Je n'oublierai pas. Jamais. Ça s'est produit, et c'est comme ça. Ce n'est pas une question d'oublier, c'est une question d'accepter.

Sarah resta silencieuse pendant quelques secondes. Elle admira Emily qui avait fermé les yeux pour mieux absorber les rayons du soleil. C'était une jeune femme nouvelle qui se laissait bronzer. Elle ressentait une grande fierté pour elle, pourtant elle avait encore quelques questions avant de vraiment pouvoir profiter de son dimanche après-midi.

— Et Olivier, alors ? Elle ne sut pas comment aborder la question sans être directe.

— C'est fini.

— Tu lui as parlé ?

— Oui. Mardi soir. Je lui ai dit que ça ne marcherait jamais entre nous et qu'il valait mieux tout arrêter.

— Et il l'a pris comment ?

Emily regarda de côté, cette fois évitant les yeux de Sarah.

— Pas bien, forcément. Il voulait qu'on essaye encore. Il a dit qu'il pouvait changer.

— Mais tu ne penses pas qu'il puisse.

— Je sais bien qu'il aurait fait des tas d'efforts, mais ce n'est pas juste ça. Je te l'ai dit, il a ses propres démons à gérer, et je ne peux pas l'aider avec ça. Tous les deux, on aurait fini par se battre tout le temps. Ça n'en valait pas la peine.

— Je suis fière de toi, tu sais. Mais le pauvre, il avait l'air de vraiment t'aimer.

— Je ne crois pas. On a été la première aventure l'un pour l'autre depuis longtemps. La première personne à dire oui après des années. Alors on est tombés dedans, et on y a cru pendant un temps.

— Et puis tu as ouvert les yeux la première.

— Peut être. Mais il m'a aidée, et je le sais. Je reconnais qu'il m'a appris que je pouvais plaire, même sans le faire exprès, parfois !

— Alléluia ! Il y a plein d'autres poissons dans la mer. Tu ne resteras pas seule longtemps.

Emily pensa à Matt et sourit.

— Qu'est-ce qu'il y a de drôle ?

— Parfois, les poissons nagent vers toi sans que tu aies à les pêcher !

— Exactement ! Alors, tu ne regrettes pas ta décision ?

— Pas du tout.

Elle n'avait jamais été plus sûre d'elle.

— C'est un peu dommage pour Olivier, quand même. D'accord, il a ses problèmes, mais c'était un gars bien, finalement.

— Il s'en remettra vite et il trouvera quelqu'un de bien mieux que moi qui le rendra heureux comme il le mérite.

— Tu crois ?

— Oui. Parce que la vie est ainsi.

EPILOGUE

EPILOGUE

Dans le bus qui la ramenait chez elle, Emilie souriait. Oui, vraiment, quelle belle journée.

En traversant le parking devant chez elle, elle aperçut Matt en train de charger une large valise dans le coffre de sa voiture. Était-il en route pour un nouveau job ?

Quelque chose en elle comprima son estomac mais d'une manière plutôt agréable. Les papillons étaient de retour. Combien d'années qu'elle n'en avait pas eu ?
Cela la rassura sur ses choix. C'était bien un signe, un bon signe, qu'il lui fallait bouger, aller de l'avant.

Elle ralentit son pas, comme pour mieux absorber ce qu'elle voyait. A deux cents, peut-être trois cents mètres, Matt leva le bras pour saisir le hayon et referma le coffre. Il s'avança pour monter au volant, mais juste avant d'ouvrir la portière décida de lever les yeux.

Il la vit et puis sourit. De ce beau et large sourire presque enfantin qui le rendait si charmant. Et puis de la main il la salua. Un simple au revoir, franc et généreux. Il partait juste quelques jours pour un job rapide.

Elle savait qu'il allait lui manquer.

Deux jours seulement depuis qu'elle lui avait fait une promesse silencieuse. Elle était désormais impatiente d'en accélérer la livraison.

Le week-end venait de consolider ses sentiments. Elle était heureuse dans sa vie et savait exactement dans quelle direction avancer.

Elle plaça deux doigts serrés sur ses lèvres et y déposa bien visiblement un baiser. Puis elle mis sa main devant sa bouche et formant un cercle de ses lèvres, comme pour souffler sur ses doigts, elle le lui envoya.

Son message est clair : reviens-moi vite, nous avons tant de chose à rattraper.

REMERCIEMENTS

Laurent Bettoni pour sa critique incisive, ses conseils et les nombreuses corrections orthographiques.

Vanessa Mendozzi pour sa précieuse collaboration, pour la couverture au design accrocheur et pour le travail typographique.

Votre aide est importante

Tout d'abord un grand merci pour avoir choisi ce livre. Je souhaite de tout cœur que cette histoire vous a plu. Maintenant, je voudrais vous demander une faveur… Oh, ne vous inquiétez pas, ce n'est pas grand-chose, juste un petit service que vous pouvez me rendre : juste un commentaire ou une note. Quel que soit l'endroit où vous avez acquis cet ouvrage, si vous pouviez laisser une revue, cela m'aiderait énormément.

Contacts

Vous pouvez me joindre et me suivre :
Ma page Facebook : https://www.facebook.com/soge.auteur
Via mon éditeur : publishing@duxenterprises.com